伊坂幸太郎
いさか こうたろう

SEESAW
MONSTER

妖怪

跷跷板

シーソー
モンスター

［日］
伊坂幸太郎
著

吕灵芝
译

CS 湖南文艺出版社
HUNAN LITERATURE AND ART PUBLISHING HOUSE
博集天卷
CS-BOOKY

目录　Contents

楔子

少年气喘吁吁地登上山坡。

一个女人在山寨迎接他，问他出了什么事。

"这是什么？我在下面找到的，是蜗牛壳吗？"少年问。

女人用关节突出的手指接过那东西，举起来看。

日光透了过来。

"这应该是贝类的壳，贝壳。"

"贝壳？"

"贝壳是海里的东西。"

瞬间，趴在一边的黑狗猛地抬起头来。

少年露出了难以遮掩的恐惧，恨不得抬手把脸捂住。

"海里的东西怎么会跑到山上？山海不是不相容吗？"

"不是相容与否，而是碰撞。我们遇到海人就会发生冲突。"

海里的贝壳为何会跑到山上来？这是海人曾经到过这里的证据吗？

还是说，什么人去了海那边，把贝壳带回来了？

可以确定的是，那里曾经发生过大小争端。

山人与海人的对立自古有之，每一场冲突背后都有着故事。

据说，自由来往于山与海的人、目睹了争端的人曾经这样说：

"好好相处不就好了。"

少年这样说着。与此同时，海人的孩子也对他们的大人说了同样的话。

好好相处不就好了。

"千万不能碰见。"

两方的大人都只能这样回答。

——摘自山海传承《螺旋》

跷跷板妖怪

シーソーモンスター

"日美贸易摩擦在报纸上传得沸沸扬扬，然而，我家的婆媳摩擦却没有在巷间传开。"

我如此慨叹，在居酒屋一角与我对坐的绵贯先生喝了一口啤酒，干巴巴地笑了两声。"难道你希望这事被传开？"

"倒不是这么回事。"

几个貌似大学生的男女正唱着下流的歪歌，煽动某个人一口喝干了一杯酒。店里正在播放一个穿旱冰鞋唱歌跳舞的偶像团体的热门单曲。

"不过我懂你的意思。"

"真的吗？"

"有些事就算很常见，没什么新闻价值，对当事人来说也是重大的问题和苦恼。"

"就是啊。"

我感激涕零地探出上身，恨不得一把抱住绵贯先生。世界上有许多"不好过的事情"。我无意用"不幸"这种枯燥无味的词语来一概而论，然而几年前的日航坠机事故、哥伦比亚火山爆发、迪斯科灯具坠落事故都带来了巨大的损伤和痛苦，相比之下，我的苦恼简直如同垃圾碎屑。因此，我并不打算称自己是全世界最不幸的人，巴不得日本政府对我严加保护，胜过保护牛肉和橙子。

然而，碎屑多了也会堆成山，结果就会导致精神支柱摇摇欲坠，所以我希望并且期待着有人给予我一点小小的理解，问我一句："你的'柱子'好像有点不对劲啊，还好吧？"

绵贯先生跟我同在一家制药公司，比我早四期入职，在我眼中可谓模范前辈。光是绵贯先生一句"你怎么满脸不高兴，跟我去喝一杯吧？"就让我感到心中的乌云霎时间消散。现在他又理解了我的苦恼，我都快流泪了。

"你们是一起住吗？"

"一开始是分开住，不过父亲去世后，我放心不下母亲。因为母亲干过的工作也就是在家做做手工，对社会一无所知。我跟妻子商量后，她爽快地答应了。"

——对啊，妈妈一个人在家可能会很寂寞。

那天宫子笑着说。

——要是她能分担一点家务，我肯定也轻松许多。

"北山，别怪我直说，那个想法太天真了。"绵贯先生极其敏锐，"以夫人的立场而言，当时很难提出反对。因为她也不希望别人觉得自己是个恶媳妇。其实她心里可能很不乐意。"

没错，我对事物的理解太单纯了。

当然，我并没有天真地认为"妻子会答应我们跟母亲一起住"。其实完全相反，我从一开始就把"同住"当成了重要事项。因此我并没有过度施加压力，只是没想到在重要事项上也分场面话和真心话。

"人家可能不希望被亲爱的老公讨厌，才把真心话憋回去了。"

"可我跟她说过如果不愿意要说啊。"

"就算是这样，不愿意这个词也很难说出口。人啊，太有趣了。要是有人问'可以吗'，基本会忍不住回答'可以'。这是固定反应。就算其实不可以，甚至病情恶化的时候，也会忍不住回答可以，没问题。真是不可思议。"

How are you? I'm fine, thank you（你好吗？我很好，谢谢）。

我想起这个固定句型，觉得两者应该是一回事。

"再说了，你夫人一开始可能也没想到会跟婆婆相处不好。真正住在一起之前，她想的肯定是船到桥头自然直，不会有问题。"

"绵贯先生真的什么都知道啊。"

"别调侃我了。对了，你知道婆媳关系里最重要的'さしすせそ'[1]吗？"

"さしすせそ？砂糖、酱油、醋？[2]"我心里知道不对，还是说了出来。

"那不是做饭嘛。我说的是'好厉害''我都不知道''好棒啊''难得一次''你说得对'[3]。"

我反复思索着那几句应声的话。"好厉害"虽然有点刻意奉承的感觉，但听者确实很受用。"您是说只要相互说这些话就没问题了吗？"

"病由气中出，而沟通的矛盾则从话语而出。尤其是人，都爱解读话外音。"

"话外音？"

"人总觉得别人说的话是话里有话，打个比方——"绵贯先生顿了顿，仿佛在脑子里搜索例子，但也只是一瞬间的事情，"小时候，如果听到母亲说邻居家那小谁已经把九九乘法表背全了，你会怎么想？"

"哦哦！"我恍然大悟地点点头，"我会感觉自己受到了指责：你怎么还没背全？就是这个意思吗？"

"话里有话，人就会去感应它。这说不定是人远远胜过机器的地方。"

---

[1] 这五个假名是日语五十音"さ"行的假名。——译者注

[2] 三者发音分别为さとう、しょうゆ、おす。——译者注

[3] 原文依次为：さすがですね、しらなかった、すてきですね、せっかくですから、そうですね。——译者注

"对了——"我想起一件事，"上回 I 医生说过这么一句话。"

"内科那个？"

"对，就是上回在赤坂的 S 吃饭，然后到六本木的 A 喝酒那天。每次来赤坂也有点厌倦了啊。上回我听人说，某位医生会专门包机到北海道吃拉面呢。

"他是想说下次也想得到这样的待遇吗？"

"那个啊。"绵贯先生笑着说，"根本不叫话外音，而是赤裸裸的索要。因为人的欲望没有极限。总而言之，人与人的交流存在着话外音，有时就算没有，听话的人也硬要抠出这么点意思来。特别是女性，她们直觉很强，对话外音就特别敏感。"

"确实。有时我仅仅是普通打个招呼或是道声谢，妻子就不知为何生气起来。"

"你被夹在中间肯定不好受吧，毕竟两方都是自己珍重的人。"

"绵贯先生……"

我感到自己眼眶都湿润了。绵贯先生好像发现了，便苦笑着说："北山，看来你真的受了不少苦啊。"

"我都快得病了。"

"这可不是制药公司职员该说的话。"

"您有药吗？"我叹息一声，道出了每天要听妻子和母亲抱怨彼此的苦楚。"今天妈妈对我说这种话……""宫子对我说了这种话……"这些乍一看都是平淡的汇报，实际却是怀恨在心的抱怨。我只能回答"你别在意""她不是那个意思"……但是这些话语说得多了，也就没了效果。

旧事重提可能挺犯规的，不过结婚前妻子曾说："我父母早逝，所以很憧憬大家庭。"她不是说了一次，而是很多次，就像搞笑艺人的专属桥段一样翻来覆去地说。每次听到那句话，我都特别感动。

宫子在千叶沿海的小镇长大，她的双亲在她小时候就遭遇海难去世了，从此被亲戚抚养长大。从她对自己的户籍和住民票[1]特别神经质这点来推测，那远远算不上充满亲情和爱意的家庭。她恐怕一点都不想让收养她的伯父伯母知道现在的住处。

所以，当她对我说"还想跟直人的父母一起生活"时，我就信以为真了。毫无怀疑的理由。

我们交往时，宫子曾问："直人的母亲是什么样的人？"我认为与其刻意美化好让对方放心，倒不如事先降低期待值更好，便老实回答："母亲为人大大咧咧，有时候甚至让人感觉神经大条。她社交性很好，不过换一种说法，就是特别喜欢说话，很烦人。"

宫子马上回答："那种事情无所谓。"还说："我从小真的是被放养长大的，反倒很羡慕那种烦人的家庭。"

虽说如此，不实际生活在一起她肯定不知道其中真相，所以我并没有放松警惕，然而到最后还是变成了"真正住在一起竟会这样""实际行动与否竟有这么大的差别"。

绵贯先生说："唉，就算再怎么喜欢跟人相处，实际交往起来也会积攒一定压力嘛。"

"大概是吧。不过我感觉她们应该是相性[2]不合。"

"夫人和令堂？"

"对。"我点点头，"从我介绍她们认识的时候，两人就一直不太对付。尚未爆发冲突的时期，空气中就充满了电流火花。"

"不合拍吗？女性的那种感觉可能十分敏锐吧。"绵贯先生说，"有时候碰到实在不合拍的对象，也会怎么都合不来。"

"绵贯先生家情况如何？夫人和令堂的关系好吗？"

---

[1] 日本户籍制的一部分，表示人的现居地。——编者注
[2] 日文词，大概是性格相合、投缘的意思。——译者注

“我家只给了我一个忠告，就是结婚前绝对不准同居。我妈也悠闲自在，整天到国外旅游什么的。”

“太羡慕您了。”

“不过她对孙子也不怎么感兴趣，太薄情了。”

“啊啊！”我呻吟一声。确实，每个人都有各自的烦恼，我一边想着别追求不现实的东西，一边又因为“孙子”这个词感到心中突然多了一块大石头。

因为我和宫子迟迟没有小孩。

毋庸置疑，正是这件事让妻子和母亲的关系如此恶劣。

“你爸爸以前就说，我将来肯定长寿，能抱上孙子。但现在看来我也没希望抱上了，将来到了那边，你要我怎么跟你爸爸讲孙子的事情？”母亲毫无顾忌的话语又一次在我脑中响起。不止一次，她说了好多次，还是像搞笑艺人的专属桥段一样反复地说。每次她这样说，我都想提出抗议：求求你放过我吧。

宫子肯定每次听到都很伤心。她把心痛化作了利剑，反过来刺向我。

“直人啊，宫子其实没你想的那样柔弱，反倒厉害得很呢。”母亲的反驳也让我很生气。

“两边都找你抱怨，这的确很痛苦。”

绵贯先生真是太懂了。

“虽然不如日美贸易摩擦那样影响强烈，可我真的不能因为这点小事而发牢骚吗？”

“通产省 [1] 和外务省 [2] 的人肯定也会在暗地里发牢骚。”

---

[1] 日本通商产业省的简称。——编者注

[2] 日本主管对外事务的中央行政机关。——编者注

其后，我们又聊了公司的八卦，比如部长跟情妇吵架了，跟绵贯先生同期的女同事让富二代大学生给她买沙发，还让人家接送，把人家当成了轿夫，不一而足。

"我们要应付的却是大夫啊。"

我险些没反应过来，随后想到他说的是医生。

"北山，你身体还好吧？"

"您问这个干什么？"

"你到处应酬，天天吃这么多，晚上又熬这么晚，就算还年轻，要是搞坏了身体也不划算啊。"

"等我得了糖尿病，就用患者的角色请医生给我开'我们公司的药'。"

绵贯先生笑了，但有点有气无力。坐在回家的计程车上，我不禁想，说不定心怀烦恼的人其实是绵贯先生。

我走向家门，脚步愈发沉重，表情也自然绷紧了，不过屋里似乎没亮灯，让我松了一口气。就算拉起遮光窗帘，缝里也会透出一点灯的亮光。现在既然没有亮光，证明电灯已经关了，妻子和母亲可能都睡熟了。我不用担心睡着的人向我抱怨什么。

我轻轻打开门锁，尽量安静地走到起居室，挂好领带和西装外套，然后在沙发上休息片刻。这是我平时回家的习惯，大概相当于电影结束后滚动播放的演职员名单的流程吧。虽然没有它也无所谓，但是会让人略感寂寥。

我开灯的瞬间，沙发上现出一个人影，吓得我险些跳了起来。定睛一看，是宫子。

我还以为她睡着了，没想到竟笔直地坐在那里，很有点幽灵的感觉。而我胆子小，差点尖叫起来。"怎么了？"

"我刚才还在看电视，才关了没多久。"茶几上放着一副耳机，连在了电视上。

"怎么不开灯？"

"要是开灯，妈就醒了。"

"她肯定已经睡了，没事的。黑漆漆的看电视对眼睛不好吧。"

"是吗？"

"人家不是说在阴暗的地方看书不好吗。"

"听说那是骗人的。"宫子满不在乎地说着。我倒是从未听说过那件事。

"折腾这么晚，真是辛苦了。要吃点什么吗？"宫子向厨房走去。

我肚子很饱，没有食欲。而且见她等到这么晚，恐怕是有话要说。我今天的工作尚未结束。

"气球快炸了？"我问。

"是啊。"她点头。

对婆婆的不满，每天都在积蓄。

可以想象成一个气球。

她很久以前曾对我说："你平时工作忙，而我基本待在家里，没有排解的渠道。于是呢，我就对看不见的气球倾吐自己的不满。"

我知道她的意思，也很容易想象她为何会选择气球这个比喻。

因为气球会炸。

"我想尽量自我化解，可气球已经这么大了。"她张开双臂对我说，"迟早有一天，气球会炸。所以在此之前，我就要对你诉说。"

"要排气。"

"我不清楚对妈的不满能否形容为气。"

原来她对这方面也有所顾虑啊。可是没等我这口气松完，她又说："硬要说的话，应该算毒气。"搞得我也想朝气球吹气了。

"今天到底怎么了？"

"孩子。"

"啊……"那是最严重也最敏感的话题。

刚结婚时，我们并没有把孩子看成很大的问题，都想着只要正常过夫妻生活，自然就会有孩子。我的工作会使我回家很晚，主要是对医生的招待应酬，因此常常错过与妻子过夜生活的时机。我感觉这也是一个主要原因，便想着只要时机对上就好了。

　　结婚四年左右，母亲开始介入。其实早在我们结婚第二年父亲去世时，她就说过貌似俗套实则意有所指的话："这种葬礼要是有孙子在，也能让人暖心许多啊。"想必她其实是迫不及待地等着抱孙子吧。

　　"白天我跟妈一起看悬疑电视剧，结尾有个女的站在悬崖边大喊那不是我的孩子。"

　　"她是凶手吗？"

　　"你怎么知道？"

　　"如果我是编剧，肯定不会把这种重点升华的台词交给配角去喊。"

　　"因为那是个跟孩子有关的故事，我一看就暗道糟糕，而且开始胃痛。结果不出我所料。"

　　"妈又对你口无遮拦了。"

　　"她说：'对了，宫子啊，你去医院检查过没有？'"

　　"好直接啊。"

　　"我根本不知道什么'对了'，于是硬着头皮反问：'检查什么啊？'结果她不说话。"

　　以前妻子曾对我抱怨过类似的事情，我就提出建议："要是光受气，你肯定不好受。以后宫子要是觉得被刺到了，就说回去吧。"还说，"如果不这样做，对方就会得寸进尺，所以不能一味防御，有时也要反击一下。"

　　我说："老妈真是太让人头痛了。"宫子依旧拉长了脸，于是我慌忙补充："应该说，她太过分了。"我看出她还在等我往下说，于是换了个说法："与其说过分，不如说是太坏了。"说到这里，她好像总算满意了，表情有所缓和，还责怪我说："你怎么能说亲妈坏呢。"

“嗯，有道理。”我一点反驳的心情都没有，“对了，下个月不是宫子的生日嘛，我预约好餐厅了。”

“啊，真的？”

由于宫子的生日临近圣诞节，市内有名的餐厅通常都排满了预约，这次我正好得到应酬时常去的那家店主人的通知，说有人取消了预约。想必是谁本来打算跟女朋友一起去，结果突然闹掰了吧。我听说很多男的明明还在读大学，就知道提前半年预约高档酒店了。试着想象那种人将来走上社会要变成什么样，我就忍不住皱眉。

“那我们不如找家酒店住吧。”

“啊？”

“难得一次，这样不是很好吗。趁机放松一下。”也不知是不是故意，宫子的视线飘向了天花板，可见她的“放松一下”明显意味着从母亲的高压中解放出来。

我当然也赞成。在需要“放松一下”这件事上，我跟宫子算是很有同感。虽然不敢大声说，但我自信自己是这个家里最需要“放松一下”的人。

最让我担心的是能否订到酒店。比较豪华的酒店应该还挺多，这次肯定不能订廉价的汽车旅馆。再说，汽车旅馆那些地方恐怕早就订满了。

不过，如果现在就冷静地道出这个悬念，必然会给她的期待当头浇上一桶冷水。我也不希望被浇冷水。

“好期待下个月啊。”等我反应过来，宫子已经来到我身边。她抱着我的手臂，胸部挤了过来。我试着计算了自己的疲劳值，现在的时间还有明天的起床时间，尝试安排出温存的步骤，然而此刻需要的已经不是计算，而是热烈的欲望。虽然这种判断也可以成为计算，总而言之，我当下便把手伸向了宫子的身体。宫子在女性中算高个子，乍一看有点纤瘦，实际肌肉紧实。她从小就打篮球，现在也时不时早起去慢跑，担心"身体会松懈"。而母亲似乎很不满意她这种行为，曾对我说："我本来想要个更有女人味的儿媳妇。"当然，这话我没法对宫子说。

我正用指尖描绘着宫子身体的曲线，可她突然往后一缩，转头看了一眼身后的房门。

怎么了？我用目光询问。

"没什么，我担心妈可能醒着。"

"这会儿肯定已经睡了。"

"也对啊。"宫子说着，可能想象到了在二楼将耳朵贴着地板的母亲，表情依旧僵硬。

我强忍叹息，想起与妻子相识的场景。

七年前，我赶在发车前一刻跑进了东京开往新大阪的新干线列车。当时我刚进入制药公司，还没习惯营业员的工作，所以时间和能量都紧巴巴，周末几乎都用来补眠了。可是，那天我要出席老同学的婚礼，还睡过头了。

我跑进不一定能赶上仪式的新干线列车，刚坐下没多久，一松懈就睡着了。

过了很久我才发现旁边有人。当时我感到肩膀上有重量，睁眼一看是个女人。那就是潮田宫子，也就是我现在的妻子。那天，列车一颠簸把她惊醒，她朝我看了一眼，然后说："呀，对不起。"

"没什么，你别在意。"我说。她穿着衬衣和长裙，风格清爽，看起来很恬静。老实说，我觉得她很可爱，甚至暗自得意于自己的幸运。可能因为包裹在幸福和温暖的感觉中，我特别困倦，准备直接闭上眼睛。没想到她问了一句："您这是要到哪里？"

"新大阪"三个字已经到了嗓子眼里，可我因为睡昏了头，突然疑惑这样说真的好吗，接着决定先看一眼车票再说。我在兜里没找到票，就把手伸进了挂在窗边的外套内袋翻找。其实票在我包里，只是当时慌乱没有找到，我手忙脚乱，感到特别羞耻，想给自己找回面子，就说："明天。到明天的日本。"我本想开个讨巧的玩笑，然而当时的场面并没有被我演绎成玩笑，导致话语意义不明。

她陷入了沉默，我满脸通红，气氛愈发尴尬了。她可能想打破那个尴尬气氛，就说："等会儿小推车来了，你要买什么吗？"

"我打算买瓶茶。"我回答。

"啊，茶很不错呢。"

我做梦都没想到买茶也能得到很不错的夸奖。

我看向窗外，风景飞快地流动。我呆呆地看着，感觉那就是每天生活的速度。上医院，问候医生，介绍产品，写报告书，被上司骂，看专业书……今天转眼就成了昨天，让我连喘息的时间都没有。那正是所谓的光阴似箭，我很担心自己稍微恍个神，箭就已经咻地射中了靶心。

过了一会儿，前面的座位喧闹起来。那里跟我们隔了大约两排座位，有一群人把座椅调成面对面的布局，似乎搞起了宴会。车厢里充满了烟味，那几个中年男性嗓门特别大。

除了厌烦，我还感到紧张。

很大的声音本身就可怕。绵贯先生以前对我说，那是动物的本能反应。男人有点什么事就大声吼，女性听了会害怕。这都已经形成机制了。所以那些言行举止傲慢的人在露出马脚之前，都很容易得到人们毕恭毕敬的对待。

前方出现了推着小车的女性。那群喧闹的人把小车叫住，开始买东买西。售货员要他们付钱，那些人就嚷嚷着"打个折吧"，然后发出下流的笑声。紧接着，他们又恐吓一般地说："不行？你也不能太小气了吧！"

我看了一眼旁边，那个穿衬衣的女性，也就是我现在的妻子往前面看了一眼，随即低下了头。她面带担忧，但可能知道自己帮不上什么忙吧。

于是我对推车的售货员叫了一声："不好意思，我要买东西，能麻烦你过来一下吗？"这么做是为了帮她摆脱那几个醉汉，说白了便是轻率而不经大脑的英雄行为。

果然，售货员装出一副有客人在喊不得不过去的样子向醉客道了歉，机械地完成了结算操作，朝这边走来。我见自己的临场应变之举让事态完美平息下来，一时相当满足，也希望旁边这位女士能注意到我那小小的善举。

"您要——买什么？"售货员问道。

"给我一瓶茶。"我本想这么说，可是专门把人家叫过来，只买这个未免有些过意不去，便脱口而出："请问有冻橘子吗？"

没承想，竟有一个醉客追了过来。我本以为他要上洗手间，却见他在我们前面的空位上坐了下来，对我说："小哥，你别插队啊，我们还没买完呢。"

他目光凶狠，语气逼人，如果将此情此景用相机拍下来，完全可以起个"麻烦事态"的标题，可见事态有多么麻烦。

而且他还误以为我旁边这位女士是同行人，又冷嘲热讽了一句："还带了个这么漂亮的妞儿。"售货员收完钱，不知何时就无影无踪了，而我手上则多了一盒冻橘子。

"这不是漂亮妞儿。"我情急之下回了一句。那当然是说"她并非我的恋人或同伴"，然而词不达意，要是被误解了我也只能认命。

我用眼角的余光瞥到旁边的女性面露惊讶，连忙磕磕巴巴地辩解道：

"不，我不是说她不好，只想说我们不认识。"

"原来你们不认识啊。那小妞儿过来，跟我们喝酒吧。"

我无法理解他的脑回路，但是这种不合逻辑的强硬显然不是邀请，而是威逼。

她在旁边绷直了身体，面无血色，似乎一时说不出话来。男人朝她伸出手，想把她拽走，就在那个瞬间，我站了起来。

"请你放开她。"

男人猛地换上了锐利的目光。他可能早已习惯威胁别人了。我暗道不妙，然而已经没有退路。

男人散发着浓烈的酒气，对我说了些什么，但我没有听进去，就像对外语咒骂毫无反应的感觉。

我先是感觉害怕，随即想到他跟平时总对我提出任性要求的医生很像。那些医生也会趁着酒劲，仗着自己手握订单决定权对我们作威作福。搞不好这人也是选购我们公司药品的医生。

"请你别这样。"我更坚定地重复了一遍，"我正要开始追求她，你把她带走了我怎么办。"然后我拿出一个冻橘子递过去，又说："要不，这个送你吧。"他可能一时反应不过来，接过橘子说了声："哦，谢了。"竟很干脆地回到了座位上。不知何时，我手上的橘子已经化掉了。

旁边那位女士自然是一脸复杂的表情。她半是困惑半是警惕地歪头看着我说："嗯……我该谢谢你吗？"说话时，她嘴角还挂着不知是打趣还是害怕的微笑。

我羞得脑子一片空白，甚至没发现列车在静冈站停了下来。

当我装模作样地咳了两声，正要对她说话时，一个穿着西装的男人走进车厢对我说："请问，您是不是坐错座位了？"

啊？我慌忙寻找车票，这回总算在包里找到了，于是赶紧确认座位信息。"真不好意思，我马上走。"我又急急忙忙抱起行李，因为我不仅搞错了座位，还搞错了车厢。包的拉链好像没拉上，我也没注意到自己落下了红包和名片盒就急吼吼地找座位去了。

过了一会儿，她走到另一个车厢来对我说："你把这个掉了。"那就是我跟她开始交往，最后结婚的契机。

"宫子，我放在这儿的书你看到了吗？"

我刚从二楼下来，婆婆北山世津就叫了一声，我顿时感到气不打一处来。她的话仿佛在抱怨："你一直不下来，我想问都没地方问，烦死了。"

"我没看到呢，是什么书呀？"

"佩罗的，童话书。"

婆婆身上有好几个谜团，其中一个便是喜欢看童话。我不太熟悉童话，只觉得都是"好人有好报，恶人有恶果"的套路型故事。她读了那么多童话，为什么还这么坏呢？真是不可思议。

难道她没有发现自己的性格言行很坏，从未想过将童话里的坏人映射到自己身上吗？或者说，故事充其量只是虚构，她就像乘坐过山车和看恐怖电影得到临场体验一样，通过童话来临场体验坏女人受到惩罚的感觉，并且乐在其中吗？

"宫子读过佩罗的《睡美人》吗？"

"好像是公主受到诅咒，沉睡了一百年的故事吧？一百年后，王子把她唤醒了。"我很想吐槽又是王子和公主，但是忍住了。

"其实故事最后讲的是食人女哦。"

我觉得她在捉弄我，便冷冷地笑了一下。没想到《睡美人》竟然真的是那样的故事。

"我记得我肯定是把书放在这儿了。"婆婆把手放在面朝电视机的餐桌专座上，比画出文库本大小的轮廓，"哪儿也没拿去，可它就是不见了。你说这种事有可能吗？"

我不记得自己碰过那东西。当然，我经常会动她的东西，那都是因为她从来不做，也不晓得去做"物归原位"这种最基本最理所当然的操作。总之我不记得有这么一本书。

"怎么就不见了呢。宫子，你知道在哪儿吗？

"你趁我不注意都干了些什么？

"如果要收拾，你跟我说一声不就好了。"

刚开始同住时，我还耐心仔细地回应婆婆的每一句话，解决她的不满，对她说明情况，打消她的疑问。现在，我已经提不起劲了。

我一言不发地在起居室转了转，装模作样找了一会儿书，然后也没说什么，就开始吸地。

吸完地我准备出门采购，婆婆扔来一句："记得买点厕纸。"我小声应了一句，她又补充道："要选便宜的哦。"

有一回，她看到我买的厕纸，转头就要求我出示小票，还对我说另外一家店便宜五十日元。"就不觉得太浪费了吗？"她自言自语一般说着，然后撑了我一句，"宫子真是不谙世事啊。要是没遇到我们家直人，你现在都不知道在干什么呢。"

那是婆婆最爱说的一句话。她总是居高临下地对我说："是我儿子拯救了你，让你能优哉游哉地当家庭主妇，你很幸运。"

最近，她还经常说："现在你恐怕在迪斯科舞厅跳舞吧。"

说得好像要是我没人管教，就会被那种华丽艳俗、骄奢淫逸的地方吸引过去一样。太气人了。

我生来就讨厌引人注目，最适合干那种认真低调的工作。

确实，多亏了她儿子，我过上了安稳的生活，但我觉得家庭主妇绝不能等同于优哉游哉，而且她自己也是家庭主妇啊。为此，我一直很不高兴。

买完东西回来，婆婆不在家。餐桌上放着一张字条：我在邻居家。

她应该是到旁边那座独栋小楼的古谷家去了。古谷夫妇跟婆婆是同时代的人，他们家有两个儿子，都结婚搬出去了。虽然两位都是好人，可总跟婆婆说孙辈的事情，让我很头痛。婆婆每次都会满怀感慨地从他们家回来。

我在洗手间门口的架子上发现了一本文库书，标题是《佩罗童话集》。这一定是婆婆在找的书。想必是她洗手的时候把书放在那儿，然后就忘了。什么"哪儿也没拿去"啊，就喜欢冤枉别人。要是我随便动她的东西，她可能又要唠叨，所以我就没去碰。

　　没过一会儿，门铃响了。我从猫眼往外看，发现门口站着一个陌生男人。他看起来有点年纪，四十多五十岁吧。我开了门。

　　"突然拜访，实在是不好意思。"对方彬彬有礼地低下了头。这人个子虽小，但肩膀宽厚，体格健壮。"请问北山世津女士在家吗？"

　　我问他是哪位，他先说了句失礼，然后拿出名片。

　　上面印着人寿保险公司的名称，还有石黑市夫这个名字。"我之前给世津女士介绍了保险产品。"

　　"是吗？"这我还是头一回听说。婆婆平时大大咧咧，一点都不谨慎，让我很难把她跟保险联系在一起。原来她也对将来做过考虑啊，这让我感到很新鲜。

　　"我能替她听您讲解吗？"

　　"不，我还是直接跟她说好了。"石黑市夫彬彬有礼地说完，转身就要走，但是中途停下，又走了回来。他已经没有了办公事的表情，而是露出好奇的神色，还抬手揉着耳垂。他耳垂真大。

　　"您眼睛是蓝色的呀。"

　　石黑市夫目不转睛地看着我，没有一点失礼或诡异的样子，反倒像个凝视罕见昆虫的天真孩童，并没有让我感到不快。"经常有人对我说。"

　　以前一直有人说我的眼睛像始终眺望着大海一样蓝。

　　"您双亲也是这样吗？"

　　"不知道，我很小的时候父母就过世了。"

　　"哦，也对啊。"

　　他接的这句"也对啊"有点奇怪。我本以为他是说错了，但是考虑到家人的死这种话题跟保险公司的人并不遥远，有可能是婆婆告诉他的。

"不过世津女士耳朵很大呢。"

"是吗？"婆婆耳朵确实很大，还有点尖，但我并不想表现出关心的态度，便假装不知。

"两位关系还好吗？"

"啊？"我眉头忍不住往中间皱了一皱，本想反问你怎么知道，但我换了个问法，"我婆婆说了什么吗？"我很气愤，难道她还对不认识的推销员抱怨这些吗？

"哦，那没有。"石黑市夫并没有掩饰，而是摆了摆手，"让您误会了，真是对不起。其实并没有这样。"

"那是怎么回事？"

"请问您跟世津女士……跟您婆婆第一次见面时有什么想法？"

"啊？"

"在见面之前，您想必认为能跟她搞好关系吧？"

他怎么问老早以前的事情？那就像对着一块已经用深色颜料层层涂抹过的画布询问原本的颜色一样，我只能在脑中一点点刮开已经干掉的颜料，然后想："是啊。"没错，我曾经自信能跟直人的父母搞好关系。

"我并没有天真地认为：那是我喜爱之人的父母，我们肯定能相处得很好。"我说，"因为人与人的关系本来就不好处理。无论面对什么人，都难以避免误解和冲突，只会慢慢积累不满。"

"您说的没错。"石黑市夫满意地点点头，"无论什么生物，只要在狭窄的空间里共存，就会发生争斗。因为人际关系中不存在'绝对没问题'。相亲相爱的夫妻可能互相咒骂，甚至离婚；一心敬重的师父也可能让弟子再也忍受不下去；通力合作的团队还会突然将伙伴视作蛇蝎。这些都不稀奇。"

"所以我并没有天真地认为自己一定能跟公婆搞好关系，甚至可以说，我的想法完全相反。"

"您的意思我理解。"石黑市夫看起来已经不太像保险公司员工了，"能跟熊搞好关系的，只有熟知熊之恐怖的人。相信只要有爱就能跟动物好好相处的天真美好心灵可应付不了熊。"

"一点没错。"

"您熟悉人情世故，也就是说，您并非从情感出发，而是从技术角度来判断，认为可以搞好关系。然而实际碰面，却发现并不顺利，这么说对吗？"

我险些用力点头，好在及时清醒了。跟一个陌生的男性保险公司员工长谈，这样未免太不警惕。我心里虽然这样想，却有种话语从心里不断被拉扯出来的感觉。

"那也没办法。"石黑市夫略显寂寥，目光中充满同情，又好像有些得意。

"啊？"

"您的力量、技术和心都不是问题，您婆婆世津女士也一样。前些天世津女士也说，她曾经以为能跟儿媳妇搞好关系。"

"您这么说，好像是我不对一样啊。"我也不知道是脑子还是胸口，反正某个地方随时都有可能燃起噼噼啪啪的熊熊烈火来。

"没错。不，我的意思不是您不对，而是您跟世津女士注定合不来。"

"为什么？"

"因为相性。"

"相性？能用那种东西解释吗？"

"只不过，这个相性的规模非常大。"

"规模大？您到底在说什么啊。"我总算反应过来，惊觉自己失去了冷静。这不是站在家门口跟一个初次见面的男性保险推销员应该交谈的内容。"您该不会想说这是祖宗传下来的孽缘吧。"

我明知对方可能生气，还是故意调侃了一句。然而结果正相反，石黑市夫不但没有流露出任何不快，反倒眯起眼睛，感慨地点点头："正是如此。"

我实在搞不懂这是什么意思，便没有说话。他又问："您公公人怎么样？"

"公公？"就是直人的父亲。

"您跟公公相处比较好吧？"

一个在附近开钢琴教室的女性正好路过，对我打了声招呼。她似乎有点在意我面前的男性，用好奇而警惕的目光看着他，慢慢走了过去。可能因为这个，石黑市夫改口说耽误您时间了，打开前门走了出去。

我一直以为保险公司的推销员大多是女性，原来也有男性吗？当时我还是感觉有点可疑，在回到起居室后依旧思索着石黑市夫最后留下的话。

六年前的一个假日晚上，公公从神社楼梯上跌落，不治身亡。他刚过六十，还不算老，虽然身体瘦削，但是一直从事园丁工作，所以腿脚强壮，看起来很健康。我没有跟他同住过，但每次见面他都特别照顾我，还绘声绘色地跟我说很多其实不怎么有意思的闲话。我还挺乐在其中，便会跟他有来有去地交谈。那种关系应该不算差。当然，他有男性高于女性的思想，也把媳妇当成供他使唤的女佣，但那并非公公的性格问题，而是社会倾向，属于根深蒂固的男权思想，所以我也用"对事不对人"的态度应付过去了。我知道，人际关系的压力不可能消解为零，只能巧妙地应付过去，并找到不动声色发泄不满的方法。

但是不知为何，这在婆婆身上却行不通。她的一言一语都能瞬间把我引燃。就算我极力想冷静地平息怒火，却始终无法做到，反倒被怒火将我的冷静一点点焚烧殆尽。对事不对人的态度不知为何变成了恨屋及乌。我也很奇怪自己怎么会这样，是因为应付公公和婆婆不能用同一种方法吗？还是因为同性相斥？

这是祖宗传下来的孽缘。

脑中闪过了我自己刚才说的话。

我拿出洗衣机里的衣服走到二楼阳台晾晒，一边用夹子夹住袜子，一边回想跟直人初次见面的光景。

七年前，在东海道新干线上。

那个座位在东京还空着。我是从东京站上车，坐靠走道的座位。听说窗边那个座位要到静冈站才有人，可是我上车时，已经有个男人坐在那里睡着了。当然，我也只困惑了片刻。可以说，时刻保持冷静是我们这些人最重要的工作。我必须先仔细打量这个人，便假装睡着，轻轻靠在他身上，让他醒过来。接着，我向他抛出一个问题："您这是要到哪里？"

结果对方对上了暗号："明天。到明天的日本。"于是我想，原来如此，可能他原本计划在静冈上车，临时改成了东京。

虽说如此，我还是要把流程走完，于是我开始确认第二道符牒。"等会儿小推车来了，你要买什么吗？"

如果他回答"昨天的啤酒"，那身份确认就算完成，可以开始进行工作上的信息交换了。

可是，旁边那个男人竟回答了"买瓶茶"，让我又吃了一惊。当然，我还是强装镇定，立刻开始观察他的反应。他看起来没有开玩笑的样子。于是我明白了，他只是个普通乘客，并不知道符牒。那么刚才的暗语"明天的日本"就真的只是偶然为之。我不禁苦笑，竟然还有这种事。要是说给上司听，他一定会得意扬扬地说："所以符牒才要设置两道啊。"说不定今后在机构的讲习中提到暗号和符牒，都要讲讲我遇到的案例了。

这人可能坐错座位了。

我有好几种办法让他发现这个错误，但并没有马上实施，因为后来发生了其他乘客与车厢售货员的小骚动，当然，主要是因为我还想再跟他坐一会儿。

因为我注意到他了。

我身边从不缺乏长相俊美、运动能力强，或是冷静沉着而有才干的男人。旁边这个人相比之下显得特别羸弱邋遢，还有点靠不住。可我总觉得他身上有种魅力，可能恰好符合我的口味吧，总之我把它定义为安全感，觉得这人还挺可爱。

他还鼓起勇气帮了售货员一把，这让我对他更有好感。因为我们这些搞情报的人要把完成任务放在第一位，途中无论遇到什么不相关的事情，都不允许干涉。不管是可爱的小狗遭到虐待，还是陌生的孩子即将被诱拐，只要跟自己的任务无关，就必须视而不见。这就是我们接受的训练。与之相比，他如此单纯，仿佛被正义感所驱动，让人不禁会心一笑。他把冻橘子送给醉汉的行为又是那么有意思。

最后，他竟然还说准备追求我。

我心里一颤。

或许可以说，从那一刻起，我已经渐渐失去了做情报员的资格。

我原本的合作伙伴，也就是交换情报的男人从静冈站上车，当他指出那人坐错座位时，我心里竟有种即将离别的失落，想也没想就从他包里偷走了名片盒。

当时我并没有想到后来会离开组织跟他结婚。不，说句老实话，我内心深处其实很想跟这个男人一起过安稳的生活。

我的直觉没错。

直人就是我理想中的男性，我对生活没有任何不满。

唯一的误算就是婆婆。我在训练中已经熟练掌握了与人沟通的技巧，本以为与公公婆婆同住只是小菜一碟，没想到，我太天真了。

　　　　　　　　　　　⊂⊃

　　从第一次见面开始，我与婆婆的矛盾就扎了根。

　　在此之前，我的心态还游刃有余。虽然在见面前几天装了装样子说："要是你妈妈不喜欢我怎么办？"其实内心还算比较乐观。

　　因为我以现役情报员的身份接受组织训练，已经掌握了与人沟通的技巧。

　　虽说是国家机构，或者说，正因为是国家机构，组织的工作主要由男人来完成，而女人则负责辅助的偏见反倒成了理所当然的思想，所以我一开始负责的工作都是管理情报员信息，或是接待外国要人。曾经无论怎么看能力都不如我的男人却被委以重任，这让我很生气，我还去找顶头上司抗议，却被三言两语打发走了。

　　组织里并非没有优秀的女情报员，甚至还存在打进上层的能人。然而她们基本上都是传说。这么说可能有点夸张，但这些人的确成了口口相传的人物。只是，仅仅因为女性比较活跃就被口口相传，这件事本身就证明了环境的不公。

　　辞职看起来就像逃避，而且还能领着工资学习格斗技能和审问术，倒也能给人生增添几分力量，于是我就死了心，安心接受训练。

　　结果，我得到了认可。

　　上头特别欣赏我的地方是炸弹处理能力、从他人身上获取情报的观察能力和交涉能力。人心就跟炸弹一样，只要仔细追踪引爆感情的配线，就能平稳地让对方做出如自己所愿的行动。

　　所以，我一时天真了。

　　我以为，与简称"HUMINT"[1]的对人谍报活动相比，跟对象母亲

----

　　[1]Human Intelligence 的缩写，人力情报。——编者注

处好关系应该轻而易举。

见面那天，我提前到达酒店大堂。让对方等待会形成心理上的不利，我想在面对直人的父母时尽量减少负面因素。反过来说，只要提前到达，就能站在比对方更有利的立场上。所以，我到得应该算很早。

然而她已经在那里了。

"哎呀，我们来早了。因为平时总是很闲，一不注意就提前行动了。"直人的父亲和气地说着，母亲却气愤地盯着我，还叹了口气。

我虽然吓了一跳，但自然不可能因为这点小事受到打击，便为自己的迟到诚恳地道了歉。

"啊，大家都好早呀。"直人最后出现，一下就慌了神。

"本来不是应该你们两个结伴过来吗？我们跟这位姑娘可是第一次见面。"直人的母亲还在闷闷不乐。由于她几乎不怎么看我，足以推测此人并不喜欢我。但是我们还没说上几句话，所以她应该不是被我的言行冒犯了，就是单纯不喜欢我这人，或是对儿子的对象采取了一概敌视的态度。

"唉，今天虽然休息，可是临时来了个工作。"直人解释道。

"直人先生的确说过要先跟我碰头再一起过来，是我对他说我一个人也没问题的。毕竟不能让两位久等，我也想早点见到您。"我一边替恋人说话，一边向他母亲献殷勤。

"有时候就是那些说一个人也没问题的人，才会一个人什么都做不好。"

她的话语仿佛一根根尖刺，每根尖刺上还贴满了"冷嘲热讽"的标签，向我戳刺过来，丝毫不掩饰对我的嫌恶。对方如此露骨，我也有点被震住了，随即气不打一处来，但还是勉强忍住。

人都会忍不住过度评价自己的能力。

我害羞地笑着，故作感慨地应了一声。但这只是我的想法，话一出口却成了"我觉得您不必这么较真"。

这个说法太挑衅了。本应被我紧紧锁在心中的情绪突然爆发出来。

他妈妈朝我看了过来。

我感到全身汗毛直竖，同时对这种陌生的感情流露感到手足无措。我究竟是被自己的失言惊到了，还是被婆婆的反应吓到了？

"嗯？你这是什么意思？"直人的母亲冷冷地说，"你说这话是什么意思？"

此时避开目光就输了。

突如其来的直觉让我自己也吃了一惊。这并不是一决胜负的场合，我怎么会产生这种感觉？

当时，一阵微风拂过我的脸颊。这里是室内，照理说外面的风吹不进来，可那就是一阵带着凉意的风。

而且，还有潮水的气味。我猜测应该是其他客人的料理香味，但此时不能转头去看。

"算了算了。"直人的父亲从一开始就是一副温和善良的态度。

"老妈，你有点暴躁了吧，宫子会害怕。"

"我怎么会可怕呢。"他母亲此时才露出了笑容，"对吧？"

"是啊，您一点都不可怕。"我如此回答，却换来了锐利的目光，看来她并不爱听这个答案。

这人挺棘手，一般方法搞不定。我心里想着，同时也很期待跟她处好关系，获得她的信任，仿佛这是一场有价值的训练。

直人的父亲很照顾我，问了几个问题热场。

能直说的我都照实说了，不能直说的，比如在组织工作这些内容，我就撒了谎。

"客人，您掉东西了。"

旁边出现一个身穿黑马甲的服务生，替我拾起了餐巾。我记得把餐巾放膝盖上了，不知何时落在了地上，于是向他道谢，接了过来。

就算不把目光转过去，我也知道直人的母亲在对面目光如炬地看着我。她恐怕想说你这人怎么会掉东西，太不着调了。连这种失误都不放过吗？我顾不上生气，满脑子只想着不能放松警惕，顿时绷直了身子。严格的试炼正合我意。

我正要展开餐巾，突然发现角落里有个签字笔画的小三角形。当时我心里一惊，但没有表露出来。

随后，我装出略显羞涩的模样，低声向旁边的直人问道："洗手间在哪里呀？"

我离开大厅，朝酒店前台方向走，很快看到了洗手间指示牌。

餐巾上的三角形是我们使用的符牒。每次执行重要任务，我们都会仔细敲定每个步骤，但是现场可能会出现各种突发状况，因此需要随机应变，重新规划作战策略。是故，就像棒球队在比赛中打的暗号一样，我们也有几个简单的暗号。

三角形是这种意思：

需要进行情报交换，请前往最近的洗手间。

能够避人耳目碰头的地方非常有限，我们也会利用电影院、升降梯和电动扶梯上擦肩而过的机会。

我看到门口旁边的长椅，马上知道没必要走进洗手间了。

我在长椅一端落座，另一头的男人便抬起头来，对我说了一句："哟。"这人就像穿了一身西装的老好人，外表看起来温和有礼，实际是比我年龄大一轮的情报员。"真巧啊，你来这儿有事？"

我心想：他怎么在这里？随即想起那个小组一个月前执行的任务。他们在追踪行踪不明的别国特工。

无须说话的情报交换方法有很多种，我们也掌握了几乎靠自言自语来交谈的技术。可是，他应该判断现在这个场合反倒是假装成同事最有效率，看起来也最自然。

"我在大厅跟男朋友的父母见面。"这个没必要隐瞒。

"哦，原来是这样啊。"

"你在工作？"

"嗯，一个大客户要我把日程提前。"他的反应完全就是一个苦于大客户任性之举的业务员，但他实际追踪的是一个散播不明神经毒素的特工，想必那精神衰弱的表情并非全为做戏。

"什么人啊？"

虽说小组不同，但我们组织中人都会互相帮助。毕竟我们的任务目标大致来说就是"国家利益"，只要任务关乎"国家利益"，往往在深处是互相关联的。只要对准"危险"部位往下深挖，通常会发现"美国"或"苏联"，甚至两方都参与其中的问题。所以不管心里怎么想，互相协助都是自然而然的事情。

"就是不知道啊。"

"那可头痛了。"

一个月前，我们收到消息称，有人从苏联携带神经毒素入境了。而且情报还透露，那人准备在东京都内使用毒素，制造一起大规模杀人事件，只是距离行动还有一段时间。

难道是今天？偏偏是这家酒店？

"需要我帮忙吗？"我嘴上虽然这么说，心里却已经知道了答案。果然，他耸了耸肩，对我说："不用，那是我们的工作，就是想通知你一声。把你们卷进来不好。"随后他又说："你们到别的地方慢慢聊吧。"

他是在建议我们避险。

我们的工作跟警察不一样。如果是一般的大规模杀人犯，警方肯定会铺开大范围警戒，引导酒店里每一个人转移到安全地点。

可是，我们的工作优先顺序不太一样。我们最优先守护的不是普通市民的安全和社会治安，而是国家利益。为此，人命的优先级别就要往下调。

这次任务最重要的是让对方误以为"日本并不知道特工和新型神经毒素的存在"。不管是苏联还是同盟的美国都一样。不，或许我们最应该提防的是美国。

为此，我们绝不能大张旗鼓地搜捕凶手。我们这个组织不能出现在明面上，有时候甚至要对一切视而不见。

返回大厅，我不动声色地扫视了一圈，发现组织的几个情报员伪装成客人坐在这里。那个服务生恐怕也是组织成员。

"我问你，你有什么擅长的活计吗？会做饭吗？会裁缝吗？"我刚坐下，直人的母亲就面无表情地问了起来。我感觉她在嘲讽我：你会什么？肯定什么都不会吧。

我强忍住不愉快的情绪。如果换作平时，这点挖苦我都是左耳进右耳出，可是现在酒店周围可能潜伏着特工，导致我渐渐失去了耐心。

我告诉她做饭跟裁缝都会一点，因为焦虑，语气可能有点尖锐。可我现在顾不上这么多。

直人的母亲问："洗手间在哪里？"原来我离开后，她也走了出来，但是没找到地方。

我说明了洗手间的方向后，直人的母亲离开了大厅。她飞快的脚步很有力量，如果谁搞一个用走路来表现不愉快的比赛，她或许能得个大奖。

趁她不在，我用直人父亲也能听到的音量凑到直人耳边说："我刚才上厕所的时候，听说酒店里闹小偷了。"

"啊？"

"我有点害怕，要不换个地方吧？"

临时想的借口虽然算不得很好，但也不差。直人似乎一直没能理解状况。

"小偷？你是说小偷？"他父亲倒是一副很好奇的样子，抻长了脖子四处打量。

现在不是看热闹的时候。

此时，直人的母亲回来了。她跟去的时候一样大步流星地走了过来，还撞上了一个小个子老妇的椅子。老妇险些弄掉了桌子上的手包，但直人的母亲毫不在意，走到我对面坐了下来。"你们在聊什么？"

"啊，我们在商量要不要换个地方。"直人解释道。

他母亲眉间立刻出现了深深的褶子，还刻意不往我这边看。"小偷？还有这种事？"

"哦，我刚才在前台那边听别人说的。"我一开口，直人的母亲就射来了锐利的目光。我甚至感到了真实的疼痛。"哎呀！"她说，"其实只是不方便待在这里吧。"

"不方便？您说我吗？"

"是不是有什么不想被见到的人？"

"不想被见到的人？"我有点摸不着头脑，忍不住重复了一遍。

"比如你除了直人还有别的男朋友。"

那种明示的语气让我感觉她不是开玩笑，而是真这么想。

但我只陷入了片刻混乱。

我意识到，她是不是看见我刚才在洗手间门口跟同事说话了？

"因为那个男的就在这里，所以你慌了？"直人母亲呼吸急促起来，嘴角还勾起了浅笑。

她什么时候看见的？我忍住了咋舌的冲动。她说没找到厕所可能是骗人的。

"老妈，你电视剧看太多了。"直人丝毫没有怀疑，好像还有点想笑。

我飞快地思考着。此时应该澄清误会，但我又认为哪怕被误会了也不要紧，应该抓紧时间离开这里。跟把直人他们卷进这么大的事件里相比，"我可能有别的男人"这种问题实在太小儿科了。

我思索着该怎么引导他们。

大厅里出现了动静。

分散在各个方向的客人装出各自有事的样子，稀稀拉拉地站了起来。有的人去结账，也有的人假装到前台去找人。大厅旁边有一部公共电话，想必也有人是去打电话了。我不知该敬佩，还是该觉得理所当然，因为同事们的行动都太自然了。这里恐怕只有我意识到他们其实在为了同一个目的行动吧。

"喂，你在听我说话吗？"

直人的母亲叫了一声，我猛地回过神来。我连忙回答在听，可她的目光明显散发着怒火。

"你果然有事瞒着我们吧。"

"你说话没必要这么吓人啊。"直人父亲想缓和气氛，但我觉得没什么作用。

"就是啊。我觉得小偷的事更让人担心。"好在直人并不理会他母亲的怀疑。

"要不，我们先换个地方再说吧？"

"点的东西还没上啊。"直人母亲气哼哼地说着，又把身子转了过去，抬手大喊一声："喂，服务员！"她好像想问点的东西怎么还没来，但是因为声音高亢洪亮，顿时所有人都看了过来。

"老妈，你太大声了。""喂！"直人和父亲压低声音提醒着，她却不予理睬，反倒提高了音量，看着身后挥起手来。"喂，快过来。"

从我的角度看到服务生慌忙走了过来。可能因为着急，他穿过两张桌子之间时，还发出了碰撞的声音。

刚才那位老妇这回险些被碰掉餐勺。服务生吓了一跳，慌忙对她说："非常抱歉。"不过老妇反应很快，及时接住了餐勺。

她反应太快了。

别人似乎不觉有异，可我就是觉得那名女性反射性接住餐勺的动作很异常。

无论怎么看，那都是一个老年女性，但一头白发不一定是真的。她本人低着头，看似专心吃甜点，在我看来却好像刻意掩饰自己的气息。她面前的桌上还摆着一只小包。

老妇看了一眼手表，站了起来。

太奇怪了。

大厅里的同事都消失了。

只能由我去确认。

我顾不上细想，就对直人说："对不起，我肚子有点痛。"

"啊，没事吧？"

"可能太紧张了。"

"你瞧，都怪老妈太吓人了。"

"你倒是说说我都做了什么呀？"直人母亲说着，正好服务生来了，转而厉声质问："我点的牛奶咖啡还没好吗？怎么回事？"

"请稍等片刻。"服务生低头道着歉，我趁机小声对直人说："抱歉，我再上个洗手间。"随即离开了大厅。

老妇走向洗手间的脚步稳健有力。可以说，此时我已经基本确信了。于是我快步走过去，用俄语叫了她一声。

虽然只是一瞬，但老妇明显放慢了脚步。她可能一时没控制住反应，后来很快装出若无其事的样子继续往前走。我大步缩短了距离，瞅准时机从她身后伸出右脚，将老妇绊倒。

"您没事吧？"

在周围的人眼中，我可能只是个看到老人跌倒匆忙跑过去的热心群众吧。不等她撑起身子，我就把她按在地上，牢牢钳住了她的手腕。

"你一动就要断骨头了。"我在她耳边低语。

"没事吧？"大堂经理快步走了过来，我马上回答："没什么，老人家好像要去洗手间，我扶她过去吧。"说话前，我先给她侧腹来了一拳，她只能露出痛苦的表情，说不出话来。

好在洗手间里没有人，我马上将老妇拽进了一个单间。

此时，她发出一声虚弱的惨叫，让我霎时间愣了神，担心她真的只是个普通老人而已。这正中她的下怀。老妇猛地转身，手已来到我跟前。我勉强躲过了她手上像针头一样的反光物，绷起手刀劈向对方关节。她的手肘和膝盖霎时间失去力量，身体摇晃起来。

然后，我屏住呼吸，拼命做出一连串动作。我先用手指猛刺她的太阳穴，趁她闷哼的空隙，飞快抽出卫生纸揉成一团塞进她嘴里。紧接着，我又从口袋里掏出一副小小的指铐，将她双手拇指铐在一起锁死，链条捆在了马桶水管上固定住。此时她的白发已经歪了，显然是一顶做工精良的假发。实际上，她是一个并不高大，又很年轻的女人。我一把夺过她手上的包，发现里面装着好几个塑料小瓶。

我把单间上了锁，从门上爬了出来，又在厕所门外摆上"正在清扫"的牌子。

幸运的是，我很快找到了同事。一个身穿西装的男性从电梯厅的方向走了过来。他应该发现了我，但是正在执行任务，所以打算径直走过去。于是，我叫住了他。

对方瞪大了眼睛，仿佛不明白我为什么在执行任务时搭话。按照常识，此时应该擦肩而过才对。然而我顾不上这些。

"你的大客户在女厕所单间里，我碰巧撞见的，接下来就拜托了。"说完，我把包递了过去，"东西落这里面了，是贵重物品。"

所谓贵重物品，是指爆炸物等正在搜寻的目标物。

我的同事们想必是被刻意操作的情报引诱到了陷阱里，而那个扮成老妇的特工则趁此机会展开了行动。

我回到大厅，看一眼手表，发现并没有过去多久。可是大厅里只剩下直人，一脸为难地对我说："不好意思，老妈发脾气走了，老爸刚追出去。"

　　我跟婆婆搞不好关系，莫非是因为初次见面的不顺利吗？

　　当然，那是不可避免的。如果没有我，当时一定会爆发神经毒素袭击的骚动。后来组织经过调查也证实了这点，还表彰我"离开前办了一件大事"。

　　虽说如此，在直人的双亲看来，我的活跃并不能证明什么。他们可能只把我当成了第一次见对象父母就一次次离席，丝毫不懂礼貌的女人。

　　第一印象太差，我失败了。每当我跟婆婆关系搞得不顺利，也就是生活的大部分时间里，我都会这样想。

　　可是，现在有点不一样了。

　　前不久那个人寿保险公司的推销员石黑市夫的话，后来一直在我脑子里萦绕不散。

　　他说，我与婆婆之间存在着规模非常大的相性问题。虽然他好像话里有话，但并不像是要引我上钩，反倒更像不知该透露到什么程度。

　　假设这是老早以前的孽缘，那就跟第一印象没什么关系了。

　　虽说如此，我还是很难接受这种说法。因为孽缘难以化解。

◖▢◗

　　"你父亲帮过我大忙啊。"O医生走在我身边，这样说道。我忍不住反问："啊？"

　　头顶是一片晴空，脚下是碧绿而广阔的高尔夫球场。O医生背着球杆包大步向前走着，很难想象这是个经常在室内工作的医生。我说："您的腰腿比我还结实。"他笑着答道："医院已经交给我儿子他们了，我现在闲得很，整天打高尔夫球，所以身体也结实了不少。"

O 医院是一所历史悠久的大医院，O 医生最近把医院的实权都交给了儿子儿媳，但是相比其他医院，他依旧保持着影响力。我以前没跟他说过几句话，只记得他是偏执顽固的性格。因为制药公司的营业员们都说他这人很怪，从来不接受款待邀请，要是药品说明得不够流畅，一下就会发火。与之相比，他儿子那一辈反倒更好说话，所以大家都很高兴那家医院总算换了管理者。

　　不过实际见面一看，我感觉 O 医生既不顽固也不怪异。当然，我们只是打了一早上高尔夫球，而且刚转完一个半场，对他几乎没什么了解。尽管如此，我还是觉得他是个有常识的普通人。

　　不过没过多久，我就发现了。

　　O 医生拒绝营业员在高级酒吧款待他其实情有可原。我们觉得这样奇怪，只是因为习惯了通过奢侈款待来获取订单。他要求制药公司的营业员对药品做出充分的说明实为理所当然，对能力不足者发火更是不无道理。

　　O 医生个子没有我高，头发也很稀薄，满脸都是皱纹，但是每打出一个好球就会露出孩子般的笑容，显得特别年轻。

　　"那老头儿挺厉害呀。"打完半场后，绵贯先生趁周围只剩下我们两人，感叹了一句。

　　"可能运动神经特发达吧。"

　　"不过北山啊，他为什么点名要你陪同？你知道吗？"

　　"不知道。"

　　这并非谎言。负责 O 医院的是绵贯先生那个小组。上回绵贯先生跟 O 医生的儿子，也就是现任院长在银座喝酒，对方问了一句："对了，你们那儿有个姓北山的营业员吗？我老爸想跟他去打高尔夫球。"

　　绵贯先生疑惑不解，似乎不太明白他为何会提起北山。其实我也有同感，甚至连拒绝的理由都找不到。

　　来到十号洞第一杆，我的球歪向右前方进了灌木区，O 医生也歪到同样的方向，那里离车道挺远，两个人只能沿球道走过去找球。就是此时，O医生跟我聊起了我的父亲。

"您认识家父吗？"

"是啊。"他笑起一脸褶子，"我们是小学同学。"父亲是在群马县出生的，我很少听他讲小时候的事情。他并非有意隐瞒，而是经常说自己是个很平凡的小孩子，没什么值得一提的故事。

O医生说他跟父亲在小学当了几年同班同学。

"北山君经常辅导我学习。"

"家父？"

"他学习很好，我就不行了。特别是需要背诵的科目最头痛，历史课我是一点都听不下去。我觉得那些事都过了那么久，学不学都无所谓。北山君则对历史特别熟悉，张口闭口就是圣武天皇、源赖朝，跟我讲了很多。"

"真不好意思。"不知为何，我选择了道歉。

"多亏了他，我也开始对历史感兴趣了。我发现，原来历史人物并非像教科书的年表那样扁平，而是曾经生活在这个世界上，跟我是一样的人。圣武天皇和源赖朝都有各自的故事。正因为没有落下这方面的学习，我后来才当了医生，所以北山君就像我的恩人一样。"

"您过誉了。"我自然摆手否认道，"反倒是医生您到现在还记得这种事，真是太厉害了。"

父亲向来是个性格温和、认真而沉默的园丁，我以为他小时候也是那种老老实实坐在教室角落里的孩子。

O医生又说："其实六七年前我还见过你父亲。"

"啊？我没听说过这件事呢。"

"我们碰巧在地铁站见到了。因为平时我都开车出门，所以那天真是巧合。当时我一眼就认出了北山君。"

在我看来，O医院的O医生虽然把院长的位置让给了儿子，但实际依旧掌握着极大的权力，因此必须绷紧神经好好款待，毕竟他也是关系到公司利益的大客户。现在O医生突然说以前跟父亲关系很好，我一时不知该如何应对。

"我们好久不见了，当时我特别高兴。他可能想早点回家吧，可我硬是拽着他去了好几家店。那天他就谈到了你，说你在制药公司工作。"

"原来是这样啊。"

"不过他还是以前那个样子，怎么都不说是哪家公司。他可能不希望我为了照顾旧友而去特意关照他儿子，也就是你所在的公司吧。而且他也说这样对你并不好。那家伙真是太死板了，还说什么这种事跟种树一样，不需要动手照顾才是最好的，真是搞不懂。"

我一边应着声，一边想当时父亲还真的完全没有任何表示啊。他曾经问我工作怎么样，但是并没有再深入下去。

"话虽如此——"O医生说到这里，举起了铁杆，盯着粗草区的球，准备打第二杆。我站在稍远的地方，等待他挥杆。

球杆画出弧线，一声干脆的击打，球凌空射出。

"话虽如此，"O医生继续说道，"我们的圈子毕竟很窄，北山这个姓也不多见，所以我很快就找到你了。但是碍于当时答应过你父亲，我又打算把医院的事情全权交给儿子去主持，也就没有多管闲事。"

所以他没有特意跟我接触。

"那么您这次……"为什么要找我打高尔夫？

我的球也落在了粗草区，于是我也拿起铁杆，抬头确认果岭的位置，空挥一杆预热之后，把球打了出去。

我本来只打算保守一点，没想到这一杆手感特别好，球飞得又高又远。广阔的蓝天仿佛融入了心胸，感觉特别畅快。

"我最近得知北山君去世了。"我们又并肩走了起来，O医生如此回答道。他露出了由衷寂寥的表情，仿佛迷路的孩子。我本以为医生应该早已看惯了生死，因此十分意外。

父亲的葬礼很简单。邻居古谷夫妇和几个街坊，还有一直委托父亲照顾庭院的老客户来参加了葬礼，但规模绝不算大，也毫不显眼，可以说很符合父亲的为人。

"没能把家父的消息通知给您，实在对不起。"我道了歉，"因为我实在没想到 O 医生竟跟家父认识。"

"没什么，那不怪你。毕竟我们只是小学同学而已。我就是想知道，他到底是怎么去世的。"

我没有仰天长叹，但还是瞥了一眼蔚蓝的天空。那片晴空让人联想到苍茫的大海，仿佛能让一切不幸都一笔勾销。我感觉在这种畅快的天气中谈论死亡难免有些奇怪，但是又想到，即使是现在，同样有人正在迎接死亡，或是苦于病痛。

"这话由我来说或许有点奇怪，但实在羞愧，家父是从神社跌落下来去世的。啊，不对，是从神社的台阶上，他从台阶上摔了下来。"

此时，O 医生的表情略微绷紧了。"原来是事故吗？"

"没错，真是太意外了。"

实际上，我很长时间都没能接受父亲的死亡。他曾经在工作中跌落作业台摔断了手，也在修剪玫瑰的时候被刺得鲜血直流，那次给人的感觉就像他又犯了同样的小错，我实在无法相信自己竟跟父亲天人永隔了。

"不是因为生病？"

"不是因为生病。"我一边奇怪他为何要再三确认，一边朝果岭的方向走去。

绵贯先生和医院的几个员工已经坐电瓶车到了那里，都站在果岭附近。

O 医生后来打得很不错，却不怎么开腔了。连绵贯先生都问了我一句："北山，你惹老爷子生气了吗？"我慌忙说："没有啊。"我们只是聊了父亲的事情。当然，就算我无意，可能也说了让他不太高兴的话，这点我无法否认。只不过，我并非那种能爽快承认自己错误的强大性格。

好在，我们回去之前发现 O 医生并没有生气。打完整场，我们把东西搬回停车场，趁绵贯先生去洗手间的空当，O 医生大步走了过来对我说："这种话我不知该不该说。"

"您请说。"

"你父亲的事故有没有什么疑点？"

"疑点？"

"比如好像有谁故意加害。"

面对他严肃的目光，我察觉 O 医生应该是担心那并非一场事故，而是有人预谋。"请问，您的意思是……"

"我刚才不是说，跟你父亲久违地见了一面吗？当时北山君说了句话，让我一直惦记在心。"

"惦记？"

O 医生绷紧表情，让我感觉他随时要通知我检查结果不理想，可能罹患重大疾病了，顿时手脚冰凉。

"当时我们都在喝酒，所以我把那当成了玩笑话。但是刚才听你说起跌落的事故，我就觉得有点不对劲了。"

"你说，故意杀人和事故致死能分辨出来吗？"父亲当时这样说。

O 医生反问："你说什么呢？"

父亲回答："我只是在想，如果有人把我从什么地方推下去会怎么样。"

"您是怎么回答的？"

"那都是警察的工作。"O 医生笑道，"什么验尸啊，动机啊，还有调查，不都是警察干的活吗？我就这样回答了北山君。不过我还说，就算一个人被推倒，只要没有不自然的迹象，恐怕确实会被认定为事故致死。毕竟警察也不会什么都怀疑嘛。当时我没想到他真的会遇到事故，而且——"

"还从楼梯上摔下来了。"由于这个死法实在太令人愕然，我只能苦笑着说。

"他是不是有预感？"

"预感？"

"比如说预感会碰上事故，或者说，那真的是事故吗？"

"啊？"

"请原谅我说这么可怕的话，但是我想，他会不会被谁推倒了？"O医生说完，马上又收回了自己的话，"唉，抱歉啊。只是北山君提过事故和杀人的话题，我才突然想到了这个。不过按照常理，他应该只是从台阶上摔下来了。"

"那再见了，今天谢谢你。"O医生向我道了别，转身走向自己的车。

绵贯先生跟他擦肩而过走了回来。"看老爷子那样，不像是心情不好啊。甚至有点亲切。"他说，"看来他挺喜欢你？"

"哪儿有。"

"你得了不少分啊。"绵贯先生说。

"分？"

"那种私人大医院啊，只要拿下顶层的人，就绝对跑不掉了。看来你也有两把刷子。"

　　　　　　　　　　　　⬭

　　直人向我转述的时候，可能并不觉得有什么特别。他去打高尔夫球，跟业界小有名气的医院院长交了朋友，想必挺高兴的。随后，他又用那种轻松的语调继续道出了自己跟院长的交谈。"听说他跟老爸是小学同学。"

我能理解直人的惊讶，但更在意公公对那个医生说的话。

故意杀人和事故致死能分辨出来吗？

那个提问，是不是被故意伪装成了闲聊甚至玩笑话，实则在向医生咨询呢？

到底为什么？

我没花多少时间就找到了答案。公公是否曾经担心自己会遭到伪装成事故的杀害？

公公是个老实的花匠，为人温和善良，能称得上敌人的，恐怕只有在树上筑巢的蜂子和毛虫了吧。到底谁会怨恨他？我提出了自问，其实答案已经不言自明。

翌日早晨，直人出门上班后，我用吸尘器打扫了房间。刚开始同住时，由于大部分家务都由我来完成，因此我会按照自己习惯的顺序来打扫，可是婆婆一会儿说这样没有效率，一会儿说越扫越脏，现在我便照她说的来做了。按照规定的步骤来完成一件事，这对擅长拆弹的我来说并不困难。尽管如此，婆婆还是时常轻蔑地对我说："宫子啊，你怎么会把事情弄得这么复杂？"

"我是按照您说的方法做的啊。"

"如果按照我说的方法，怎么会留下这么多灰尘？"

她这样说就像那些不可一世的教练，整天嚷嚷你们按照我的部署来打比赛就肯定不会输，输了就是因为不听我的话。结婚后，我在跟婆婆同住的过程中只学到了一样东西，那就是用叹气来表达烦躁的情绪。

因为生气，我做出了决定。我尽量若无其事地，仿佛突然想起来一般说道："对了，前不久有一位人寿保险公司的人来敲我们家门。"

"保险？"婆婆愣了愣，随后皱起眉，"来推销的？"

"他好像找您有事。"我没有说谎，那个自称石黑市夫的人的确声称来找婆婆谈保险的事情，"您要买保险吗？"

"说什么呢，太不吉利了。保险不是以死为前提的东西吗？"

婆婆，人就是以死为前提活着啊。话到了嘴边，我觉得实在没劲，就咽回去了。转而问道："您之前没买保险啊。"此前我们从未谈论过这个。

"没有。你想买？"

这球传得太好了。我立刻导入了话题："对了，爸当时买了吗？他出事的时候，有保险吗？"

婆婆绷起了脸。"干吗？你想说什么？"

她语气烦躁，而且绷紧表情之前面部明显抽搐了一下。这人显然在试图掩饰。当情报员那段时间，我彻底精通了如何与人交流，还学会了如何看穿对方的谎言，暗中操纵对方的意识。换言之，我跟婆婆在审问这方面有着专业与外行的天壤之别。

"我记得之前直人说，爸的保险金汇过来了。那是什么样的保险啊？"

"直人？直人怎么——"

她可能想说直人怎么知道。换言之，她便是坦白了直人根本不知道有保险这东西。如果父亲买了人寿保险，直人知道也很正常，而且是理所当然才对。

我本想乘胜追击，但是放弃了。因为我缺乏一口气将对方置于死地的武器，要是她三言两语搪塞过去，那就没意义了。手头的弹药每击出一发都要追求效果，不能随便浪费。

为了模糊话题，我打开了吸尘器。虽然没有谈论出结果，但婆婆似乎并不打算主动追究下去，便一直在我附近晃悠。最后她好像实在待不下去了，开始搞平时从来不碰的庭院打理工作。

难得胜了婆婆一筹，我自然很高兴，然而这个问题实在让我笑不出来。假如公公的死并非单纯事故，而是牵扯到人寿保险的案件，事情可就不简单了。

"爸是几年前去世的？"

那天晚上，我趁婆婆到古谷家去做客，在晚饭时问了直人一句。

"你突然问这个干什么？"

"白天电视上报道了类似的事故，我就想起来了。"对我来说，若无其事地说这种谎话可谓易如反掌，"你上回去打高尔夫球，不是提到过当时那个谁，医院院长？跟爸是小学同学嘛。我就想起来了。"

"六年了吧，我到现在还感觉很不真实。"直人边说边看向佛龛。上面摆着公公的照片，微笑犹如少年。

"我不太清楚当时的情况，爸为什么要大晚上跑到神社去？"

"那是老爸当时的习惯。"

"到神社去吗？"

"不，去卡拉 OK。神社另一头开了一家卡拉 OK 酒吧。"

那时候还没有用集装箱改造的卡拉 OK 专用小店铺。原来公公一有时间就会到那家酒吧去，回来还会抄神社的近路。

"他就是那时在台阶上踩空了啊。"

我开始询问事故的情况。如果直接发问，恐怕直人会起疑，于是我刻意没有直指核心，而是在周围打探。用这个方式提问，既可以理解成疑问，也可以理解成确认，由此可以引导直人做出回答。

由于当时是深夜，公公去世后好几个小时才被发现。发现者是一对约会归来，碰巧开车经过的情侣。也就是说，没有人知道公公是怎么从台阶上摔下来的。

"他摔倒的时候没有目击者吗？"

"老妈应该听警察说明了情况吧。"

警察联系时，婆婆还在家里睡觉。当然，没有人能证明她是否真的睡下了。

等我反应过来，发现直人不知何时拿出一个小东西摆在了桌上。

"这是公司多出来的。不知是谁从哪儿拿来的，放在办公室就没人管了。"

"这是以前小学用的东西？"

"嗯，好像叫托盘天平吧。"直人把砝码放在天平的左右托盘上。每次替换砝码，天平都会发出咔嗒咔嗒的声音，或左或右倾斜。"说起来理所当然，只要把同样克数的砝码放上去就会变成水平呢。"

"如果不水平才糟糕吧。"

他用镊子夹起一小块铝片放在右侧托盘上，天平缓缓倾斜过去。

我不由得想起公园里的跷跷板。一会儿沉向这边，一会儿沉向那边，只要两脚一蹬，就能高高升起。

我思考着平衡的问题。

在组织工作时，我跟上司开会时曾说："这个样子我们永远无法超越美国。"

当时我想的是被曝光的"常春藤钟声"行动。美国在鄂霍次克海的苏联水下通信线路上安装了窃听装置实施窃听。由于原 NSA[1] 工作人员的背叛，这一行动被曝光出来，苏联紧急采取了应对措施，同时日本也大吃一惊。我们丝毫没有得到那种行动的情报。在美国看来，日本只是他们的下属机构，自然不可能将所有行动完全摊牌，但是对日本来说，这就像平白吃了一闷棍。为此，日本被迫认识到美国虽然是同盟，但并没有对我们掏心掏肺，因而促进了在国内强化自身情报机构的行动。

"或许我一直觉得，在情报机构的能力方面，我们必须争取赶上美国，甚至超越美国。"

上司却给了我当头一棒："日本的棒球无论再怎么努力也打不过大联盟，情报方面也一样。要赶超他们简直是白日做梦。"

---

[1] 美国国家安全局。——编者注

"今后日本人也会在大联盟崭露头角吧。"我较真地反驳。

"说来轻巧,那不过是梦话罢了。"上司嗤笑道。

我在心中冷冷地嘲讽了上司,但也觉得他那句"归根结底,这就是平衡的问题"说得很有道理。

美苏冷战时期,追究谁对谁错并没有意义。两国都竞相开发核武器试图让对手屈服,但这不是为了胜利,而是为了取得平衡。

如果其中一方拥有压倒性的力量,秩序就会遭到破坏。互相牵制才是最佳状态。

"竞争有好处也有坏处。"上司这样说。

"人可以在互相竞争和切磋的过程中掌握力量。"

"你说得对。但是,竞争社会不一定能给世界带来幸福。"

"这是什么意思?"

"假设其中一方打败了另一方,也只会生出反抗。因为促使人行动的并非理性,而是感情。将来可能会进入连运动会赛跑都遭到抗拒的时代。那将是一个为了维持稳定而使所有人横向一致的时代。"

"没有竞争的运动会?"

"你之所以会产生疑问,是因为你属于能赢的那类人。"上司说完又重复道,"我们没必要胜过美国。输的人会产生不快和警惕,为此,我们组织的行动要尽量隐蔽。"

我凝视着直人正在把玩的托盘天平,心里想着这些事情。天平必须要平衡,跷跷板则应该反复沉浮,不可能某一方时刻保持在同样的位置。

我想象着自己和婆婆坐在天平托盘上。不用说,天平自然会向婆婆那边倾斜。当然,我并不在乎这个。单从年龄来讲,婆媳关系便是婆婆占据优势,这是难以改变的事实。我是半路进入这个家庭的人,当儿媳的或许只能忍耐。潜入某个组织后,清楚认识自己的立场,尽量不引人注目,这是身为情报员必须掌握的初级技巧。

尽管如此,为何我就是无法保持冷静呢?

为什么我与婆婆的关系如此不安定呢?

为什么我偏偏想把跷跷板的倾斜扭转过来呢?

这是祖宗传下来的孽缘。

当我回想起保险推销员石黑市夫说的话,视野突然开阔了。我本来站在拉着窗帘的独栋房子里,周围的景色竟全部消失不见。不,并非消失,而是变成了白色的地面和白色的天空。脚下是一整片细沙。我感到一阵清风,还带着潮水的气味,惊觉自己站在一片海滩上,于是猛地转头,发现旁边躺着一头巨大生物,顿时吓了一跳。鲸鱼?就在那时,我又听到了人群围过来的熙攘声。

"宫子,你怎么了?"

听到直人的声音,我回过神来。当然,眼前依旧是家中起居室。

"宫子,你这是要到哪儿去呀?"

我刚洗好碗,打扫好房子,就听见婆婆叫了一声。我还没有做外出的准备,却被她说中了,不由得猛地一颤。"您怎么知道?"如此反问并非良策,于是我保持沉默,假装不懂她的意思。婆婆又说:"你今天化妆有点不一样。"我不得不强忍住表情的扭曲。

我并没有意识到今天的化妆跟往常不一样,但的确有外出的打算,可能无意中化了外出的妆容。她竟然连这都能发现,让我不得不佩服。我回想起刚认识婆婆的时候,她一脸惊异地问我:"你眼睛怎么这么蓝?"还皱起眉,仿佛看到了很诡异的东西。我倒是想反问她耳朵怎么这么大,但是忍住了。

"我有个朋友在医院工作。"我道出了预先准备好的谎言。

"哦?你竟然有朋友,好难得啊。"

"应该称作熟人吧,那个,对方好像愿意听我咨询不孕的事情。"

因为怀不上孩子对我来说是个严重问题，我并不想轻易说出口，但这番话用来应付婆婆想必是再合适不过了。果然，她沉默片刻，应了一句："哦，是吗。"随后不再追问。

"看来你终于把这件事放在心上了啊。"她又絮絮叨叨地说了下去，我没有理睬，快步走出了家门。

我转了几班电车，来到在组织工作时经常光顾的咖啡厅，走到靠里的座位，对方已经等在那里，一脸不耐烦。

"我马上就要走了，你不准时来怎么行呢。"

他是情报解析部门的成员，在我辞职半年前加入组织。虽然不知多少岁，但看起来就像发育不良的葫芦，跟病弱学生没什么两样。此人身体能力看似低下，实际也并非伪装，因此不适合需要依靠体能完成的任务。不过，他在信号情报、图像情报、开源情报，也就是截取通信和分析画像情报、分析开源情报这方面特别有能力。

"那就赶快搞完吧。"

"饶了我吧，你也替我想想啊。"

"你瞧你，保持扑克脸不是基本要求吗。"

"表达不满的时候要用不满的表情。最近我们的行动受到了很严格的监视，说是内部监察。"

"比以前还厉害？"

"上头特别提防信息外泄，每次使用软驱都会亮警示灯。"

"就这一次嘛。"我双手合十朝他拜了拜。

他欠了我一个人情。

就是上回那个携带神经毒素的特工骚动。当时负责收集和分析特工情报的人就是他。也就是说，他落入了敌方的情报诱导陷阱，没有发现伪装成老妇的特工。那次要是演变成重大案件，他必然要被追责，不仅如此，连他自己也会产生沉重的负罪感。为此，他特别感谢我。

"反正这次只是检索一下警方关于这起事故的信息，算不上什么。毕竟没有上升到国家高度。"他说，"我没法把资料拿出来，口头告诉你可以吗？"

他的意思是让我用脑子记住。"知道了。"

他把公公死亡时警方的应对，以及事后留下的报告内容说了一遍。事件的确被认定为不慎从神社楼梯跌落，也没有任何信息表明那是一起伪装成事故的谋杀。

"那天很黑吗？"

"我查过了，因为是晚上，所以黑是必然的，而且当时正值冬至。我还查了气象数据，当天没有云，按照发生事故的楼梯位置进行模拟，当时正好有月亮。"

"就像美丽的明灯？"

"那倒不至于，但我觉得应该不是伸手不见五指那种黑。不过呢，就算周围亮堂，人也会摔跤啊。"

"也对。"

"问题是目击证人。"

"有目击证人？"那就好办了。公公的意外将不再有置疑的余地。

"嗯，不过这里有点麻烦。"

"麻烦？"

"那名目击证人已经去世了，遭遇交通事故。听说他当时突然冲到马路上去了。"

我看着前方，一时无言。对面的人仿佛不是工作上的后辈，而变成了目光清冷的婆婆。

一段时间后的一天，我在自家走廊上猛地转了个身。

那个男人右手闪了一下。我尚未分辨出那是刀具，身体就反射性地动了起来。这就像拳击里的组合拳。躲过攻击后，对手刺中虚空，收势不及打向了走廊墙壁，利刃划出一道长长的痕迹。

我立刻屈起右膝踢中对手侧腹。

之所以力道不受控制，理由很简单。

这会被婆婆骂啊。所以我怒火中烧。

婆婆连我在打扫卫生时不小心在柱子上留下的一个小划痕都能眼尖地发现。她寻找借口攻击我的能力实在是令人惊叹。

"宫子啊，墙上的划痕是怎么回事？"我当时就感觉自己被责问了。

男人还不放弃，使劲挥动匕首。我抬起右脚，一脚踹向他的膝关节。

他失去平衡，跪倒在地，但很快又站了起来。我看到他竟穿着鞋子，顿时怒从心中起，再也无法保持冷静。

你把地板踩脏了是我挨骂啊。

几分钟前，有人按响了门铃。外面有人喊："您的挂号信。"于是我没多想就把门打开了。这么做或许不太好。虽然要怀疑一个打扮成邮递员模样的人比较困难，但我还在工作的时候，肯定不会犯这种错误。

我被狠狠踹了一脚跌进屋里，手上的印章也飞了。

好在对方一直挥动匕首试图恐吓，我得以瞅准机会向后退去。

平时生活起来虽然没什么阻碍，但一到格斗的时候，走廊就显得太窄了。

从玄关口上来是通往二楼的台阶，再往前是日式房和起居室的门。

我对上那人的脸，是个陌生人。

他的体势很正，看来练过格斗技术。于是我也调整呼吸，左臂在前，侧身对着他。

男人的目光好像没有焦点，显得很模糊。

"为什么？你是专门来对付我的？"我问。

男人不回答。

"谁派你来的？"

"你自己清楚得很。"我感觉有人在对我这样说。可那是我的声音。我可能知道了一切，只是不想接受。

"离蜂巢越近，蜂的攻势就会越猛烈。"我在情报机构工作时，有人对我这样说过。越是把手伸向别人不希望被打探的地方，受到的阻碍就越大。反过来说，如果蜂群发出威胁，证明我已经离目标不远了。

不入虎穴，焉得虎子。

听了我的质问，对方先是说了句上司，随后摇摇头，十分遗憾地说："类似上司，却有点不同。"

总之，我现在遇到了危险，证明有人起了戒心，或许还生气了。因为我正在接近巢穴。

谁的巢穴？

没必要装傻吧。

几天前，我打开了衣箱抽屉。婆婆正好跟古谷夫妇到新宿去看电影了，我认为机不可失。

公公的死，真的只是从神社楼梯上不慎跌落吗？

一开始我只是半信半疑，觉得自己想多了。就算对婆婆再怎么有意见，凭空想象她跟死亡事件扯上关系，也早已超越了不敬，绝非正常人该有的想法。

可是，几个新线索却让我的怀疑越来越深。

首先是目击者。

由于是深夜，公公从神社台阶摔下来的瞬间并没有被人看到，不过在此之前，有人看见他走在神社里了。

我以前的后辈说："如果要继续深挖，肯定很难瞒着组织去做，请你饶了我吧。"

"要是你真的很为难，那我再加把劲查查过去的资料，但我能做的只有这么多。"既然他这么说，接下来只能我自己调查。实际在周边一问，别人可能觉得北山家的媳妇惦记着公公的事故情况并不算奇怪，因此我比较轻易地打听到了一些信息。

目击者名叫三太郎，是个老年男性。这好像不是他的真名，总之这个号称三太郎的人"没有房子住，总在附近流浪""是个拾荒老人""牙齿掉了，满嘴都是缺口，经常吃便当店卖剩下送给他的残羹剩饭"。

周围的人提到三太郎，都没有流露出很明显的嫌恶。

"他一直笑眯眯的，性格很温和。"

"每次下大雨或大雪，他都会帮街坊邻居收拾被冲走的垃圾，或是第一个出来铲雪。"

就是这个三太郎看到了死前不久的公公。

当时警方正在进行现场勘验，他好像走过去说了一句："我刚才应该跟那个掉下来的人擦肩而过了。"警方认为那只是从台阶上不慎跌落的事故，应该没有向三太郎询问详情。

得到这个线索后，我先若无其事地问直人是否知道三太郎这个人。这个话题要"若无其事"地提起来难免显得有些唐突，不过我在情报机构工作时，受了不少关于"若无其事"的训练。

一开始他挺疑惑，"那是谁来着？"没过多久就想起来了，"啊，对了，就是那位，父亲葬礼时来过的。"

"啊，他来过吗？"公公去世时，我已经跟直人结婚了，因此对这座房子里举行的葬礼记得还算清楚。

"没，那人没进来，站在外面了。"

三太郎似乎觉得自己身上脏，进去不太好，就在房子外面合掌凭吊了公公。

"他这人好像很好啊。"

当然，人类不存在"好人"和"坏人"的区别。无论什么样的人都有好坏两面，而且要明确"好"与"坏"所针对的对象也十分困难。我以前在工作中经常需要区分"对国家有害的人"和"无害的人"，但也不存在十分明确的准绳。冷战期间也存在难以区分立场的灰色区域。

"对啊，他是个好人。我请他进去，他也不愿意。然后呢——对了对了，他还小声说，最后见到老爸的人可能是他，因为他俩在神社擦肩而过，他还跟老爸打了声招呼。"

"哦？"

"他说，如果当时把老爸叫住，或许也就不会发生跌落台阶这种事了。不过要我说啊，就算他叫住了，后来也可能还是会摔下去，所以没必要细想这些问题。"

"你后来见过三太郎先生吗？"

"那人后来去世了。大概过了半年吧，被车撞了。"

果然如此——我险些脱口而出。这个信息我之前已经收集到了。"人生无常啊。"

"真的，当时老妈也吃了一惊。因为她在出事前不久刚见过三太郎先生。"

"啊？"我的音调一下提了上去，"妈见过他？"

"是啊，其实也不是见过，就是在路上碰到打了声招呼。人的缘分真是不可思议。说缘分会不会不太好啊。老爸出事前让三太郎先生碰到了，而三太郎先生出事前又让老妈碰到了。"

我没说话。

我当然不像直人那般单纯，仅仅将其理解为"凑巧"。不，应该说我的想法更加单纯。我想，只要把婆婆放在公公的事故和三太郎的事故中间，两者就能联系起来。只能是这样。

"妈应该也受了很大打击。"

"她那段时间情绪特别低落。可能自从她父母因为事故去世，老妈就觉得自己是个瘟神了。"

我没有闷哼，表情也几乎没有改变，虽然我不得不承认自己的表情确实有那么一点变化，但还是大体上装出了平静的样子，连我自己都钦佩不已。

没想到婆婆的父母也是因为事故死亡的。

听说那件事发生在直人出生前，死亡原因是交通事故。

"真是祸不单行。"

"所以三太郎先生去世时，妈可能也很受打击。"

"嗯，是啊。"

这就是让我产生怀疑的第二个因素。

直人接下来的话又让我产生了更多不好的想象。

"老妈的父母，也就是我姥姥姥爷，他们虽然出了那种事，但好像也帮了大忙。"

"帮了大忙？"

"当时老爸给别人当担保人，结果背了一笔债。"

我想起古希腊的教诲：成为担保人将身败名裂。债务和人际关系的矛盾原来是从公元前延续至今的问题啊。

"不过老妈的双亲去世，拿到保险金之后，那笔钱好像还上了。如果说时来运转有点不太好，说塞翁失马又有点不恰当。"

后来我一边应付对话，一边思考着别的事情。

人有种倾向，就是一旦尝到甜头，遇到问题就容易走老路。如果能形成一种规律性，应该可以称为"制胜法则"，如果是没什么根据的东西，就会变成"迷信"和"想当然"。不管怎么说，人都喜欢模仿过去的成果。

我想起婆婆的脸。

"对了，我问个没什么关系的问题。"我对直人问道，当然，不可能没关系，"妈以前为钱发过愁吗？"

"啊？你说老妈？为什么？"

"我之前听说公公去世那段时间，她各方面都很节约。"我编了个谎话。

"是吗？我不记得了。"

婆婆是否需要得到一笔保险赔款？她是不是需要钱？我实在问不出口，只能在脑子里不断思索。

于是。

于是我做了什么？

首先，我翻了衣箱。

那是为了检查用婆婆名义开的银行账户。我知道她有两个账户，因为她有时候打发我去银行帮她存款，所以不太可能留有秘密记录。如果有，那她极可能拥有其他银行的账户。

我从下往上拉开衣箱抽屉逐一检查。里面几乎都是不再穿的旧衣服，也藏着那么一两件贵金属饰品，让我一时间有种自己是珠宝大盗的错觉。

翻完衣箱，看一眼时钟。婆婆说她傍晚五点左右回来，现在还有一个小时。我转移到二楼，走进东北角公公生前用作书房的地方。虽说是书房，也只不过是七平方米左右的日式房间，里面放着几层架子，上面码放着百科事典等书籍而已，现在已经成了堆放按摩椅和悬挂保健器械这种无用之物的仓库。如果没什么事，基本不会有人走进这里，但也没人定下"不准进去"的规矩。

我把架子都检查了一遍。

上面有某个小说家的盒装全集，旁边是几本相册，我漫不经心地翻开，发现里面贴着直人小时候的照片，忍不住多看了一会儿。

毕竟是自己选择的结婚对象，我可能多少带上了一点滤镜，只觉得真人小时候很可爱。他晒得黝黑，露出雪白的牙齿嬉笑着，在运动会上摇着旗子，让我不禁感慨：不愧是我看上的男人，连少年时代都那么耀眼。里面还有眯着眼睛、姿势下流的照片，也被我解释成了不愧是我看上的男人，连少年时代都那么有深度。

当然，相册里还有很多家庭照片。可能因为多数是公公拍照，大约三分之二都是婆婆和直人两个人的照片，让我感到很不愉快。

而且婆婆总是斜着眼睛，甚至在有些照片上直接看向别处。照片背景是日本各地的名胜，可能一家人定期会出去旅行，然而照片里的婆婆总是气哼哼地看着远处，仿佛在说"还要拍吗？"。我看了就很烦，难道她连按快门这点时间都无法坐定吗？

收起相册，我又开始检查另一层，发现了素描本。

打开一看，里面是写生画。

那都是铅笔画的风景，而且技术很好。既有随意的写生，也有精致的水果静物画。再往后翻，突然开始出现类似插画的动物和小孩子。

这是公公画的吗？

越往后翻，蜡笔画的线条和图形就越多，说不定那是直人年幼时玩耍画上去的。

"呀，好怀念啊。"

背后传来声音的瞬间，我坐在榻榻米上，险些弹了起来。

震惊的同时，我感到血液倒流。然而等我回过头去，已经调整好了表情。

"妈，您回来啦。"

"我不是说五点嘛。"她的语气仿佛在宣称这是扣分点。

"啊，已经这时候啦？"我嘴上说着，心想这不可能。我接受了一边工作一边感知时间流逝的训练，刚才在一楼起居室我看过表，时间是下午四点，到现在应该只过了三十分钟。

婆婆可能感觉到了我的不满和疑惑，便说："哦，你看了楼下的钟吧？刚才我也发现了，好像慢了一个小时。"我没有漏掉她鼻孔微微扩张的细节，仿佛在炫耀自己的胜利。

钟不准也不是头一回了，但我心里怀疑，她该不会是故意的吧？搞不好是故意说五点回来，然后调慢楼下的钟，想让我大意。

可是为什么？

是为了引诱我趁她不在家到处翻东西，然后抓现行吗？不，如果是这样，那就意味着婆婆知道"我在怀疑她"。

应该不至于。

然而，婆婆的直觉的确敏锐得可怕。

"我打扫房间的时候看见了。"我假装平静，正要解释，她却间不容发地反问："打扫房间？"

此时露怯就输了。"刚才路过的时候，我发现这个房间的地板上有点灰尘。"

"哦？你眼神真好啊。"

"只是碰巧看到。我打算先把地板收拾收拾再用吸尘器，就看到了不少东西。这本素描是……"

"是我的。"

"您画得真好。"这不是奉承话，因为那些画的笔触很熟练，而且很专业。

"我过去画画受过不少夸奖。"不知是害羞还是嫌麻烦，婆婆试图强行结束话题。

"我还看了相册。您瞧，直人小时候的照片。"

我拿出相册翻开，婆婆稍微拉高音调说了一声："好怀念啊。"她在我面前虽然总是一脸阴沉，但是看到儿子小时候的照片，表情还是会明亮起来。

"这是表演会的照片吗？"我指着直人站在舞台上穿着戏服的照片

问道。

"嗯，这个是。"

婆婆一开始表情还有点冷，好像很不情愿，不过我积极接话，表现出了特别感兴趣，请多讲一些的态度。婆婆毕竟为人母，最后还拿出好几本别的相册，说了好些过去的事情，就没再追究我到底在公公的房间里做什么。

到了三天前，我走在外廊上，发现有件衣服落在了院子里。

那是二楼晾衣竿上掉下来的吧。

于是我穿上凉拖，想到院子里去捡衣服。

就在那时，一个排球大小的黑影从我眼前一闪而过，掉了下来。

那好像是人头。

我大吃一惊，与此同时，那个"人头"在我脚边碎了。它碎成好几块，发出爆裂的声音飞溅开去。因为里面飞出了黑色粉末，我险些以为那是炸弹，但马上判断出那是个花盆。

我抬起头。

看不见二楼阳台的情况。

于是我回到室内，不出声地一路小跑上了楼梯。

"宫子，你这是怎么了，表情好吓人。"婆婆正在西式房间熨衣服，一见到我的表情就僵住了。

她说自己根本没注意到花盆落下去。"受伤了吗？"她虽然关心地问了一句，可我觉得那个反应显得异常苍白。

阳台上摆了很多花盆。

那些花盆大小相同，都种着郁金香的球根，掉下楼的好像是最角落那个。

"难道刚才有地震吗？"

"不，妈，如果有地震，花盆应该全倒了才对吧？"

婆婆闷闷不乐，不知是因为觉得自己的意见被冷淡驳回，还是心怀愧疚。

"那只鸟——"婆婆突然指向天空，俨然孩子遭到斥责时故意分散大人的注意力，让我无奈了片刻。她好像想说推翻花盆的是鸟，还用食指朝着阳台画了个圈。"它经常落在扶手上。"

"鸟推倒了花盆？"她是认真的吗？

"有可能哦。"

"哦……"

我不小心发出了不置可否的回应，连忙蹲下身来，假装凝视花盆掩饰过去。花盆摆在不锈钢花架上，那一层有只蜗牛。

我当情报员的时候，组织假设我们要生活在比较靠近自然环境的地区，安排了很多户外训练，因此自然习惯了虫子、两栖动物这些生物。我一不小心看得出了神。一开始只是漫不经心地盯着蜗牛壳上的旋涡，很快就突然有种要被吸进去的感觉，让我吃了一惊。

壳上的旋涡仿佛螺旋状下沉的空洞，而我则不知不觉走在了上面，慢慢被吸入。

我绕着圈向下走，等回过神来，发现自己站在一片白色的沙滩上。

抬起头，前方是一片茂密的树林，对面则是耸立的峭壁。

我闻到潮水的气味，抬头环顾四周。

背后有一团巨大的东西，吓得我呼吸都停止了。那东西就像沙滩上突然出现一个大包，又好像大地色的湿疹。我缓缓向它靠近，发现那团东西上有红色痕迹，在我意识到那是血痕时，总算惊觉这是一个生物。鲸鱼？是海里的鲸鱼搁浅，它受伤了吗？眼前是一头巨大的鲸鱼，上次我也看见过。

"宫子呀，你该不会觉得是蜗牛把花盆推下去了吧。"

那个声音让我忽地从螺旋的蜗牛壳里浮上来，从躺着鲸鱼的沙滩瞬间回到了阳台不锈钢花架前面。不，我原本就在这里，可是身体上却残留着从旋涡里挤出来的感觉，就像萎缩成一小团的身体穿过小小缝隙的感觉。

蜗牛慢悠悠地朝花盆爬去。它的力量不可能推动花盆。

我并没有回答，而是站了起来。

婆婆靠在扶手上往下看，见到日式房外廊旁边摔得粉碎的花盆，担心地看了我一眼。"这可真是太危险了，还好没砸到你。"

"啊，嗯。不过它正好在我眼前落了下来，吓我一跳。"

"你没受伤吧？"

我凝视着婆婆的眼睛，想探知她的真意。她究竟是担心我，还是大失所望，抑或心怀警惕呢？

我自认为能看穿扑克脸或表情与想法相反的人，可是对婆婆的心思，我却毫无头绪。这是因为我从工作前线退下来，观察力变弱了吗？

不，我暗自否定。

如果想预测天气，就要冷静沉着地抬头观察天空。可是在婆婆面前，我总是感到心中翻滚着滔天巨浪，不断冲撞着我的观察力，妨碍它发挥作用。

如果只是花盆，那也就罢了。

第二天，我到新宿去采购，站在十字路口等红灯，突然被人从背后狠狠撞了一下，险些扑到机动车道上。我觉得这个事态不容乐观，便提高了警惕。

遭到撞击后，我扭身看到了撞我的人。那显然不是婆婆，而是一个微胖的穿着西装的男人，彼时正满头大汗地拼命跑走。虽然可能是他急着赶路不小心撞到了我，可我脑子里的报警器还是响个不停。

现在，一个手持利刃的邮递员——不，身穿制服貌似邮递员的男人站在我面前。

他轻微摇晃着身体，我也重复着同样的动作。因为相对静止不动，这样更能灵活地出招。

我计算着他的呼吸节奏。

有点急促。

他显然不是外行，但身手应该不及我。

我能把他制伏。

问题在于，如何不对房子造成破坏。

虽然墙壁已经被刀尖划破了，可我不打算扩大受损情况。

宫子啊，你想把我们家搞成废墟吗？

我想象着婆婆的冷言冷语，顿时气不打一处来。我心中的怒火并没有沸腾，反倒更像散发着腐臭的岩浆。我唯独不想让那个人占上风。那个女人——不，那种鸟人！

我究竟在气什么呢？

只要涉及婆婆，我就会产生极不愉快的感觉，甚至失去平常心。这是为什么？

身穿邮递员制服的男人动了。

他端在身前的左臂猛地向我袭来。我预料到他这一招是佯攻，紧接着就要将右手的利刃刺过来。果然如此。我侧过半身，躲开左拳，一掌打掉了朝我袭来的右手。利刃打在狭窄的走廊墙壁上。

我保持着姿势向后退去，面朝着他，一步，两步。

瞅准他冲过来的时机，我飞快转开右侧洗手间的门把，将门拉开。

房门沿弧线打开，成为我的盾牌，那人一头撞了上去。

我当下便用尽力气把门往前推。

那人失去平衡，轰然倒地。

我趁机跑进洗手间，从毛巾架上抽出毛巾。

回到走廊，那人已经单膝着地，正欲起身。

我真想提醒他反应要敏捷一些。

那人摇摇晃晃地盲目刺出匕首，我双手抻开毛巾顺势一捆，然后用力一拧。

当我将他的双手拧到背后时，匕首落在了走廊上。

我一脚扫向那人双腿，让他俯伏在了走廊上。

然后，我坐到他背上，厉声质问："你想干什么？目的是什么？是谁派你来的？"

绵贯先生身体的过滤能力恐怕很优秀，无论摄入多少酒精都面不改色，甚至感觉不到思维的紊乱。

我则不一样，只喝一口就会脸红，甚至无法相信自己的行为。

"北山家的婆媳关系问题怎么样了？"

"绵贯先生，您还记得这件事啊。"我一边感激涕零，一边觉得他没必要当着小院长的面提起这件事。不过O医院现任院长，也就是刚从父亲O医生手上接过实权的小院长似乎并不在意。看来他已经从绵贯先生那里得到了这个情报。"唉，我那儿也一样，夹在中间是不好受啊。"

我们坐在一个包间里，这家店的寿喜烧和涮锅很有名。大约一个月前，一本杂志介绍了这家店，说只要带女孩子到这里来，肯定能讨得对方欢心，作为付出与收获的付出部分显然效果很好。从那以后，这家店连续爆满了好久。然而绵贯先生可能靠着跟店家脸熟，轻松预约到了包间，还把我也叫上了："今天要跟小院长去吃饭，你也来吧。"

"院长也被夹在婆媳中间吗？很难想象啊。"我把惊讶程度刻意夸张了二成左右。

"毕竟院长夫人——副院长的性格很强势啊。"绵贯先生点着头说。

性格很强势应该算不上夸奖，反倒有点批判的感觉，我顿时有点担心他这样说不太好，然而小院长听了似乎很受用，想来这两个人已经成了背地里说夫人坏话的战友。由此可见绵贯先生与小院长走得很近。

"小院长这么能忍，真了不起。"

"我家还要加上那个唠唠叨叨的老爸，别说夹在中间了，简直是四面楚歌。能理解我的人只有小绵呀。"

"小院长真是太努力了，所以我也希望您能在工作结束后吃点好吃的，缓解缓解压力。"

"一般上医院的不都是病人吗，那可都是负能量，就算是我也累得够呛。再加上老婆那个样子，老爹又拎不清。啊，对了，那个谁——"小院长指着我说，"听说你跟老爹聊得很开心？"

O医生可能回家提到了我跟他一起打高尔夫球的事情。于是我老实告诉他，只是家父与O医生是同班同学而已。

"不过老爹那天打完高尔夫球回来可高兴了。"小院长气哼哼地说，"你真好啊，讨好我老爹的本事及格了。"

"不不不，哪里的事。"

"我们家北山可擅长俘获人心了。"

我可是头一次被人这样说，便很想问问绵贯先生从哪儿听来的。可能是他刚刚编出来的吧。

"不过你最好记着，现在院长是我了，你就算能讨到老爹的欢心也没用。"

"啊，对，那是当然。"因为小院长两只眼睛瞪得血丝都冒出来了，我赶紧回答道。虽然这句话有点玩笑性质，但对他的自尊心来说，可能也是极为重要的强调吧。我被他这么一瞪，心里可能有点慌，一不小心说了句有点糟糕的冷笑话："不过虽然是医院，但应该不会搞什么院政^[1] 吧。"

小院长立刻皱起了眉。"你说啥？"

绵贯先生立刻用一句"这个可好吃了"，将小院长的心思转到眼前的肉上面去。

涮锅的确美味，我一时间都着迷于在锅里涮肉吃。不，其实有一部分也是装出来的。绵贯先生跟小院长的关系比我想象的要好，两人的对话中时刻包含着对工作毫不遮掩的抱怨和"这话不能外传"，让我非常担心，他们当着我的面说真的好吗。为了强调我没有在听他们说话，我手上的筷子动得更勤了。

"不过小绵啊，你有没有啥有意思的东西？我根本没什么想要想买的东西，高尔夫会员也没意思。我太明白买凡·高画作那个人的心情了。虽然我还买不起那种东西，可我还是明白一个人想买让大家都瞠目结舌的东西的那种心情。"

"那幅画卖了五十多亿吧。"绵贯先生说，"我感觉现在日本就没有买不到的东西。"

"因为日本的金钱力量强悍啊，我可是得意惨了。"

"为什么呀？"绵贯先生可能之前就听他说过这种话，因为他的反应看起来就像明知对方想说什么，还故意接话迎合他。

"小国日本胜了大国老美一筹。我们打仗虽然输了，但是日本人胜在勤奋，只要动真格的，一定能赢。太痛快了。很快，日本人就要把好莱坞的老工作室给收购过来吧？到时候连美国人引以为傲的好莱坞电影都成了我们的东西。他们都嘲笑我们是经济狂人，可我们毕竟没有作弊，更何况世上没什么东西比钱更好懂了呀。"

"有道理。"绵贯先生深表赞同，"上回不是还发生过预约诊室的问题嘛。"

---

[1]指天皇让位成为太上天皇（也称"院"），实际执掌政权的形式。——译者注

这新闻我也知道。一些情况并不紧急也不严重的高龄病患大量聚集在医院候诊室已经成为社会问题，以至某家医院专门准备了另外一间预约诊室。只要支付预约金，就可以避开外面的人群，在里面得到诊疗。但是此举被认为违反健康保险法，后来遭到了举报。

预约诊室到底违不违法，直到现在都没掰扯清楚。

"花钱多的客人能得到更好的服务，我觉得这很正常啊。金钱不过是数字，它不会像人性或努力一样看不见摸不着，反倒很直观，也很公平。"

"能看见的东西都好懂。"

"对啊，你瞧，就像这样。"小院长说着，不知从哪里拿出一沓折起的万元钞票，给我和绵贯先生各发了几张。他的态度就像亲戚发零花钱，然而亲戚可能比他还要客气一点。

我看了一眼绵贯先生，见他感恩戴德地收下了，我便学了他的样子。

只是钱多而已。

只是钱多得没地方花啊。

我脑中突然冒出那句话，便尝试回想那是谁说的。

是宫子。

是什么时候来着？应该是我有一天深夜回家，她给我准备晚饭时的对话。当时我告诉她，那天为了招待大学医院的人，连去了好几摊，还说："搞得我都弄不懂金钱的价值了。"然后她回答："只是钱多而已。"

"确实，只能说就是钱多了。公司好像也鼓励我们使劲花钱。"

"你知道现在最有钱的是哪里吗？"

"哪里啊？"还有这种地方？

"银行啊。银行有很多钱，可是光有钱无法产生利益，非得借出去才行。于是银行就使劲批贷款，如果人家不要，就以今后一分钱都不贷给你相威胁。"

"还能这样？"

"不让热钱流动起来不好办啊。"

"我不是很明白。"

"国家也在全力开展公共事业，土地价格一路走高，法人税也调低了，企业的钱多得没地方用。"

"所以我们的工资涨了，我还有几个同期入职的同事买了投资住宅呢。"

"那是因为有人在不动脑筋拼命盖房子。"

"那又不是我同事盖的。"

"因为土地持续升值，就有企业想趁现在先买入。既然买了，那就必须用吧，所以人们就在土地上盖大厦和公寓。盖好以后，还得卖出去对吧。已经有了刚需房的人不需要再买房自住，但他们可能会用来投资。因为能赚钱，所以大家都来买房了。"

"按照宫子的说法，好像买房的都是蠢蛋啊。"我的话可能有点带刺。

宫子还是像平时那样异常冷静，并对我说："上回我在电视上看到了南海泡沫事件。"

"这名字听起来有点像周五悬疑剧。"

她笑着摇了摇头。"十八世纪的英国，由于国家的债务太多了，政府就办了一个负担债务的公司，名叫南海公司。他们原本想靠那个公司的贸易赚钱，但是并不顺利。后来呢，那个公司就开始发行股票。听说公司的负责人约翰·布伦特有两个原则。"

"两个原则？"

"第一，用尽一切手段提高股价，是让公司利益上升的唯一途径。"

原来那时候就有股票交易和股价这种东西啦。我险些发出的感慨有点错位。"第二个呢？"

"越乱越好。不能让人们理解他们到底在做什么。"

"越乱越好？"

"事实上，南海公司真的设计了一个提升股价的机制，做足了表面功夫。股价上升，人们就会买它的股票对不对？于是股价继续上升。因为能赚钱，于是大家一窝蜂地买入。这跟现在的日本是不是很像？大家都觉得能赚钱，买了应该不亏，所以没有人担心。不动产越炒越热，纸醉金迷的人越来越多。"

听到这里，我也觉得那跟现在的日本有点像了。"然后呢？"

"因为南海公司的股票能赚钱，又有许多莫名其妙的小型股份公司纷纷成立起来，像泡沫一样恣意堆积。政府觉得这样不好，便出手禁止，结果股价立刻断崖式下跌，持有股票的人全都被套在里面了。南海公司也跟着暴跌。我能算准天体的运行，却无法预测人类的疯狂。"

"那不是牛顿说的话吗？"

"听说牛顿当时也吃了大亏，才说出这句话来。"

"我不希望牛顿被骗。"

"其实大家心里都有点猜测，觉得这种东西肯定不长久，总有一天要崩盘。可是大家都觉得还能再持续一段时间，所以不愿意去想这件事情。我觉得，现在的日本应该也差不多吧。"

"嗯……那是宫子的想法？"

"我怎么可能想得出这么复杂的东西，全都是从电视上看来的呀。"

"那倒不一定，你脑子这么灵光。"

"头一次有人这么对我说。"宫子眯起眼睛微笑的样子很可爱，让我忍不住想抱紧她。

"其实我早就这么想了。"这不是说谎。宫子平时忙于家务，看似对社会形势和政治漠不关心，但有时会说出很敏锐的分析。她总说这是评论家在电视上说的话，或是自己从杂志上看来的，但很多观点在我看来特别新鲜。我有时会问她看了什么节目，她总是用一句忘了搪塞过去。

"因为当时突然冒出来的许多泡沫公司跟南海公司有关系，所以后来被人们称为南海泡沫事件。South Sea Bubble."

"梦都是泡沫。"我记得好像有这么一句谚语，便脱口而出了。我很难想象现在的日本正处在那样的状态下。毕竟十八世纪是两百多年前，当时日本还是江户时代。与那时相比，社会在经济和政治方面都积累了更多经验，应该不会做这种沉浸在泡沫中而不自知的愚蠢行为。"我觉得政府应该有防止破裂的对策吧。"

"可能有人想出对策，但有时候，政策不是想实施就能实施。看到一列火车失控，肯定所有人都知道必须把它停下来，可是实在没有办法，于是只能等火车自己撞上什么地方。而且身在泡沫之中，很难察觉这究竟是不是泡沫。"

"将来日本经济会变差吗？"我还是难以想象。

"那当然。"

"啊，真的？"

"可能就在不久之后。经济有可能跌落深渊，随后的几十年人们都会想，好想回到那个时候啊。"

"那个时候？"

"就是我们所处的现在。在人们一心怀念这段异常的经济景气时，一不小心就会过去几十年。"宫子说得太肯定了，听得我有点愣。

我并不认为日本经济的势头会永远持续，但也很难想象会跌落到那个地步。美苏冷战可能会无法忍受冰冷的状态，进而转为热战。且不管那是否称作热战，总之那个发展显得更现实一些，听起来"挺有可能"。

"喂，北山，你别老发呆啊，听见没？"

"啊，不好意思。"我猛地回过神来。

小院长把涮好的肉塞进嘴里嚼了几口，然后说："唉，能发呆是好事。小绵这样聪明又周到的人固然值得依赖，但也挺可怕的呀。"

　　"您别抛弃我呀。"绵贯先生夸张地做出死死纠缠的动作。

　　其后，因为小院长一句"我想感受一下年轻人的力量"，我们决定到迪厅去玩玩，就是在那里，我被任命为O医院的下一任负责人。去之前我虽然知道最近迪厅很流行，但是从未走进去过，所以在门口被检查服装，又抬头看到黄铜制的大号装饰物后，我心里有点怯。好在绵贯先生对这种地方已经习以为常，一路拽着我走了进去。

　　里面挤满了精于玩乐的青年，反倒是我们显得有些格格不入。那两位丝毫不在意这种感觉，大大方方地坐到沙发上，开始欣赏随着欧洲节拍舞动身体的男男女女。

　　"哎呀，这可真不错。"小院长实在坐不住，很快就走下了舞池。

　　"他没问题吧。"我有点担心，却不知道自己到底在担心什么。

　　"你就让他玩吧，我们的工作不就是让医生随心所欲，玩得尽兴嘛。"

　　"啊，是。"

　　"你知道医生最高兴什么吗？"绵贯先生问了一句。由于室内充满了大音量的电子音乐和演唱，我们自然也要大声说话。

　　"排解压力吗？"

　　"是赚钱啊。"

　　"啊？"

　　"只要能赚钱，就是幸福。"

　　我干笑了两声。医生也分人吧，这个玩笑有点过分了。"骗你的。医生的幸福当然是病人的笑容啊。"他面无表情地补充了一句，让我更加难以判断究竟哪句是真心话。

　　然后绵贯先生又说："北山，我要把工作交接给你。你跟O医生关系好像挺不错，这不是正好嘛。"

"这哪儿是正好啊。"

"好了，别说了。O 医院经营情况很不错，应该说赚得盆满钵满，小院长又是那个德行。你负责起来肯定很轻松。就算不求他，他也会采购我们的药。"

不通过人事部和上司安排，在这种地方被告知要进行业务交接，这让我有点慌。

我往前面一看，正好看到小院长满头大汗地跳舞。

O 医院赚得盆满钵满。

院长这么爱玩，医院的经营真的会顺利吗？我把突然冒出来的疑问又咽了回去。

◯▯

"不过还真是辛苦您了呀。"石黑市夫面无表情地表示了同情。

上回我们只在门口说了几句话，这次则与他面对面坐在了餐桌旁。

前不久发生了有人持刀闯入那件事，我直到现在才好不容易平静下来。当时我把他控制住，正好婆婆回来，迅速报了警，然而这么做也很麻烦。警察赶到后把行凶者带走了，直人也从公司早退回来，一脸紧张地关心我。这让我有点开心，但是接着还有现场勘查工作，还要配合警方做笔录，忙得我直跳脚。由于我不能说自己三两下制伏了行凶者，便告诉警方：我当时满屋子逃窜，猛地打开洗手间的门，结果他自己撞上去了。

"那应该只是个无差别抢劫的罪犯吧。"石黑市夫喝了一口茶说道。

"好像是。听说他闯进我们家之前还光顾了好几家。"我道出了从警察那里听来的消息，"好像连审问都做不了。"

"是不是脑功能受到损害了呀。"他一本正经地说，"您听说了吗，最近有人为了收地，还会放火烧人家的房子呢。"

"怎么突然聊到收地了？"

"纵火可是重罪，所以有人传言，幕后黑手一般会安排比较不那么容易被问罪的人去干这种事。比如精神病患者，或是未成年人。"

"那又如何？"

"有人在犯罪者背后操纵大局。"石黑市夫用断定的语气说出那句话，把我吓了一跳，可他很快又接上一句，"您不觉得吗？"这又让我感觉被人从不同的方向出其不意来了一下。

"什么意思？"

那天婆婆很担心我。她看见持刀闯入者顿时慌了手脚，连忙问我有没有受伤？没事吧？得去医院检查检查。看她的样子，显然是真心为我担忧的状态，让我很后悔自己竟怀疑她是派出凶手的元凶。

然而没过多久，她的关心就变成了"宫子啊，你没被他做什么吧？""为什么他要找上我们家？邻居的眼神都有点奇怪了"，最后甚至变成"要是宫子不在家就好了"。显然不是担心儿媳的安全，而成了露骨的脸面问题，使得我快要打开的心门不得不再次紧闭。

石黑市夫不知何时拿出一张传单摆在了桌上。

"很少有人会考虑儿媳的保险问题。"他感叹道，真是个好婆婆啊。

"可能因为这次的事情，婆婆担心我遇到什么意外吧。如果又有人闯进来，下次再不济她也能拿到一笔钱啊。"

"不会发生那种事啦。如果还有陌生男人闯进来，您家恐怕要考虑一下驱驱邪了。"

"被诅咒了。"我被自己说的话刺激了记忆，"对了，你上回不是说，我跟婆婆相性不合是因为祖先传下来的孽缘吗？那也是诅咒？"

石黑市夫一脸疑惑。"我说过那种话？"

"对啊。"

"我吗？"

他肯定只是在装傻，但是并没有否认。可能想转移话题吧，他转而说了一句："有一个比较广为人知的故事，是关于海人与山人。"

"我没听过。这故事广为人知吗？"

"这两种人从很久以前就保持着敌对关系。可能原本只是一些小村落的冲突，结果他们的子孙后代都延续了那种对立。"

"长辈对孩子说'那一族的人不可信任'之类？"

"一开始可能是这样的，后来这种想法就深入骨髓了。"

"你该不会想说成了遗传吧。"

"就算没见过蛇，猫也会害怕粗绳一类看起来像蛇的东西。"

"这跟动物的天敌没有关系吧。你说的是人与人的关系，是同一种动物的对立。"

石黑市夫点点头。"不过这的确一直存在。"

"一直？"

"就是那种无论如何都会形成对立的相性。继承了海人血统的人绝不能碰到继承了山人血统的人，否则双方必然发生矛盾，绝不可能互相理解。"

"那织田信长 [1] 和明智光秀 [2] 说不定就是海人和山人啊。"

我当然只是开个玩笑，但石黑市夫依旧面无表情。"无论什么时代，无论什么地方，都存在着海与山的争斗。"

"他们还会决斗吗？"

"如果身处特定的时代，恐怕会吧。当然，就算发生对立，也不是每一次都会发展成决裂。冲突的结果也有可能是和解。即使无法互相理解，还是能够找到一个维持共存的方法。"

"无法和平共处的例子更多？"

"有可能决出胜负，也有可能玉石俱焚。"

---

[1] 日本战国时代大名。——编者注

[2] 日本战国时代名将之一，织田信长手下的重要将领。——编者注

我渐渐对眼前这个人寿保险公司的人产生了警惕。一本正经说这种话的人不太像正常人，他可能随时都会掏出一把刀来行凶。于是我暗中摆好了架势，准备随时反击。同时我又猜测，他会不会想用这种奇奇怪怪的寓言故事让人产生好奇，随后把人骗进奇怪的宗教团体呢？

可是，石黑市夫接下来若无其事地讲起了保险内容，我险些以为刚才听到那个山人海人的故事只是我的错觉。

听完他的产品介绍，我问了一句："刚才说的那些……"我自己都有点惊讶为何会如此好奇，然而就是控制不住。

"刚才？"

"山和海的故事。如果是海人生的孩子，就要算作海人吗？"

"没错，海人生的孩子就是海人。"

"那海人和山人结婚生的孩子算什么？"

"海人和山人本来就不会相处到结婚那个地步，自然不会生孩子。"

他就像学者在解释自己专业领域的问题，回答起来异常流利，让我忍不住想笑。

我哼了一声，做出判断："那我们家的婆媳关系就跟那个不存在关联了。"

如果我跟婆婆的对立是因为过去的孽缘，倒是能解释得通。正因如此，我才无法让自己保持平静。可是既然如此，那我跟直人互相吸引就显得很不合理了。从理论上说，我与直人应该也是互相敌对的山人和海人，不可能喜欢上彼此，甚至走到结婚这一步。

"您还有什么疑问吗？"

石黑市夫最后问了一句，但我无法判断那是关于保险还是关于山人海人的故事，便含糊地应道："暂时没有。"

○

我身穿体操服，笑得正欢。照片已经变得陈旧模糊，背景的天空也不再蔚蓝。可是，尽管已经看不出当年的闪耀，我还是觉得无比炫目。

我跟朋友站在一起，骄傲地比出胜利的手势。

那是我小学六年级的照片。不用看日期也知道，因为照片里斜挂着万国旗，当时是刚刚跑完接力赛。我还记得。确切来说，是深夜回到家中，看到随意摊放在餐桌上的照片，我回忆起来了。脑中的记忆复苏了。

那是一场六个班级的对抗赛，第二棒摔倒了，我们班暂时落后到第五名，但是我和最后一棒的男孩奋力扭转颓势，最终获得了胜利。同学们喜出望外，我们兴奋极了，而且接下来那几天，我们两人在班级里被当成了英雄，着实痛快不已。

照片上留下了人的身影，多年之后重新出现在我眼前，然而拍照人的表情却没有保留下来。我想，这应该是父亲拍的照片。他当时一定特别高兴。想到这里，我忍不住看向隐没在昏暗中的佛龛。

小学的这一时期，是我人生的制高点。

真的吗？

我又顺势回忆起了初中时期。

放学路上，一个同学被坏学生给缠上了。那个人正是上小学时跟我一起实现接力赛大逆转的男孩。当时我们所在的班级和社团都不一样，因此关系也疏远了。我还记得小学毕业时，我俩搭着彼此的肩膀说以后也要做好朋友。可是彼时我拼命压抑着那个记忆，转开目光快步走了过去。我很害怕他看见匆忙离开的我，便一直低着头。

从那以后，我每次在学校看见他，心里都会产生罪恶感。后来是否跟他说过话呢？

我坐在餐桌旁，长叹一声。

"哎呀，你回来啦。"身后传来声音，妻子从二楼卧室走了下来。

"我把你吵醒了？"现在已经过了午夜零点，"可我的确注意了没发出声音啊。"

"起夜啦，起夜。"她笑着，还真走进了厕所。

过了一会儿，她走出来说："你总是这么晚才下班，很辛苦吧。"

"嗯，还好。"

"缺觉可是百病之源。"

"还有这种说法？"

"说法可能没有，但是人的身体就这样。因为睡眠不足，精神和身体上的平衡都会被打破。上回电视上就是这么说的。"

"电视啥都知道。"我嘴上说着。实际上妻子有很多知识完全不像电视节目里现学现卖的。

"啊，这张照片，你挺怀念的吧？"她发现我手上的东西，高兴地说，"上次我在二楼爸的房间找到了一本相册。"

"这是我人生的巅峰。"我吐露了心声，妻子却说："这话对后来跟你结婚的我说，有点不礼貌哦。"于是我慌忙解释："抱歉抱歉，不是这个意思。"

"说来听听？"

"啊？"

"你不是有心事嘛，说来听听吧。这种事情对别人倾诉一下，反倒会很轻松哦。"

说话间，她已经拉开椅子在我对面坐了下来。

"没什么大事，就是工作。"

"我记得你负责跟的医院换了是吧？"

"换成 O 医院了。"

一个月前，我跟绵贯先生做了交接。工作内容并不难。虽然讨好小院长和款待的工作很耗费精力和体力，但是其他跑业务的都这样。再加上 O 医院有绵贯先生打好的坚实基础，没有必要谈新业务，只需要优哉游哉地维护那个基础就好了。

"O医院现在的院长是个富二代纨绔子弟，对不对？"

你怎么知道？我险些脱口而出，然而"富二代"和"纨绔子弟"都只是主观印象，定义并不清晰，所以我也很难肯定。"这也是你从电视上看来的？"

"传闻啦，传闻。主妇的八卦很可怕哟。"

"可是O医院又不在这附近，应该不会成为话题吧。"

"我劝你不要轻视八卦的传播速度。"宫子笑着说，"你在烦什么？我知道你在烦，从表情上一眼就能看出来。"

我双手搓了搓脸。

是关于视而不见的问题啊，我差点就要说出来了。

"啊，等等，别说话。"宫子用手指按住我的嘴。我正莫名其妙，却发现她瞥向上方，竖起了耳朵。原来她担心母亲还醒着。

"对了，妈真的很擅长画画呢。"

我问她怎么突然提起这个，她说翻到了母亲画的写生。我的确听母亲提到过以前学过绘画，但不知道她到底画得好不好。

"妈竟然能画出如此细致的画，让我特别意外。"

宫子总是冷静沉着，保持客观，此时却毫不掩饰嘲讽之意。

我母亲和妻子为什么不能好好相处呢？

我也不能假装看不见。

人不喘气就活不下去，所以叹息总是如影随形。

⬭

因为看到路上掉落了一块黑色手帕，我在下一个转角拐了个弯，然后站定。不一会儿，一个身穿西装的男人看着手表走过来问："现在几点？"

"暗号一直没变过吗？"看到黑色手帕，就在下一个拐角右转，然后等待。

"暗号每天都在变，只是不用老暗号，你就看不懂啊。"

"你把我这种老人叫过来干什么？"

他是我做情报员时与我同龄的同事。这天，他突然打来电话，用了以前的暗语约我见面。

因为事出突然，我心里有点惊讶，但是考虑到自己现役时也联系过已经隐退的情报员，因此没觉得有什么特别。

"你认识那家伙吧。"前同事报出了一个解析部门年轻情报员的姓名。那家伙长得像根豆芽菜，我还请他私下调查过跟婆婆有关的信息。原来如此，他要说那件事吗。"不好意思，我想了解一下公公的事故，就拜托他查了点东西。"我差点就道歉了，还想说只有那一次，也只让他查了警方那边的情报。

但是没等我开口，前同事就说："那家伙遇袭了。"我不禁屏住了呼吸。

听说他驾车回家的路上被车撞了，肇事车辆逃逸，他目前陷入昏迷。

"被车撞了？既然你说遇袭，那就不是事故啦？"

"最近有人跟踪那家伙，我们正在展开调查，结果他就被撞了。"

"那个……"我提出了最在意的问题，"你们在怀疑我吗？"

"目前我们正在调查那家伙被盯上的原因，发现他在工作之外还连接过几个数据库。"

果然如此。"不好意思，是我拜托他的。"

"你请他帮你调查你老公父亲的死亡事故，对不对？这虽然理论上不被允许，但我们已经掌握了情况。无论是谁，多少都会请自己人做些简单调查，所以上头也没追究。只不过，那家伙好像特别热心地收集了你和你家人的情报，所以我觉得有点奇怪。"

"热心？"

"那家伙向你汇报过几次？"

"就一次。"他从警方数据库中查到了公公跌落事故的详情。

"后来他还在继续调查。我们查到了痕迹。"

我脑中冒出了婆婆的身影。

前同事仔细观察着我的反应，应该已经看出来我并没有全部坦白。只不过，我现在实在不想说出婆婆的事情。"我被怀疑了吗？"我再次问道。

"不，应该说我们很担心你，"他回答道，"不久前，你也遇袭了。"

"你说那个假冒的邮递员吗。"他闯进我家，还手持利刃。那件事被判定为偶发的无差别入室抢劫，可我刚刚也把它与后辈遇袭的事情联系在了一起。"有内情吗？"我嘴上问着，实际已经猜到了内情。

"有消息我会联系你，你也一样。"前同事留下这句话，递给我一张伪装成业务员的名片。

"那个——"我把他叫住了，"隐退之后，能请组织把我的信息清除掉吗？"

"情报可是宝贝，只要没什么特殊情况就无法清除。还在用纸张管理的时代倒还好说，现在已经全都储存在硬盘里了。"

"到时候历史课上可能要教，以前的人都在纸上写字。"

我一边往家走，一边在脑子里开紧急会议。在情报员现役时期，为了对事物做出客观判断，我养成了自己跟自己辩论的习惯——

"婆婆很可疑。"

"可是她没有理由袭击解析部的人。"

"因为我请他调查了公公的事故。虽然不知道他后来为什么要继续调查，但他可能也有理由怀疑并警惕婆婆。就因为这样，婆婆才盯上了他。"

"在臆测的基础上臆测，也只能停留在臆测的范畴。"

"可是，她身边的确发生了太多死亡事件。"

"无论是谁身边的人，总有一天都要死的。"

"那也实在太多了。她父母出了交通事故，她丈夫从神社楼梯上摔下来了，还有那个叫三太郎的人，跟她见过之后也遇到了交通事故。"

"你说婆婆跟那起事故有关？动机何在？"

"至少她在父母去世后拿到了保险金。"

"所以就要做这种事吗？"

"世界上超过三分之二的犯罪是因为钱。再加上半个月前那位护士长的证词。"

我之所以去找以前担任过护士长的人，是因为发现婆婆的父母、公公和三太郎在出事后都被送到了同一家医院。因为那家医院离家很近，被送过去本身无法判定为异常，但我还是难以释怀。由于院长去世，医院已经关门了，于是我就找到了几位当时的护士。

如果是大医院，工作人员不可能记得每一个患者及其家人。所以当我问起北山家时，几乎没有人能想起来，唯独曾经担任护士长的女性回了一句："好像是有这么一件事。"她说："当时传闻北山家的夫人跟院长好像有一腿。"

"有一腿？"

"有护士看见院长和北山家的夫人不时凑到一起讲悄悄话。啊，对了对了，我一直很想说，看护妇[1]这个词有点那个了，听起来就像仅限女性的工作啊。明明考资格证的时候叫'看护士'。"

对"看护妇"这个名称我也有同感，于是我与她交流了一会儿意见，其间想办法打听了一些消息。结果除了"院长和北山世津好几次被人看见凑在一起说悄悄话"，再也没有别的情报。

我并不认为那是乱搞男女关系、两人有一腿，而是想到了别的可能性。

---

[1] 护士日语为"看护妇"。——译者注

"婆婆该不会在请院长帮什么忙吧？"

"比如？"

"捏造死因。公公和三太郎的真正死因可能都不是明面上这个。他们可能不是遭遇事故，而是他杀。为了隐瞒这件事，婆婆才找到了院长。可以这样想吗？"

"可是，院长真的会舍弃身为医生的道德，替她撒谎吗？"

"或许，婆婆抓住了院长的软肋，对他发出了威胁？"

"你就这么想把婆婆看成恶人吗？"心里的另一个我翻着白眼说。

"我不是想把她看成恶人，而是无论怎么想，这事都像有内情。"

"你在组织工作的时候不是总被教育不要带着成见去跟别人接触吗。"

我当然知道自己要抛开先入为主的观念。

"可是，你觉得婆婆会对那个解析部门的后辈出手吗？仅仅是因为人家稍微调查了她的过去？再说了，她有那个本事安排假装成邮递员的刺客吗？仔细想想也太无厘头了。"

面对我自己的分析，我变得哑口无言，但还是不愿放弃。"那倒是，不过……"

我的内心打断了我的"不过"，一针见血地指出：

"你只是跟婆婆相性不合，才会高估她的能力吧。"

虽然不是恨屋及乌，但我有可能因为讨厌婆婆而把她想象成大坏蛋吗？

昏暗的楼层里闪烁着忽明忽灭的灯光，一片星空随着欧洲节拍霎时间出现，又转瞬即逝。

小院长不知从哪儿撩到了一个年轻丰满的女人，正在反复进行毫无内容的吹嘘和别有用心的勾搭。我适时回应着他的话，讨他的欢心。

"你很熟练嘛。"

我知道这句话是谁说的。是小时候的我。前些天，我在家中餐桌上看到了小学时的照片，那上面的我带着一丝嘲讽，或是单纯的感慨，对我说出了这句话。

看来很好玩儿嘛。那女人简直就是在裸体上穿了一层"裸体"嘛。

我也已经见惯了大胆的紧身衣裙，便对小学的自己耸耸肩。"小北啊，我到池子里跳个舞。"小院长扔下一句话，起身走向舞池。他摇晃着身体，用极不自然的动作跟女人厮磨，就像一名行者坚信年轻女人的肌肤和汗液具有药效，正在一门心思地展开虔诚的乞药仪式。

有同事曾经揶揄，医生把自己当成了小城里的国王，从来不问世事，几乎在医院里度过一生，平时只能见到喊着"医生"乞求自己帮助的病人，根本没有别的社会经验。

可是我想，其实我们也不谙世事。

我们的大部分人生都用在了跑医院、晚上请客、陪同打高尔夫球这些活动上。不仅是这个行业，无论什么工作其实都一样，所有人都生活在一个有限的小世界里。这样的一辈子，能积攒的人生经验非常有限。

医生至少还能给病人治疗，起到明确的作用，因此应该比普通白领更有价值。

所以，我眼前这个痴态毕露的小院长，也绝不是可以轻蔑的人。

原来如此，那么款待医生也是极为重要的工作了。

小学的我得知自己将来的工作也有一点价值，似乎松了口气。

如果换作以前的我，可能会立刻回答："没错，这份工作很有意义。"我那时还能够说出这种话，以打消夜夜笙歌的空虚，和有时间做这种事不如回去陪陪家人的罪恶感。

可是现在，我脑中又产生了不同层面的疑问。

O医院的小院长该不会在暗中进行违法交易吧？

一个月前，坐在这个迪斯科舞厅，我心中突然冒出了这个疑问。

当时我们坐的可能也是这个座位。我看着小院长在年轻人的气息中摄取了活力，沉溺在热舞中，不禁感叹这种院长竟然也能管好医院啊。就在那时，我突然想起以前经过医院候诊大厅时，听到一个老人的话。

"O医院人少，所以方便。"

当时我并没有在意，甚至很惊讶自己竟然记住了那句话，然而现在重新想想，人少还能维持经营，这太违反世间常理了。

如此说来，我到医院跑业务时，对前台和诊室并没有人多拥挤的印象。

这家医院的经营真的没问题吗？

虽说如此，我在与绵贯先生的闲聊中提出这个问题时，心里并没有特别在意。

"小院长总是这么闲，竟然还能赚这么多钱。"

我以为绵贯先生会冷静地指出："你去找他的时间跟出诊时间错开了。"或是嘲讽："小院长的任务就是把他父亲打下的江山坐吃山空。"但是出乎我的意料，绵贯先生的反应有点奇怪。只见他瞪大了眼睛追问："北山，你说啥？你看到什么了吗？"

"啊？"

绵贯先生突然反应过来，顿时露出了笑脸，半开玩笑地说："难得我把工作交接给你，你就别想太多，按照规矩办事就好了。"可是他的眼角紧绷，一点笑意都没有。

是不是有什么情况？

我虽然抱有疑惑，但是能收集到的信息有限，顶多只能了解一下O医院的经营状态和相关公司的动态，于是我就顺手查了查。这么一查可不得了，我意外简单地发现了O医院的勾当。

他们在骗保。

这不是什么新鲜事。我有时候也能听到这样的案例。明明没有看诊，医院却假装看过诊，并伪造一些文件以骗取保险金。作案的模式各有不同，比如有人从流浪者手中廉价收购医保卡，制作名簿进行买卖。这种情况下，一般都有涉黑涉暴人员参与其中。

就像在电视上看到的收购土地问题一样，这些虽然是现实案例，可我总觉得跟自己没什么关系。难道O医院在干这个？我很难相信，因为我手上并没有确凿证据，而是从情况证据中得出的猜测，所以"这不可能"的感觉就更强烈了。

我正烦恼该怎么办的时候，在餐桌上看到了小学时的照片。照片上的我凭自己的力量获得胜利，露出了灿烂的笑容。但是我又回忆起朋友遭遇危机时视若无睹的青春期的自己。那两个"我"在我心中渐渐出现。

"见到有人干坏事，应该报告大人。"小学的我说。

"不，光说好话会遭殃的，有时候必须假装看不见。对不对？"初中的我可能会这样说。

小院长一头大汗地走了回来，我连忙起身迎他入座。这种曲意逢迎的动作看起来过度夸张，不过小院长本人很受用，所以我没必要犹豫。

"啊，刚才那位女士……"我发现那个身穿红色紧身裙的女人不见了。

小院长气哼哼地回了一句："不知道，跑了。"想来是找到了别的好男人，跟那边走了吧。应该说她不讲究，还是没眼力见，抑或轻浮呢？

"下次让我见见小北的夫人吧。"

"啊？我家的吗？"

"对，对。这种地方的女人都太油滑了，不行。屁股太飘了，飘得都高过脑袋了。"

被女人抛弃的小院长想必很气愤。这种时候他会立刻找个看不起我的话题，用他的优越感来填补受到伤害的自尊心，但我还是有点奇怪，因为提起我的妻子并没有什么意义。

结果小院长用一句"反正"接着说了下去，"反正小北的老婆肯定是那种不起眼的类型吧。我就喜欢那样的。再高级的珍馐也不如白米饭啊。虽然不起眼，但是不会腻。那样的女人都知道摆正自己的立场，肯定是这种感觉吧？"

"小院长，您就别说我老婆坏话了嘛。"我尝试抗议，但对方可能理解成了伪装成抗议的谄媚。

"我才没说坏话，只想跟你老婆见一面而已。"

"嘻，我老婆能有什么好看的。"我不明白为何要如此卑微，但还是抑制住感情回答道。

"那倒是真的。"

小院长那句话让我感到脑中有什么东西绷断了，发出断裂的声音。

"但是看看也好啊，毕竟小北的工作全都靠我们完成，这种小事就别计较了，听我的吧。"

我又不是只跟 O 医院有合作。我拼命忍住了说这句话的冲动。

我感到背后有两个人在看着我。分别是小学的我和初中的我。他们正在仔细观察我的反应。

这就是现在的我，未来的你们要做的工作。

我告谕一般想道。这份工作虽然很辛苦，但没必要失望。因为这也是一份重要的工作。

可是，他不是个坏人吗？他不是编造了假的诊疗记录吗？

现在还没完全弄清楚。我内心回答道，同时反复强调：对啊，现在还没完全弄清楚呢。

"最近我听其他医院的人说了呢。听说那里啊，不是小北你那个制药公司，听说那里款待得可热情了。这不，上回还包了一架飞机请客户到北海道吃拉面。就是那边的。"小院长故意目光如炬，语气凌厉，反倒透露了真心，"这回他们又跟业务员的女朋友搞起了一天约会呢。还说随便干什么都行。我觉得吧，那个业务员可能随便找了个泡泡浴场的女技师伪装女朋友，用来收买那些医生。"

因为是泡泡浴场的女技师就能用来收买，我对这种说法心存抵抗，同时预感这番话还会往更讨厌的方向发展。

"我为了胜过他们，就想到干脆别找业务员的女朋友，而是找业务员的老婆来约会吧。你觉得怎么样？女朋友迟早要分手的，反倒是定了终身的有夫之妇更让人兴奋啊。你瞧，我都说到这份儿上了，别让我把话说尽吧。"

少年时代的我、过去的我不安地注视着我，此时我再压抑感情、做小伏低就太说不过去了。

没等我反应过来，一句话已经脱口而出："小院长，我有件事想跟您确认一下。"

我正在犹豫要不要扔出去个炸弹或者可能连炸弹都不是，就算真的是，我也不知道爆炸的影响范围有多大，所以之前一直忍着没有扔。可是这一刻，我想都没想就扔了出去。

干掉他！小学的我大喊一声，初中的我瞪大了眼睛。

"确认？性病检查我有定期在做。别看我这样，毕竟也是个医生嘛。"

小院长下流的言行促使我把话说了下去。

"我想跟您确认一下假诊疗的事情。"我本打算用迂回曲折的方式彬彬有礼地问出来，可是话一出口就成了单刀直入。

我茫然地注视着炸弹离手后划出的轨迹，感到血液倒流。

小院长愣了愣，身体僵硬了片刻，马上气恼地看着我。我甚至感觉他咋了一下舌。哈？哼！呋。这个连锁反应说明了一切。

我眼前一黑。

可是为了我身后那些自我，此时也不能退缩。话已经说开了，接下来只能见机行事、见招拆招。我想起宫子的身影，对她说了声抱歉。

"假诊疗？"小院长的表情出现了前所未有的扭曲，我心里也吓了一跳，险些就要连连道歉，败下阵来。可是就在那时，我感到背后传来了强大的力量。

"别慌，他那是掩饰慌乱的表情。他之所以生气，是因为心里焦躁啊。"

小时候的我反倒更冷静。

"是的，就是通过假诊疗骗保。"我既没有说 O 医院在干这个，也没有问他是不是干了这个。我只是把关键词罗列出来，谈不上提问，甚至不能叫感想，更接近于抛球。我打算根据对方的反应计算下一步该怎么走。

"哦。"小院长噘起了嘴。

他会做何反应呢？

话说回来，我又该怎么办呢？因为一时冲动说了那种话，对此我当然不后悔，只是不知该如何收场。就像驾驶飞机起飞了，却不懂得着陆的方法。

小院长带着酒精瞬间蒸发完毕的表情开口道："这件事小绵知道吗？"

"呃，不，还不知道。"虽然我决心每次行动前先问过绵贯先生，唯独这次事出突然，我擅自做了决定。

"你先跟小绵聊聊吧，真是的。"小院长居高临下地朝我哧了一声。

我的情报员后辈醒了。前同事还是按照惯例，通过略显复杂的方法联系上我，当时我马上就确信"这下总算能查清婆婆的真相了"。因为我猜想，他应该会提供逃逸司机的信息。

如此一来，我与婆婆的力量关系就会发生变化，为此我绷紧了神经。跷跷板必定会突然加大重量，让婆婆轻飘飘地跷上去。

可是当我在山下公园的长椅上见到前同事，他道出的事实却完全出乎我的意料。

原来那个情报员后辈是苏联派来的间谍，他之所以差点被杀害，是因为他想退出这个任务，把苏联惹怒了。这种感觉就像我点了炒饭，服务员却送上来一杯芭菲。我甚至忍不住说："我没点这个啊。"

"你没点什么？"

"你快告诉我。他其实是被荞麦面老板袭击了？"

因为苏联带个苏（so）字，我就称苏联为荞麦面（soba）老板，美国（米）则是米店老板。这样的暗语太浅显了，若是工作中自然不会使用，不过我已经离职，用来交谈应该没什么问题。

"没错。"

"既然如此，那就是跟我没关系啦？那他为什么私自调查我家人的信息？"

"有关系。"

"什么关系？"

"你不是打过退役比赛吗。"

"退役比赛？"我反问了一句，但马上明白过来了。他是说我跟直人父母第一次见面那天。出于偶然，我发现了苏联派来的持有神经毒素的间谍，还把她抓住了。现在想来，那的确是我退出前完成的最后一项大工作。"当时是他负责敌特。"

他本来负责分析敌特情报，然后确定目标，但是中了"荞麦面老板"的误导，把完全错误的目标报给了情报员。

"那家伙是故意出错的。"

"原来不是因为经验不足，所以中了对方的情报操作陷阱？"

"那是他的伪装。"

我想起他那副豆芽菜般的身板。没想到那个看起来很不可靠，像个傻弟弟的人竟然是个有实力玩弄一整队情报员的实力派间谍。直到现在我都有点难以置信。

前同事仿佛顺便道出的话，又让我吃了一惊。

"你在家里遇袭那件事，也跟他有关系。"

"啊？"

"具体来说，跟你的退役比赛有关系。他们本来要派特工携带神经毒素进入我国并引起恐慌，结果被你给搅了局。"

"搅黄别人的恋爱和神经毒素都不是我的本意啊。"

"那家伙因为作战失败被问责了。"

"被荞麦面老板？"

"没错。所以为了挽回脸面，他决定把你捅出去。说不定他还诡辩，说那次计划之所以不顺利，全都是因为你。"

"故意夸大我的重要性？"

"说你是个优秀的情报员，只要有你在，什么任务都会不顺利。"

结果那边果然认为应该先取我性命，便派来了假邮递员吗？我在心里想。

前同事继续说："所以说夸大评价也会致命。"

"结果对方试图侵入我家，但却失败了？如果真是这样，他们不应该接二连三地来吗？怎么失败一次就放弃了？"

"没错。只不过听那家伙的说法，他好像建议那边不要再盯着你了。可能他心虚了吧。"

"那我可得感谢他。"

"后来，他就开始厌倦卧底间谍这个身份。"

"于是提出要跳槽到别的球队去？"

"如果是棒球便是如此。"

如果他提出辞职，对方恐怕不会用一句"是吗，辛苦你了！"轻易放他离开。想必是在几次交涉过后，他最终落了个被车撞的下场。

"总之这件事就到此为止，不要透露出去。"前同事一脸畅快地离开了，我却不仅不畅快，还因为脑子里拼到一半的拼图被人整个掀翻，混乱了好一会儿。

我本以为公公和三太郎的死与婆婆有关，还推测她是因为我展开了调查，所以发起攻击。

我还认定这次解析部门的后辈被车撞，也一定是婆婆干的好事。

然而，袭击我的假邮递员竟是苏联派来的刺客，几乎可以肯定他与婆婆无关。

○

"怎么了，我看起来很奇怪吗？"婆婆坐在沙发上，趁电视开始播放广告，转头问了我一句。

"啊？您怎么问这个？"要说奇怪，我倒是觉得她一直都很奇怪。

"我总觉得你在看我。"婆婆皱着眉，丝毫不掩饰心中的不愉快，"就猜测你是不是觉得我白发变多了。"

"妈，您在说什么呢。我看您没几根白发呀。"

事实上，婆婆的头发的确又黑又浓密。本来随着年龄增长，部分人的头发会变得稀薄或萎蔫，可是她不仅头发浓密，连皮肤也很光滑。这让我很想问她是不是吸了什么人的养分。搞不好我变成干燥肤质也是因为她。这些抱怨的话不断从我脑子里冒了出来。

"之前一度以为婆婆是杀害亲人的凶手，后来发现不是，所以一下子愣了吧？"另一个我用嘲讽的语气问道。

"的确，上回那个假邮递员并不是婆婆派来的人。"

"可是，公公和三太郎的死还没弄清楚。"

我很想这样回答，可是又觉得有些死缠烂打。

我就这么想把婆婆打造成一个罪犯吗？

脑中闪过了保险公司的石黑市夫这个人。他说，我跟婆婆之间有一种超越了个人感情的亘古因果。猫为什么要抓老鼠，猴子和狗为什么要打架，因为在选定十二生肖的时候——我们之间的因果就跟这个一样古老。现在，我再也无法对他的话一笑置之了。

"以前我爸爸经常调侃我，说你的头发又硬又多又结实，应该拿来派点用场，比如做成毛笔什么的。"

"而且妈也很擅长绘画呀。"我这么说只是为了接话，但上次翻到的素描本的确很惊艳。

"画画能有什么用，一分钱都换不来。"

"您想要钱吗？"我只是随意说了一句，说完才想起婆婆身边发生的事故死亡和保险金。

"那倒不是，只不过拿画画当兴趣也没什么用啊。像我这样的家庭主妇挺清闲的，画两笔倒是也可以。"

"画画这个兴趣很好呀。"

婆婆沉默了一瞬，死死盯着我。

"您怎么了？"我不安地问。

"没什么，只是觉得难得听到你的真心话。"婆婆做了个耸肩的动作。

"我平时说的都是真心话呀。"

"你说是就是吧。"

她明显不把我的话当回事，我只能拼命忍住心中涌出的烦躁。

三天后，我久违地跟直人出了一趟门。逛了名牌箱包店和精品店后，我们又漫步在银座大道上。这段时光虽然很快乐，可是直人的脸色一直很不好看，让我很担心稍微转开眼他是不是就要倒地不起了。

"怎么了？"直人问我这句话时，我觉得那是我的台词，并且为没有抢到先机而感到后悔，"我看你一直在想事情。"

"我好久都没跟直人出来约会了，所以正在感慨呢。"我笑着说。

等红灯的时候，大屏幕上映出了关于天皇陛下病情的报道。我生在昭和时代，并且一直以为昭和时代会永远持续下去。去年听闻天皇陛下身体抱恙，还接受了开腹手术。当时媒体都在报道他是第一位接受开腹手术的天皇，顿时让我感到了历史的漫长。当时陛下的病情似乎稳定了一些，可是看新闻报道，陛下的病情今年又开始逐渐恶化了。"自肃"这个词渐渐传开，节日庆典被延期，广告商"大家都好吗"的问候语被消音，这些都成了热议的话题。真是太难了。在集体生活中，人们要对他人的悲痛表示共鸣，谴责不谨慎之人也极为重要。明明旁边有人经历着苦难，我们却兀自开怀，这实在有点不好意思。这样的感觉远比"这跟我们没关系"的决绝要更容易招来好感。

"直人你没事吧？好不容易休个假，是不是应该在家里放松放松？"

"没关系，我也很珍惜这样的时光。"

这句话让我很感动，但也觉得他的话语里透着一丝悲观。

"工作很累？"不用我问，他的工作自然很累。这从他的下班时间、下班后的脸色，还有上班时的阴郁表情就能看出来。我本想给他提供一个出口，让他把劳累都倾诉出来，怎知直人的反应竟比我想象的还要强烈。他绷紧面容，死死咬着后槽牙，真让我感觉贴上一张"死撑"的标签，就能把他当成一幅画卖出去了。他耸了耸肩，对我说："嗯，有点吧。"看来情况已经非常严重了。

刚开始加班变得比较多的时候，直人会累得瘫软，显然是因为睡眠不足和疲劳过度。那种时候我虽然很担心，但那充其量只是身体上的损耗，只要换个部门，工作轻松一些，情况马上就会得到改善。可是后来他的叹息越来越多，精神上的负担明显增大，前天他的目光里甚至隐约可以看到怯意。

"O医院怎么样啊？"听说直人要负责对接他们，我就简单调查了一下O医院的情况。前任院长很有人气，大家都喜欢他，而继任的长子则是精英意识强烈的第二代。虽然直人为了款待那个愚蠢的纨绔子弟而不得不减少与我相处的时间，但除了会让我生气，应该没有其他特别大的问题。

"啊？"直人的反应很敏感，"你问O医院干什么？你知道些什么吗？"他丝毫掩饰不了内心的动摇。

"我只是听说直人在负责对接那家医院，并没有深意。不过看你的反应，恐怕是有什么事情吧？"

"啊，没什么。"直人刻意看向远处，含糊其词。

银座大道上挤满了人，车道上的出租车川流不息。这里没有幽静平和、让人心旷神怡的自然景观，而是到处充斥着竞争的气息。

"打个比方，我只是打个比方哦。如果我辞职，你会怎么想？"

原来如此，我心中了然。"不会怎么想啊。如果直人觉得应该辞职，那就辞职吧。现在工作很容易找。"

容易跳槽的时代恐怕很快就要结束了。来去自由的自由职业者比正式员工更受欢迎，但那也仅限如今而已。跟十八世纪发生南海泡沫事件的英国一样，这个国家同样在做着短暂的夏日美梦。只要梦醒，眼前就是平凡而苦难的现实。这便是我个人的分析。

只是，我并不觉得直人需要勉强自己留在现在的制药公司。"你完全不用在乎我，只要选择自己觉得开心的路就好了。"

直人的表情变亮了，但那也只是小夜灯的亮度而已。

接着，我们在酒店消磨了几个小时，一丝不挂地在床上厮磨，享受着在家中与婆婆同住时无法尝试的奔放。只有在这段时间里，我和直人都忘却了心中的烦恼和不安，尽情沉浸在欢愉之中。其实我们想干脆住上一晚，然而不能如此任性，便在深夜踏上了归途。

直人虽然还是一脸沉闷，但好像多少转换了心情，叹息变少了。

我们走到町内会[1]附近时，我发现了人影。背后有几个人正潜行过来，显然都在刻意掩饰气息。

荞麦面老板还在记仇？

前同事说不会有人盯上我了，这跟说好的不一样啊。

跟直人在一起，我无法自由行动。对方是否持有武器？是枪支、刀具还是毒药？每一种的应对方式都不一样。

我一边继续跟直人聊天，一边关注身后的动向。

"喂，你们等等。"

身后传来粗俗的叫声。那个瞬间，我感到了异样。直人吃了一惊回过头去，我也趁机回头，发现背后站着三个无论怎么看都像黑帮的男人。

不对。我瞬间做出了判断。如果是苏联安排的袭击，对手应该不会做出刚才那个行动。他们不会打招呼，而是直接从背后发起攻击，尽量快速而安静地解决目标。他们绝对不会派几个一看就像黑帮的人过来，专门跟我们打声招呼，像古早的武将一样在开战之前做自我介绍。因为这种行为实在太愚蠢了。难道只是碰巧有人过来找碴？的确有人半夜看到态度亲昵的男女，就忍不住要上去调侃两句。

"喂，你！"其中两个人穿着看起来挺贵的西装，另一个人则身穿一套运动装，还染了金发。从他的举止来看，应该混过黑道。

直人颤抖着应了一声："啊，您有事吗？"

"给你一个忠告，别多管闲事。听懂了吗？"正中间那个男人挺起胸膛说道。他声音不大，但是在黑夜笼罩下的冰冷道路上显得无比锐利，让人感到全身都被震撼了。他恐怕很擅长这一套吧。

---

[1] 相当于街道活动中心。——译者注

多管闲事是什么意思？

我正忙着思考，旁边的直人已经问了出来："多管闲事？那是什么……"他两条腿在发抖，连我都感觉到他的害怕了。

原来他们的目标不是我，而是直人？

的确，他们的目光主要集中在直人身上，那个穿运动服的金发男人倒是不时朝我瞥一眼，仿佛在打量我。

"装什么傻，你自己清楚得很。你要是爱装好学生，我们的活就不好干。有时候假装看不见，对世界也没什么影响。你明白吧？放聪明点。"男人说完，又意味深长地继续道，"要是你光顾着说漂亮话，搞不好你这漂亮的太太会被弄脏哦。"

我瞪大了眼睛，惊恐得一脸茫然。当然这都是假装的。

虽说不害怕，但我很为难。我只能一动不动地盯着松阪屋的纸袋，思考该如何应对这个情况。

我偷看了一眼直人。

那个瞬间，我看到了人生中最值得感动的光景。直人竟不动声色地上前一步，挡在了我前面。他心里一定很害怕，连站着都很费力了。面对突如其来的威胁者，他肯定早就慌了神。在这种情况下，他还会试图保护我。

路灯应该在这个瞬间发出美丽的光芒，如同聚光灯一般打在直人和我身上。星空应该在这一刻闪闪发光，奏响一支交响曲。

不，这些还是等会儿再说吧。

"你们别碰她。"

直人这样说道。这只是我的感觉，因为我正忙着沉浸在幸福中，说不定听错了。

那几个男人露出了游刃有余的笑容。因为他们人数占上风，而且又是在道上混的，简直太卑鄙了。

"我要打断你一条手臂代替问候，因为我们专门跑一趟可是腿都要跑断了呀。"

男人说了句俏皮话便朝这边走来，另外两人也笑眯眯地逼近过来。

我该怎么办？该怎么办？

首先，我把纸袋换了个手，单手触碰里面的东西。新买的衣服包在包装纸里，外面还系了缎带。我轻轻拉动那根缎带。

然后，我"啊"了一声，指向那些人身后。那是假装碰见了熟人，最明显不过的分散注意力的方法。

三个人齐齐中招，转头看向后方，让我哭笑不得。

我立刻拉住直人的手，小声说我们跑吧，然后转身就跑。与此同时，我还把纸袋里的衣服扔到了路上。直人慌忙要跟上来，想也不想就迈出步子，果然被衣服绊倒了。趁他倒向地上的瞬间，我把松阪屋的纸袋往他头上一套，随后扯住他的皮带把他拽了起来，扶着他站定。紧接着，我用包装纸外侧取下的缎带把纸袋轻轻一捆，如此就无法轻易弄下来了。直人突然眼前一黑，不知道发生了什么，吓得愣在那里。他喊了两声，但是被纸袋阻隔，听不太清。

我隔着纸袋，在他耳朵附近轻声道：站着别动。

接下来只需对付那几个男人，这可简单多了。他们眼看着我用纸袋套住自己老公，也惊得一愣一愣的，浑身上下都是破绽，于是我先用靠近手腕的坚硬掌根直击中间那个人的面门，再转手打向右边那个人的鼻梁。两人顿时捂着脸蹲了下来。

最后剩下疑似混过黑社会的运动服男人。他已经提高了警惕，摆出战斗架势，有节奏地移动着双脚，左右小步跳动。我双手挡在身前，顺着他的动作把身体转了过来。

我不打算浪费时间，所以懒得跟他互瞪。就在我希望他赶快动手的瞬间，那人往前一冲，挥出了右拳。

我身子往下一沉，几乎把腿劈开了一百八十度，大腿贴着地面。他的拳头从我头顶上飞了过去。我顺着劈腿的反作用力往回一弹，自下往上将掌根击向男人下颌。

沉重的手感。运动服男人身子一晃，倒下了。

我顾不上理睬他们，转身跑向直人，去掉绶带后撕开了纸袋。

"宫子！"直人担心地喊了我一声，把我紧紧抱住。"你没事吧？"他反复询问。

好，开演！我心中默念，月光顿时变了角度，把光芒洒在我们夫妻身上，空中小小的白星闪闪烁烁，流云划过天际，音乐奏响。

我不知何时睡了过去，醒来时窗外已经照进了阳光。我猛地回过神来环顾四周，又慌忙跑到一楼，发现宫子正在做早饭，还对我说："妈今天一早就跟古谷一家出门了。"

"别管那种事了。"我提高声音说，"昨天晚上我们被埋伏，我还险些被打断一条手臂，可是现在我搞不清那究竟是不是真的，是不是现实。"

宫子说她当时吓坏了，情急之下把纸袋扔出去，不知怎的竟套到了我头上。而且，那帮貌似黑社会的人还突然内讧，自己跟自己打了起来。

这话我越听越觉得在做梦，应该说，那就像一场噩梦。

"到底发生什么事了？那些人是谁啊？"她坐在餐桌对面，向我提问。

我看了一眼挂钟，该上班了。这件事把宫子卷了进来，那么我应该向她解释。于是我先说了一句："等有时间我会详细说。"接着把事情的大概说了一遍。

"O医院有可能正在从事违法行为。我发现了这件事，最近烦恼不已。前不久，让小院长知道了我在怀疑，我正在等待那边的反应，结果就出了昨天那件事。"

"看来那个违法行为也跟那些黑社会有牵连啊。"

"有可能。提供医保卡和名册的人或许就是他们。"

"是不是那个没用的院长向他们打了小报告，对他们说如果不封住你的口会很麻烦。"

"有可能。我真没想到打草真的惊了蛇。"

"这种情况下，打草并不是一件坏事。因为你实在无法坐视不管，对不对？"

"没错。"我用力点了点头，"因为那样实在无法面对小学的我。而且，我也想给初中的我一些勇气。"

"你说什么呢？"

"要不要报警啊。"我好不容易想到了这点。昨天那件事显然是应该让警方展开调查的案件。

"报警比较好吧。"宫子也赞同道，"只不过那样一来，O医院的行为就要被曝光了。"

没错。我觉得当然应该曝光，但心里的确没有做好准备。再加上小院长那句"你先跟小绵聊聊吧"也一直让我惦记在心。

"要不跟警察简单讲两句吧，就说半夜被几个相貌凶恶的人拦住了，很害怕。这样他们应该会加强巡逻。"宫子好像猜到了我的想法，这样说道，"O医院的事暂且不提。"

她比我更冷静，因为不是当事人吗？

我来到公司，首先就去找了绵贯先生。我得跟他谈谈，看绵贯先生到底知道多少，同时也希望绵贯先生没有参与进去。

我在公司里来回寻找，就是找不到他。

我又问了营业部的上司和同事，他们都说没见到绵贯先生上班，也没接到请假的电话。

我开始心跳加速，不祥的预感越来越强烈。实在坐不住，我便假装出去跑业务，来到了绵贯先生住的公寓。因为跟他拼车回家时来过好几次，我知道地方在哪儿。

绵贯先生不在家。我按了通话器，没有人接。此时我已经无能为力了。

他可能临时有急事吧。说不定亲戚突然去世了；要么就是突然得病，上医院了。

为了让自己放心，我脑子里设想了好几种理由。我很想采纳其中一种，可是那些理由只要稍微触碰就溃不成军。

该跟谁商量呢？

我连这个都不知如何是好。我之所以联系了O医院的小院长，是因为知道内幕的可能只有他一个人，才不得已而为之。

小院长接了电话，态度竟格外地好。"上次对你态度很差，真是对不住了。"他对我说，"我想跟你好好谈谈，谁也别隐瞒什么，敞开了谈。"

"我联系不上绵贯先生。"

"啊，他没问题，在我这儿呢。"

"在医院吗？"

人在迷失方向的时候，如果出现一块导向牌，可能会不假思索地跟着箭头走。我遵照吩咐去了O医院，刚从计程车上下来准备进去，就被人从后面牢牢架住了。

那人力气很大，还把我的嘴堵住了。我喘不过气来，身体被钳制得向后仰起，只能看见头顶的天空。天很蓝，没有云，也没有浓淡的变化。

不知为何，我眼前突然出现了一片大火的光景。我仿佛身在熊熊燃烧的日式房屋当中。周围充斥着声音和烟雾，感觉不到热量。对面有个人影向我走来，我伸出手，那只手很小，比小学生还小。我发现那是幼年的自己。

我被几个男人塞进一辆车里，随后头部遭到重击。虽然没有晕过去，但剧痛让我无法思考。

⬭

致宫子：

我竟然做出这种事，实在是很抱歉。一直以来谢谢你了。能跟你结婚，我很幸福。我给太多人添了麻烦，心里真的很痛苦，所以决定自我了断。

"'真的'太多余了。"

被人这么一提醒，我抬起头来。站在我面前的是身穿西装的绵贯先生。阿玛尼的两件套，黄色领带，一丝不乱的发型，一看就是能干的精英，跟平时的绵贯先生没有两样，让我产生了他正在指导我写业务汇报书的错觉。我脑子实在太混乱，甚至忘了自己的立场，对绵贯先生说了一句"您没事真是太好了"。

"你真是个能干的后辈。又认真，又善良。"

"谢谢您。"

绵贯先生的目光里透着同情。"我交接给你的工作也做得很好。所以，这次我也能放心把事情交给你，对不对？"

"不，这我可交接不了。原来骗保是绵贯先生提的建议啊。事情既然已经清楚了，那我请求调离O医院的工作。"

"北山，不对。"

"不对吗？"

"当然，如果你愿意不多做思考，继续负责O医院的工作是最好。只是现在你已经做了多余的窥探，表现出了多余的正义感，所以我也不打算让你照常干下去了。"

"要换负责人吗？"

绵贯先生愣了愣，然后笑了。"我真搞不懂你到底是敏锐还是迟钝。听好了，现在不是谈什么换负责人的时候。你要交接的东西不一样了，所以才让你写那玩意儿，对不对？"

　　我可能因为太害怕了，试图消除自己的记忆。

　　我正在写的东西，是一封遗书。

　　我凝视着刚刚写下的文字，看到"决定自我了断"几个字，理解了意义的瞬间，全身顿时冒出了鸡皮疙瘩，同时眼前一黑。

　　写遗书并非我的本意。

　　因为两边的男人把我死死按在椅子上，我才想起自己一度挣扎过。

　　这样会死，危险！察觉这点的并非我的大脑，而是身体。我的大脑依旧无法冷静地面对现实，尚且无法相信自己竟会遇到这种事，也不相信绵贯先生竟是这样的人，还在试图用理性否定这一切。说到理性，凭直觉感知到危险的身体反倒比脑子更理性。

　　"北山，你快点写吧。"

　　"绵贯先生，您做这种事情，究竟打算怎么收尾？"

　　"做这种事情？承蒙你这么担心我，真是太感谢了。放心吧，北山，我不会有事。"

　　"那骗保的事情呢？"

　　"因为你会替我背上所有罪名去自杀，所以没问题。真的很感谢你。"我替绵贯先生去了他不想去的应酬时，他也说过类似的话。

　　我差点就要回答不用谢了。

　　"总之你快把遗书写了吧，我接下来还要去六本木约会呢。"

　　轻浮的话语使我更加狼狈不堪。

　　这样下去可不太妙，非常不妙。我慌了神，对他说："我不想写。"我的声音在颤抖，但是我无计可施。

　　只要我不写，就没有遗书。

但我依旧可能丢掉性命。但是，那样至少能避免自己蒙冤。

这是我最后的抵抗。

我的脑子总算开始正常运转了。

我为何要对他言听计从？怒火终于点燃，可是绵贯先生接下来的话又让我的大脑陷入僵硬。

"北山，你不是很疼你夫人吗？"

"啊？"

"为了保护你夫人，我觉得你最好还是把遗书给写了。"

"什么意思？"我没有装傻，是真的失去了思考能力。

"只要你把遗书写了，我就不会动你夫人一根指头。要是你不写，夫人可就要遭殃了。"

"反正——"

"没错，反正你都要死。可是你想想，只有你一个人死，和你夫人也要遭殃相比，哪种结果更好？我不会要你夫人的性命，只会让她生不如死。"

我猛地站了起来。旁边那些手臂足有我大腿粗的男人马上把我按了回去。他们的指头死死扣住我的肩膀，仿佛要撕碎皮肉，我忍不住发出了近乎野兽的惨叫。

"太过分了。"

"这对我来说一点都不算过分啊。"绵贯先生说的似乎是真心话，"选项不多。是连累你夫人，还是保住你夫人。"

"谁也保证不了这件事。"我好不容易挤出一句话，"就算我写了遗书，也难保证我妻子一定不会遭到袭击。"

"因为你已经死了，无法亲眼看见啊。"

他为什么能在这种场合下用如此愉快的态度说出这种话呢？我气不过的同时，也意识到绵贯先生可能不是第一次杀人了。我感到屁股底下一片冰凉，也不知是不是吓尿了。

"可是北山，你就放心吧。只要你乖乖写遗书，我们就没理由对你夫人下手。因为多余的事情会招致多余的风险。我反倒会远离跟你有关的人。只不过，要是你不写遗书，那话就不是这么说了。到时候我会动用另外的脚本，你夫人也要遭罪了。"绵贯先生说。

我只能像金鱼一样张口闭口，最后好不容易挤出一句话："请让我听听我妻子的声音。"

绵贯先生似乎很满意。"对啊，如此甚好。"

"那个，这里有电话吗？"

我此时才把这个地方环视了一遍。被车拉过来时，我虽然没被蒙住眼睛，但因为被拉扯得很凶，顾不上观察周围，直到现在才意识到自己身在一间宽敞的西式房间里。

一台无线电话子机被放在我面前。

"你还是跟夫人说说话比较好。毕竟啊，你马上就要为夫人英勇牺牲了。"

绵贯先生仿佛要把话用力摁进我脑子里。我没有抵抗，反而乐观地思索道：是啊，既然我已经难逃一死，倒不如为了妻子英勇牺牲。

绵贯先生朝电话努了努嘴，然后点点头。

我不知道现在几点，应该刚到下午，母亲和妻子都在家里。想到这里，对面传来了接电话的动静。

"你怎么了？"听到妻子声音的瞬间，我的感情几乎要爆发了。

"为什么？"

"什么为什么？"

"你怎么知道是我？"

"你刚才不是说了吗？"

是吗？我惊讶于自己过度混乱，连自己的言行都无法把握，顿时很想叹息。"哦，可能吧。"

"你怎么了？"

"没什么。"绵贯先生在用目光告诉我别说多余的话。一旦违反约定,那么不仅我的人生,宫子的人生也要被毁掉。"就是有点那个。"

"突然想听我的声音了?"宫子半开玩笑地说。

"是啊。"我为了假装玩笑,如此回答之后还笑了两声,但是非常勉强。

"没事吧?我看你好像很难受。"

"嗯,毕竟工作都不轻松啊。"说着,我自己也产生了疑惑。世上肯定存在比我现在更轻松的工作吧,毕竟我可是要背上别人的罪名死去啊。应该说,这根本不算工作。"啊,老妈在家吗?"

"妈?她跟古谷一家出门了。"

"哦,是吗?"

"要帮你转达什么吗?"

过去的种种回忆如同泛滥的激流般从我脑中闪过。从小学到十几岁,再到我结婚时,还有父亲葬礼的记忆,它们彼此激荡,泛出泡沫。我有点哽咽,这让我慌了神。泪水仿佛要从眼中满溢出来。我的声音变得嘶哑,连忙把听筒拿开,然后拼命眨眼,调整呼吸,装出平静的样子继续道:"嗯,你就替我对她说一声谢谢吧。"谢谢,一切情感只能化作这两个字。

"出什么事了?"

"没什么,就是道声谢。"当然也要谢谢你。我很想这么说,可是这太可疑了。

"今天晚饭想吃什么?"妻子像平时一样提出那个问题,让我不得不再次忍住呜咽。

"我要晚点回去。"我回答道。

挂电话的瞬间可能就是我必须做好觉悟的时刻。但我无法做出赴死的觉悟,只做好了不做任何思考的觉悟。我决定不去认知自己的恐惧,不做任何抵抗。

一只手搭在我肩膀上。我抬起头,绵贯先生眯着眼睛,从我手上拿走了电话机。他这个样子既像看到了感人的场面双眼湿润，又像目睹了后辈的悲惨和无力在拼命忍住笑。

今天晚饭想吃什么？

妻子的话残留在我脑海中。一想到她毫不知情，默默等待不会再回去的我，我就感到心中苦闷。我不能想。

我放下电话机，直人的声音在耳边萦绕不散。他在害怕，还在逞强。"我要晚点回去"的句尾明明掩饰不住震颤。

"怎么样，能查出来吗？"我问了一句，坐在餐桌另一端的女性把对讲机形状的电话按在耳边回答道："再等等。"她边听边在纸上写着什么。

公司打电话告知直人行踪不明时，我一下就想到了昨天那些小混混，马上断定他必定是遇上了什么事情。于是，我立刻给以前的同事打了电话。"这是我此生唯一的请求，请你帮帮我。"虽然对方没有爽快答应，但我已经预料到这个反应了，便展开了交涉，"上回你那边的年轻人连累到我，这件事要怎么算？我有权生气吧？而且我并没有求你做多大的动作，只是帮点小忙。"其实相比做交易，还是同期入职的情分比较大，所以前同事听了我的话，答应派一个人过来。

那就是现在正拿着移动电话联系电话公司的女性。

"这东西变得好小啊。"她结束通话后，我指着移动电话说。

"将来还会更小。按照预测，到时候这种电话可能会比家里的电话更普及。"她说起话来有点冷淡，不过给人印象并不坏，"很快，所有东西都会数字化，到时候反向追踪电话就能变得更轻松了。"

"是吗？"

"现在我们必须请电话局靠眼睛追踪连接到这台电话上的线路，

所以需要请你延长通话时间，如果换成数码制式，只要一接通就能查到发信点。"

"方便是很方便，但也有点可怕。"

"说不定电脑很快就要开始搞政治了。"

"那世界或许能更和平。"至少面子、积怨、意气这些感情因素不会再给国家的未来造成影响。

"人工智能看起来很可怕——"她把便笺纸递了过来，"这是刚才拨打电话的地址。"

那好像是藤泽金刚町十字路口附近的大楼。虽然不近，但也并非远得吓人。我马上站了起来。

"你要一个人去吗？"女情报员一边收拾东西一边问。

"你要一起来？"

"不，那样太过了。"

"不在支持范围内对吧。"我笑着说，"不过你能帮我反向追踪已经是帮了大忙。谢谢你。"

"他让我告诉你这样就算扯平了。"她道出前同事的口信，迅速走出了我家。

就在我准备把车开出车库时，碰上了石黑市夫。虽然很久没见，我又有几个问题要问他，可是现在顾不上了。我本想着下次再说，便发动了汽车，没想到不知何时他已经站在了车前，还张开双手不让我走，我不得不慌忙踩下了刹车。由于事出突然，我没来得及踩离合，车子熄火了。

现在事态这么紧急，他在干什么呢，开什么玩笑。我本想任凭情绪爆发猛按喇叭，然而我还没来得及做这个有生以来头一遭的举动，他就已经来到了驾驶席旁边。我吓得险些弹了起来。他什么时候移动的？再看石黑市夫，他一脸平静，咚咚地敲了几下车窗。

我也不知道自己为何摇下了车窗，因为我完全可以不管他，径直离开。

"你要干什么？"

"您这是要去约架吗？"

"啊？"

"我觉得您好像被卷入什么事情了。"

"保险公司的人都这么没礼貌吗？"

"您有可能凭一己之力无法解决。"

"你说直人？你知道什么吗？"直人应该是被卷入了O医院的非法涉黑事件中，不过保险公司的员工的确有可能参与其中。就在我胡乱猜测的时候，石黑市夫回答道："哦，原来是您先生啊。"接着又说："我还以为您跟您婆婆世津女士发生了什么矛盾。"

我没时间理睬这个人，甚至开始感觉他也是个危险人物。我认为应该直接无视，开车离开，并且准备这么做，但不知什么时候，石黑市夫竟跑到了副驾座位上。是我让他上来的？可我没有这个记忆。

"你怎么坐上来了？"我边踩油门边问。他冷静地回答："是您让我把话说清楚的。您放心，我半路就下去。"

"你关于我跟婆婆到底有什么话可说？之前你也说过那是自古以来的孽缘，还说了什么山和海？那两种人一直在闹矛盾？如果你是这么想，那我只能说你错了。"

"错了？"

"我和我婆婆不是那种关系。如果是，那直人也同样属于山人或海人，对不对？"我嘴上虽然这么说，心里还是对这种漫画似的表述感到羞耻，自己也忍不住苦笑起来，"如果他真的是山人或海人，那我们结婚就显得很奇怪了吧。因为山人和海人会互相排斥，更别说生孩子了。"话一出口，我大吃一惊。因为我们确实迟迟没有孩子。难道原因在这里？"话说回来，石黑先生，你怎么知道这些事情？莫非你是研究山人和海人的专家？"

"我啊——"石黑市夫顿了顿，然后继续道，"就像一个平庸的裁判。"

"裁判？你是说判定出界与否的那个裁判？"我过于关注对话，险些忘了在十字路口右拐。

"可以说，只是旁观者吧。不过，我要永远观望着山与海的争斗，甚至早在各位的人生开始之前。"

我忍不住嗤笑一声。"等等，石黑先生，您是什么人啊？神仙？可别对我说你长生不老啊。"

"我什么都做不到。我本来就讨厌争斗，是个讨厌争斗的裁判。"

"讨厌看比赛的裁判啊。"

"可是，无论心里多么不愿意，争斗还是不会消失。"

这种事不用他说我也明白。时代会变，争斗却永不停歇。那些主张应该消除争斗的人，最终都会变成"如果你不消除争斗，我可要跟你斗了"。于是我说："争斗不会消失，这好像美国音乐人喜欢唱的主题啊。"

"不仅是美国。"

"其实唱点别的更好呀，比如天气好热啊，比如外面冷死了。"

"您是说气温吗。"

"因为这样才能超越意识形态和立场的鸿沟，让所有人产生共鸣。"我说，"石黑先生，您就像一个旁观争斗的志愿者啊。"

石黑市夫并不在意我话语里的挖苦和轻蔑，而是说："刚才我也说了，我只是一个无能的裁判。我连打击区在哪里都不知道，只是愣愣地站在那里。打扰您赶时间真是对不起，我还以为您跟您婆婆之间发生了什么矛盾。"

"你觉得比赛开始了，自己身为裁判必须在场，所以才慌了神吗？

话说，那个山人和海人，到底谁赢得比较多啊？"或许我该问问自己是山人还是海人。

"山人与海人一旦碰面就会产生对立，有时甚至发展成巨大的争端，还经常闹出人命。"

"那您到时候给我讲讲吧，就当是历史上的著名比赛。"

结果石黑市夫一脸严肃地讲起了源平之争、明治时代的海军与海盗，还有二战时的疏散地。

"难道没有一次是和平结束吗？全都是打个你死我活，根本没有这次我们打了平手这样的比赛吗？"我还想嘲讽他：这不应该是你这个裁判来操作的东西吗？

"我不明白平手是指什么状态，但也并非总要消灭其中一方。也有许多时候是双方同时努力，尽量避免碰面发生争端。"

"红组和白组都要加油呀。"

"还有一些人在针锋相对之后，一生守护陷入了昏迷状态的对手。"

"守护敌人？好感人啊。"我用调侃的语气说，"那么在他的精心看护下，对手会醒过来吗？"

"您怎么想呢？"

"别问我，这跟我没关系。"

他说："并非没关系，总会扯上关系的。"我后知后觉地意识到这人可能真的很危险，便临时把车停在路边，粗暴地说："你给我下去。"

没想到他丝毫没有气愤的样子，反而一副早已对这种态度见怪不怪的样子，甚至有点傲然地说了一句"下次见"，随即下了车。

我突然反应过来，我得去救直人啊。由于油门踩得太猛，车胎发出了尖锐刺耳的声音。

我很快就找到了藤泽金刚町那座楼房。楼龄看起来不长，但是因为远离交通干道，外表给人一种阴暗陈旧的感觉。门口的道路并不太宽，我把车停在了禁停标识旁边。

从入口径直向前走，看见一部电梯。旁边的小名牌上标注着每一层的商户名称，后面一律跟着"事务所"几个字。直人在哪一层？

我已经做好了把每一层都检查一遍的心理准备，此时电梯停在最顶层五楼，那么至少可以确定，五楼曾经有人出入。

于是，我顺着楼梯跑到了五楼。

直人是否平安无事？

每跑上一级楼梯，我脑子里就冒出各种画面。按照过去的经历或这类犯罪团伙的行动模式来推测，八成是要将他杀害后伪装成自杀，具体做法是上吊或跳楼。这种模式并不新鲜，可不管它是否新鲜，我就是难以忍受直人将要遭遇危险这个事实。我绝对要阻止他们。

到达五楼的瞬间，我知道自己猜对了。

因为最里面的房间门前，站着一个看起来不好对付的男人。他虽然穿着纯色 T 恤，却烫了一头卷毛短寸，双手插在裤兜里，一副吊儿郎当的模样。

这就好像在门口挂了一块招牌，写着"内有恶人"几个大字。

我从楼梯来到通道上，径直向前走去。

男人听见脚步声抬起头来问："你干什么？"

"打扰了，我想请问外子是否在这里。"

"外子？什么玩意儿？"

人在面对体格和力量逊于自己的对手时，会产生放松的感觉，这与歧视或阶级优越感无关，而是动物的本能。见到比自己高大强壮的人，就会忍不住提高警惕。若是见到足以将自己拎起来扔出去的高大男人，就算对方其实是个低调稳重的人，内心也总会保持戒备。与之相反，在面对身形纤细的对手时，人会想象万一发生矛盾，对方也无法压制自己，随即放下心来。

眼前这个男人虽然觉得我可疑，但并没有特别警惕，恐怕就是因为这个。

他天真地认为总有办法制伏我。

其实，他并不能。

"那个，让我进去好吗？"我对他说。"哦？你这是在诱惑我吗？"[1]他的回答荒诞得让我气不起来，只有无奈。

"你能听懂吗？让我——进入——那个房间。"我一字一顿地说着，同时一把抓住男人的脖子，将他按在墙上。我用拇指狠狠掐住他的喉头，男人开始吃了一惊，接着发起火来，露出一脸你这女人开什么玩笑的表情，仿佛想用目光把我咬死。下一刻，他就因为痛苦而扭曲了表情，还喘不过气来。可我并不理睬，继续加重手上的力道。"我想进这个房间。"

这回他老实地点了点头，于是我松开手。

对方猛地拉开门。我往旁边一闪，他立刻撞了过来，而这些我当然早有预料，轻易就化解了他的攻击。我抓住他的耳朵，用力往两边撕扯，然后趁着男人痛得直叫，狠狠踹向他的裆下。

我任凭他蜷缩在地上，因为要赶时间，我穿着鞋就走了进去。里面走出一个发型相同的男人，气势汹汹地问了一句："喂，怎么了？"

"我丈夫在哪里？"

"你是什么人！"

喉头还是双眼？我犹豫片刻，一脚踢中他的蔽心骨。攻击那些细小的命门太麻烦了。好了，接下来恐怕会有一大群冲动易怒的小混混从里面拥出来吧。我摆好了架势，结果并没有人，室内一片静寂。这让我不禁毛骨悚然。

我走进隔壁屋，又检查了别的房间，都没看到人。

---

[1]原文为"中に入れて"。该句型在不同语境下可翻译为"让我进去"或"请进入我（的身体）"。——译者注

难道不在这儿？

我回到捂着肚子倒在地上的男人那里，揪着衣领子把他拽了起来。

"直人在哪里？"

尽管他很痛苦，还是露出了不服气的表情。所以说男人都是荷尔蒙动物啊。我心中无奈，捏住了他的手指。

我用上力道，大有将手指掰折的意思，没想到那人很快就投降了。或许那并不是什么值得隐瞒的情报。"已经到别处去了。"

"不在这里？"

"把这里弄脏了不好。"男人说完笑了起来，不知是不是逞强。

"那在哪里？"我又一次准备掰折手指，男人却摇了摇头。"别这样，我真不知道。外面不是有人吗，那家伙应该知道。因为他说待会儿要过去。"

我马上回到门口，可刚才那个人已经不见了。电梯显示轿厢已经移动到一楼。让他给跑了。想到这里，我顺着楼梯跑了下去。

先是一步两级台阶，随后是三级，最后几乎是越过整段台阶往下跳。可是等我追出外面，也已经看不见他了。

怎么办？

此时我开始感到慌乱。此前因为直人失踪，我心中的确有焦虑，但是在我这个冷战时期的谍报员看来，无论多么暴力的团伙都不足为惧。只是，一旦跟丢了人，我就无计可施了。

他往哪个方向走了，徒步还是开车？我站在人行道上开始思考。

就在那时，背后突然有辆车撞了过来。

我感到不对劲，刚一回头，MARK II[1]的车头已经近在眼前。撞击的瞬间，我蜷起身体化解了部分冲击。面对疾驰而来的汽车，我自认在人行道上采取了比较好的防护姿势，可就在我双手撑地准备起身

---

[1] 捷豹的一款汽车型号。——编者注

时，下半身却窜过一阵剧痛。

左脚。我一站起来，就感觉像有人捅了我一刀。

那辆车把我撞倒后笔直冲向路边的招牌，斜刺里停下了。从驾驶席上下来一个人，正是刚才在五楼被我掐住喉头那个身穿纯色 T 恤、面相凶恶的男人。他举着一根黑棍子，用力一甩，棍子伸长了。应该是特种警棍。

真是太烦人了。

如果对方是那种因为性别和外表而放松警惕的人倒还好说，可这人刚才已经吃了一次瘪，现在他的警惕性特别高。可能他正是因为知道靠普通的做法打不赢我，才做出用车撞我这种事。他明显已经顾不上许多，一心只想弄死我，而我在一只脚受伤的状态下很难应付这样的对手。

"臭女人净瞎胡闹，你搞什么鬼啊。"男人满脸通红，大步朝我走来。他举起警棍的瞬间，我闪开了。不，我本来想闪开，可是脚上一阵剧痛，使动作迟缓了几分。紧接着，肩膀上传来沉重的压力。我被警棍打到了。

我忍不住闷哼一声，随后咋了一下舌。我竟然没躲过如此明显的攻击，实在太羞耻了。而且这人处在兴奋状态，似乎体会到了让对手屈服的快感，很快又发动了第二次攻击。他挥舞着警棍，同时一脚踹了过来。

一旦发现我左脚受伤，对方必定会集中火力，因为他压根不是讲究骑士精神和公平原则的人。我只能强忍剧痛，调整招架的姿势，勉强躲过攻击。

现在不是时候，我得去……我得去救直人。

这个想法在脑子里飞速转动，男人却挥舞着警棍一次次发起攻击。假设有人发现车祸报了警，那应该快有警车开过来了，然而警察辜负了我的满心期待，迟迟没有拉响警笛。

我心里正焦急，不慎让男人踢中了我的左大腿。突如其来的剧烈疼痛已经无法凭意志力掩饰过去，我身子一扭，忍不住叫了一声。

男人顿时兴奋起来，俨然听到了女人的娇吟。

"你这里痛啊？"他露出坏笑，高兴地举起了警棍，让我不禁感叹此人面对他人的弱势，竟可以如此毫无罪恶感地落井下石。

我半倚在路旁的电线杆上，用手臂躲闪警棍的攻击，与其说是躲闪，更应该说是牺牲手臂来保护伤足。可以说，我已经陷入了被动防御的状态。

我环视四周。有什么东西能派上用场？现役那段时间，我受到了不少在逆境中扭转劣势的训练。应该说，大多数时候我们都会设想那样的情况。就算手上没有武器，也要迅速观察周围，寻找能够一举逆转的物品或工具。

周围有疑似被乌鸦啄过的垃圾袋，还有一把折断的雨伞。那些能用吗？还有别的吗？

我又发出痛呼。

警棍朝我的脚砸了过来，我扭转身体，但是失去平衡，跌倒在地。我见自己的身体如此不听使唤，心中燃起了怒火。

现在情况如此紧急，怎么能这样。

我四肢着地试图爬起来，突然感到左半身传来足以让我天灵盖炸裂的灼热疼痛。原来是那人在我身后挥起警棍狠狠砸了下来。他处在兴奋状态下，说不定还发出了尖厉的喊声。疼痛侵蚀了我的大脑，将所有感情和理智驱赶一空。好痛，好痛，大脑发出的警告传遍全身。我必须逃离这个疼痛，我必须逃离。

就在那时，背后传来一个熟悉的声音。

"哎呀，这不是宫子吗。"

那个熟悉的声音让我愣住了。因为声音虽然熟悉，也伴随着不愉快的回忆。"妈，危险！"我喊了一声。其实我试图爬起来，左脚又是一阵剧痛，所以喊到一半声音哽住了，然而就在我回头那一刻，看到了难以理解的光景。

"宫子，你没事吧？我不是总说，你已经没有自己想的那样年轻了。"

婆婆摆出一副我早已见惯的过来人的脸开始教训我。只是这样也就算了，她还把那个男人的手臂拧到了背后将其钳制住，所以我一时理解不了眼前的状况。

男人尖声喊痛，松开了手上的警棍。

"我说你这个人，对我儿媳干什么呢？"婆婆说完，踹了他一脚。

男人踉跄了几步才站稳脚跟，然后上下打量我的婆婆，可能心里也困惑不已。

我挣扎着站起来，对婆婆说："那个……"

"你啊，关键时刻还是不够干脆。"婆婆说着走了过来。

"那个……"

"第一次见面那天也是。"

"第一次？"

"那个应该叫见家长吧，我们不是约在酒店大厅了。当时你借口上厕所，其实是去工作了，对不对？"

她在说那个被我按在洗手间里的，携带神经毒素的"老太婆"吗？"妈您怎么知道……"

"因为是我先发现她的。"

"那个，这到底是……怎么回事？"

"那女人太可疑了。一个人到大厅来，也不好好吃饭，一副心不在焉的样子，而且还反应敏捷，半空接住掉落的勺子。"

这我记得。当时婆婆叫来的服务员不小心碰到那个女人的桌子，险些把勺子碰掉了。因为她接勺子的动作实在太敏捷，我觉得很不自然，才会盯上她。

"你一站起来，我就知道是要去查那个女人，便想见识见识你的功夫。”

婆婆，不是，请等一等，暂停暂停，我努力想打断这场对话，因为我此时依旧摸不着头脑。“那个，这到底……”

“你可能觉得自己干得不错，其实根本不是。等我赶过去的时候，那人已经解开束缚，正要逃走呢。”

她毫不理睬我的疑问，兀自继续下去。这的确是婆婆的风格，可是除此之外，我只觉得眼前的是个陌生人。“您在说什么呢？”这句话并非反驳，而是字面意思，我听不懂婆婆在说什么。

“实在没办法，我就帮你把他重新捆起来了。”

男人动了起来。婆婆的出现虽然让他吃了一惊，但是攻击性高的人所特有的生存本能在此时可能发挥了作用，促使他做出反应。他转身就跑。

我马上追了上去，当然，这让我的左脚、整个半身，甚至脑袋都剧痛不已，可我现在已经顾不上那么多了。因为我全身每一个细胞都团结一致，拼尽全力，坚决不在婆婆面前示弱，于是我成功克服了疼痛，一把抓住男人的手臂，向后一拧。

这是刚才婆婆用的招式。意识到这点，我脑中似乎响起了回路接通的声音。将敌人的手臂拧到背后以封印对方的动作，这个招式比较接近防身术，套路并不新鲜。我是在刚成为情报员并接受训练的新人时期学到了它。莫非……我若有所思地把婆婆重新打量了一番，只见她露出了“你怎么才发现”的神情。“真是的，我那个年代仅仅因为是女人就吃了不少苦。”她边说边慢慢走过来，“你已经算轻松了，而且组织内部已经不会把男女区分得那么明显了吧。”

没那回事！我强忍住反驳的冲动。其实在一开始，我也险些因为性别而被分配到跟男性不一样的工作，后来都是凭自己的实力冲出重围。要是有人对我说“你很轻松”，我肯定会啐他一脸唾沫，大骂你懂个屁。然而这话从婆婆嘴里说出来，我轻易就能想象到她肯定吃过更多苦头。"什么时候……"我问，"到什么时候…… 你工作到了什么时候？"

"很久以前了。你可能不知道，但我在里面还是很吃得开的，所以能利用他们的情报网络。当直人说要带未婚妻来见我时，我马上就展开了调查。就是没想到你竟然也在那里工作，当时我吃了一惊。"

于是她知道了我的真实身份？从一开始就知道？我感到一阵眩晕，差点就要瘫倒在地。不是因为疼痛，而是挫败。然而就在此时，男人开始挣扎，于是我猛地回过神来。"你给我老实点！"我激动地骂了一声，顺便抓着他的手指往关节的反向掰。

我想起来，现在最要紧的是去救直人。

婆婆可能也想起来了，便对我说："这件事以后再说，直人是不是很危险？"接着，她毫不犹豫地抓住男人的手。"你快说，他们去哪儿了？别看我是个老太太就动小心思。我们赶时间。哎，宫子，这种事你不太擅长吧？"

"什么事？"

"就是用强硬手段榨取情报啊。你就是那种不愿干脏活的人吧，因为你有时候连碗都洗不干净。"

"妈，您在说什么呢。"我顿时火了起来，就差没把我们所在的街头当成自家起居室了。我攥住男人的手指，加大力量。

男人发出尖叫。

"宫子啊，你光让他叫有什么用？不说话就没有意义了。"

婆婆手腕一转，男人又大叫一声。那根本不算说话，更像哭喊。

"你这不也没让他说话嘛。"我狠狠掐住男人的肘关节。

接着，我和婆婆展开了一场逼供比赛，轮流折磨男人的手指和背部，看谁能先让他开口。男的想必连抵抗的气力都没有了，不一会儿就把一切说了出来。

"您在这辆车上装了什么？"我坐在副驾上，一边包扎左脚一边问。伤到骨头了，不确定是骨裂还是骨折，总之我先用以前学会的包扎方法把伤处固定住了。要是再来点止痛药便是锦上添花，但是现在指望不了那么多。

婆婆握着方向盘，笔直往前开。"在我那个时代，想知道一个人的位置，需要用到电话簿那么大的机器，现在倒是变得很小了呀。就跟咖啡厅的杯垫差不多。"

"什么时候？"在车上装了那种东西？

"好久了。我本来是要监视你平时出去采购有没有绕路到哪里玩。"

我只能无声地苦笑。虽然那句话像极了开玩笑，可是今天婆婆之所以能找到我在哪里，最可能的方法就是车上装着定位器，而且我也无法否认的确是婆婆救了我一命。此时应该老实道谢才对吧。尽管如此，我还是忍不住选择了批判："妈您怎么总爱监视别人的行动啊，这爱好可不太好。"我和她就像身体里装了磁铁，只要离得太近，心中就会产生排斥，不由自主地反抗。山与海。石黑市夫的声音在我脑中回荡起来。

婆婆张开嘴，我以为她要像发射导弹一样说出："宫子，你这个人啊。"然而，她并没有如我想象那般发动攻击，而是叹了口气说："总之先去救直人吧。"

啊，没错，太有道理了，现在是婆婆完全正确。

车里的广播音量变大了一些。可能因为信号好了，也可能单纯因为我们都不说话了。

主播正在介绍发现了三千年前的壁画的新闻，听说是一名少年在山上迷路时发现的。一开始他还以为那只是岩壁上的划痕，后来发现那是用石头之类的物体刻画出来的痕迹。与其说是画，不如说更像是细线弯弯曲曲组成的象形文字一样的东西，专家似乎认为那些划痕表现了歌剧的一个场景。主播调侃道："听说有人认为那是小孩子自己画的。"

被发现的壁画是什么样的呢?

三千年前,我很难对这个时间产生什么概念。究竟是什么人活在那个时代,还留下了那些画呢?

"你说什么?"婆婆问。

"啊?没说什么。"

"你刚才不是说了什么吗?"

"啊?什么呀?"

"我怎么知道。"

"啊,您等会儿看见超市能停下车吗?"

"这种时候了你瞎说什么呢。"

"我很快回来,就是想弄点垃圾袋。"

绵贯先生说,在这里就不怕脏了。

我被带进了一座正在修建的大楼。因为是坐车来的,我不知道这是什么地方,但可以肯定这会是一座很高的大楼。现在大楼裸露着钢筋骨架,让我联想到恐龙骨架标本。

"北山啊,其实你应该把自己弄脏的地方收拾干净,不过这次我网开一面,替你收拾吧。"听了那句自诩恩人的话,我险些说了句谢谢你。"绵贯先生,这样真的好吗?"

"什么?"

我两旁依旧站着两个男人,分别抓着我的手臂。

"你这样做真的好吗?杀人可是不得了的事情啊。"说完我意识到,对方可能理解为工作很不得了这种慰问的意思,马上试图订正,却一时想不到合适的话语。"那可不是正常人干的事情啊,绝对不行的。"我拼命想把意思传达给他。

绵贯先生的笑容里带着同情。"我说你啊，要是猴子从树上摔下来，你会谴责猴子没有猴子样吗？就算从树上摔下来，猴子还是猴子。为了自己的利益而令他人陷入痛苦，这也是人类。我可把话挑明了，我不打算对你做什么，是你自己要做。"

他命令我找个高度合适的钢筋，把绳子挂上去。还告诉我工地上有脚手架，可以拿来用。

我几乎从未想象过自己的死亡，就算把它当成将来会面临的东西，那也只是垂垂老矣的我，躺在医院或是自己家里，或是因为什么突发事故就那么没了。我万万没想到，自己竟要在这个毫无特色的工地上，亲自吊死自己。

"好了，那你就快行动吧。好吗，北山？"绵贯先生像布置办公室打扫任务一样安排了我的人生，那个形象让我的脑子陷入了混乱。我还是不敢相信这一切是真的。

小学的我、初中的我，曾经所有的我都担心地看着现在的我。

我不知什么时候挪了位置，只发现眼前突然多了一把脚手架。抬头往上看，绳子已经挂好了。我甚至不记得自己什么时候做了这些。

视野变得极为狭小，周围陷入一片模糊，我感到双腿发软。

"不用蒙住眼睛吗？"站在我右边那个手臂粗壮的男人说。

"蒙眼？为什么？"绵贯先生皱起眉。

"被一个上吊的人盯着可不舒服。"

"那就别看他。你见过蒙眼自杀的人吗？说不定要被怀疑的。你瞧，我不是没把他的手捆起来吗，就是怕留下痕迹。"

我的感觉已经很麻木，足以平静地倾听这些对话。意识仿佛要脱离身体，我慌忙告诫自己不能这样，要振作。

如果不振作呢？

振作起来，乖乖去死？

这有何必要呢？

片刻之后，我听见一辆车停下的声音。车胎发出运动鞋踩在体育馆地板上的嘎吱声，我马上回过头去。

原来如此，死亡的引路人——在人生终点出现的向导原来是开车来的呀。

只是，我又听见绵贯先生他们说："那是谁？"此时我才意识到原来别人也能看见。

那辆车跟我家的车很像，可能是因为我出现了幻觉吧。毕竟我还看见母亲和妻子分别从驾驶席和副驾驶席走了出来。那两个人出现在这种地方，这本身就不现实。更别说那两个人根本不可能像现在这样散发着团结一致的气息。

没想到在我生命的最后，竟看到了婆媳亲密的光景。这让我不禁惊讶，原来自己如此在意她们两人之间的龃龉吗。

两人缓缓走了过来，宫子好像还拖着一条腿。

啊，绵贯先生，美苏冷战要结束了，日美贸易摩擦要终止了，婆媳关系变好了。我很想感叹。

妻子不知从哪里掏出了垃圾袋。那是每周三次收集垃圾时使用的黑色塑料袋。想必那个黑色便是死亡的象征吧。只见妻子把垃圾袋撑开，转瞬间出现在我眼前，用袋子把我套住了。

与此同时，我失去了意识，人生到此结束。

然而，我依旧存在着。头上的垃圾袋虽然阻断了我的视线，呼吸却没有中止，只是因为憋闷而产生了焦躁。虽不至于窒息，但我不明白现在到底是什么情况，只能胡乱挥舞着双手，却始终掌握不了状况。

记忆的盒子里冒出火苗，我想起自己因为混乱而跌倒在地的光景。那可能是过去的场面重现在眼前。火焰仿佛在舔舐周围的柱子和墙壁。好热。我感到五内俱焚，灼热的火焰从四面八方包围过来，高温制造着噼噼啪啪的声音，把一切都吞噬了。我呆站在中间，只能定定地看着火舌吞没周围所有东西。我害怕房梁会砸下来，心想干脆投身火海反而更轻松，可就在那时，一名女性大步走了过来。"好了，快逃吧。"她说着朝我伸出手来，看年龄好像与宫子不相上下，却发出了母亲的声音。我紧紧抓住她的手，却发现自己伸出的手很小。我还是个孩子。

身体猛地一颤，火焰瞬间消失，我眼前只有一只黑色垃圾袋。我回到了原本的状态。

拿开垃圾袋，眼前是刚才的建筑工地。

有几个人倒在我脚边，我惊叫一声跳到一旁。原来那是刚才攥着我手臂的男人。

这究竟是怎么回事？

我往前看，绵贯先生跃入眼帘。他已经丢掉了刚才那副游刃有余的面孔，满脸怒意，头发蓬乱，高级西装凌乱敞开着。

而且，他手上拿着一把刀。

他举着刀向前走去，我便叫了一声："绵贯先生，你那样很危险。"他可能没听见，继续往前走，于是我又追了过去。

我看到他刀尖对准的地方竟是妻子的背部，顿时感到背后一凉。

"宫子，危险！"我扑了过去，心中一惊，腰已经撞到了绵贯先生的手。他手中的利刃悄无声息地没入我的体内。疼痛还没出现，周围散发出红光，我眼前一黑，就像断路器被拉了闸。

〇

"请您解释清楚。"我逼近婆婆诘问道。

这里是东京都内某综合医院一楼的门诊候诊室，时间已经过了晚上八点，电灯几乎都已熄灭。

"唉，宫子你好吓人啊。"婆婆连苦笑里都透着余裕，"我可没打算隐瞒。你是不是很在意我双亲和丈夫的死？果然够敏锐。不过我又想，啊，你该不会认为是我在背后制造了家人的死吧？"

"您？我怎么可能那样想。"我掩住嘴巴，夸张地说。

"净说大话。"婆婆苦笑道，"我父母是因为那个，我不知你那时是怎么说的，就是美苏冷战那个。"

"荞麦店？"

"哦，现在也这么说吗？"

"现在我不知道了。"

"为了伤害对手，所以去攻击她的家人。你不觉得这样很卑鄙吗？"

"嗯。"

"如果觉得我很碍眼，就来找我的麻烦呀。为什么要报复家人？"

"可能——"我正要开口，还是把话咽了回去。可能因为有人判断，他们很难找婆婆的麻烦，而除此之外最有效的手段就是报复家人吧。只要留下这个杀鸡儆猴的例子，让所有人知道表现得太出挑了会祸及家人，将来也能形成一定的牵制力。"荞麦店"一定就是这样想的。当然，我们应该也有同样的想法，并且展开了同样的行动。美苏冷战和婆媳关系，说到底都是跟自己的镜像争斗。我跟婆婆说不定还有点像。我看了她一眼，很快否定了自己。我不想跟她相像，一点都不想。

"爸去世的时候，妈您已经退出组织了吧？"我跟直人结婚时，她已经是家庭主妇了。应该说，早在我进入情报机构之前，婆婆应该就已经隐退了。

"那是回旋镖效应。现役时期结下的仇被人连本带利还了回来。"她说得很轻巧，但问题本身并不轻巧。仔细想想，她因为那份工作几乎失去了所有亲近的家人。我试图想想她究竟要忍受多少痛苦，但很快便放弃了。

"结下的仇？"

"我只是在认真工作，有的人却要因为这个而遭殃。那么，遭殃的人自然会怀恨在心吧。"

我脑中突然冒出一个脚本：三太郎将公公推下台阶，婆婆替夫报仇，制造了三太郎的事故死亡。是三太郎对她怀恨在心，还是别人对她怀恨在心，委托三太郎展开报复？可是，这个脚本也可以说仅仅是将我脑子里存在的几个要素简单串联起来。婆婆并没有细说，于是我也没有追问。

"啊，我要说的不是这个。"此时此刻，我想起了自己希望得到解释的并不是这件事。

"宫子呀，以前没人说过你嗓门很大吗？真的很吵。"

都这种时候了，婆婆还在嫌弃我，而我还在为这种事生气，真是让人不得不感慨。

这让我想起了石黑市夫说的话：自古以来便保持着敌对的血统，山人与海人绝不相容，一旦碰面就会敌对。

他们不能碰面。

那句话仿佛分不清远近的钟声，在我脑中回荡着。那不是石黑市夫的声音，因为他从未说过这种话。我是从哪儿听来的？

我吸入一口气，吐出了疑问。

"妈，您跟直人是什么关系？刚才我想问的是这个。"

婆婆发出寂寥的叹息，突然露出承认落败的表情，让我也忍不住有些寂寥。

受伤的直人很快被送到了医院。出血情况比我想象的严重，我和婆婆都是比人多经历过几十倍生死瞬间的人，可还是忍不住慌了手脚。不过从结果来说，直人被救回来了。手术后，他一直没有恢复意识，不过看医生点头说"没有大问题"的样子，我知道他得救了。

问题不在这里。

来到医院后，医生说："患者出血很严重，需要立即输血。"当时婆婆马上心神不宁地说："我的血型配不上。"

彼时我只是想，啊，我好像一直都不知道婆婆的血型呢，不过在手术室门前等候时，我想起以前听说过公公的血型，然后琢磨了一会儿，脑中冒出一个很简单的疑问。

从血型来判断，公公和婆婆不可能生下直人。

那直人是其中一方带入婚姻的孩子吗？或者说，是养子？当时我便想到了这两个可能，但都没听直人提起过。

"宫子呀，这句话我先说明了。直人是我们的孩子，无论发生什么事都如此。"

婆婆的说话声虽然不大，感觉却像对医院所有人喃喃地真情告白。我一时无法回话，便点了点头。

"直人还很小的时候，我在执行任务的房子里发现了他。当时房子在燃烧。"

婆婆恐怕不打算详谈，只是淡淡述说着。

我猜，她是在情报机构工作的时候，因为一次任务而收养了直人。一开始我以为房子在燃烧是比喻，但很快意识到那是字面意思，也就是火灾。

"我一直认为，我们之所以怀不上孩子，是因为直人要来。我丈夫也这样想。"

我还是不知该如何回应。我觉得，婆婆应该也不想要任何回应吧。

她一沉默下来，周围就陷入了寂静。没有声音，只能听到远处的脚步声，但很快便消失了。我觉得自己跟婆婆被夜晚森林的肃穆气息裹挟其中。

不一会儿，我突然听到一阵滑稽的抽泣声，同时身体也摇晃起来，正在疑惑发生了什么事，旁边的婆婆却说："宫子，你怎么哭了？"她没有用平时那种轻蔑的语气，反倒有点亲切。我慌忙抹了一把脸，揉揉眼睛。这究竟是为什么而流的眼泪？我扪心自问，却没有答案。

我们两人一言不发地坐了一会儿，五分钟就像一小时那样漫长。

我有好多问题和需要确定的细节，同时也确信，婆婆一个都不会回答。

"爸呢？他知道您的工作吗？决定收养直人的时候，爸怎么想？假设他不知道您的工作，突然要面对一个别人家的孩子……"

"他就是个迟钝又老好人的丈夫。"婆婆笑了一声。

"我可不会这么说。"我对公公没有什么坏印象。

"要是他知道我的工作，那也是个老好人。"

"我可不会这么说。"

"宫子啊，就算你觉得自己懂了，那也根本不是真相。"

我虽然很生气，但是今天一天知道了太多关于婆婆的事情，让我一个字也答不上来。虽说如此，我还是想顶她一句，就问："我看直人以前的照片，婆婆总是一脸不高兴地看着别处，那是过去工作时的习惯，一直在注意周围吗？"

婆婆有点意外地"咦"了一声，略显不安地问："我在照片上是那种样子吗？"

"是的。"

婆婆又哼了一声，打着圆场说："是啊，我以前就这样，总要看着周围。"于是我说："您别骗人了，其实只是不上相吧。"

结果还是会变成这样。

⊂⊃

我听到电视上传出苏联完全撤出阿富汗的消息，不过，我们从老房子撤出的消息倒是并没有成为坊间传闻。

我一言不发地想着这件事，把领带搭在衬衫领子上。

"盘子就放着吧，一会儿我来洗。"

妻子坐在餐桌旁，对着摊开的素描本这样说道。其后，她又愤愤不平地说："你说，妈是不是一点都不想记住新年号啊？"

"什么意思？"

"妈寄来的信上还全都写着昭和呢。"

"她还不习惯吧。"事实上，我在公司做文件时，也会不小心在日期栏写两种不同的年号，一直需要进行修正。每次把昭和改写为平成，我都会感到一丝寂寥，同时又觉得自己在远远观望着明天的日本，很想挺直身子。

"可是我都跟她说过好多次了，如果要写年号就请好好写。可她总是写昭和，什么昭和六十四年[1]之类。既然如此，那干脆别写日期就好了，可她就是要写。她绝对一点都听不进去我说的话。"

"算了算了。"我安抚道。就算年号用错了，世界也不会因此毁灭。我感到很奇怪，她为什么要因为这种琐事动怒呢？

去年年末，我们从旧家搬到了邻区的公寓里居住。当时宫子突然提出搬家，母亲也表示赞成。

我曾数次问她，你一个人留在家里不寂寞吗？母亲每次都回答："这样才最和平。"

"直人可能也发现了，妈和我就像磁铁的同极，一旦接近就会产生排斥，无论我们多想搞好关系都没用。"宫子曾经这样说，还调侃道，"这搞不好是亘古的因缘吧？"我心里虽然觉得只凭宫子一句比喻好像无法把这件事说清楚，可是宫子又说："所以啊，要把两块磁铁稍微分开一些，这样才能保持稳定。"

---

[1]昭和六十四年只持续了七天（元月七日昭和天皇去世），从元月八日开始改为平成元年。——译者注

"所以才要分居？"

"分居这个说法太负面了。我觉得保持一定距离并不坏，这就像两国保持友好关系的政策一样。"

"消除贸易摩擦。"

"啊，对了，你快看这个，妈的天赋最近爆发了。"宫子说着，拿起一张大号的画纸给我看。那好像是昨天寄过来的东西。上面画着一只造型夸张的蜗牛，不仅可爱，还充满了动感，的确不像外行人的画作。

"这是老妈画的？"

"我们要一块儿创作绘本。"

我一时无法理解她的话，便反问了一句："啊？"

"妈年轻时好像很喜欢画画，于是我就提议她做点画画的工作，也不知道怎么就决定由她画画，我来想故事，两人一块儿做绘本。"

如果说这样好像过家家，宫子肯定要生气，可我还是有点无奈。"蜗牛绘本？"

"蜗牛是个超级英雄，变身之后拥有钢铁之躯，还能掏出隆基努斯之枪。"

"你说用来戳刺耶稣基督的枪？"

"就是圣枪。"

"拿给蜗牛君用？"

"这主意很不错吧。"

"真有意思。"当然，我并没有真心觉得有意思，但光是宫子和母亲合作完成一件事情，就让我很欣慰了。

这让我忍不住想，住在一块儿不是更方便合作吗？不过宫子对此没有丝毫烦恼，反倒说："这样就好。分隔两地用邮件来沟通才最和平，这样我们就能达成共识了。"

"什么共识？"

"山与海。"

"山海不明。"我条件反射地脱口而出。

看一眼时钟，该出门了，于是我留下一句我走啦，匆匆忙忙走向大门，朝前来送行的妻子挥挥手，走了出去。

那场噩梦一般的事件已经过去了好几个月，我背上的缝合伤口总算恢复得差不多了，然而公司内部还是那么忙乱。毕竟一个员工犯了罪，还试图杀害另一个员工，那也是理所当然的结果。其实，我不太清楚自己在被强迫自杀的当口是如何让人救出来的，反正醒来已经躺在医院病床上，连手术都做好了，完全不知道发生了什么。对警察我也只能这么说。唯一清楚的是，绵贯先生遭到逮捕，查出的罪状远超我的想象。

警方只给了我十分含糊的说明，说绵贯先生承认了他试图让我顶罪，但是并没有提到工地上发生的事情。据说是因为撞到了头，记忆有点错乱。O医院被查出骗保操作，最终经营无法继续。我一想到跟我提起与父亲往事的前院长O医生，心里就有点难过，但也无能为力。

"当时我看到宫子和老妈了。"听到我的话，妻子遗憾地耸了耸肩。"你应该是意识模糊了吧？我们两个关系哪儿有那么好。"

也对啊，那应该是幻觉。

我乘上JR[1]线，站在车门附近，呆呆地眺望窗外的景色。电车离开车站，缓缓加速，建筑物开始飞速向后方流动。远处是清爽的蓝天，棉花糖似的白云在缓缓变换形状。

眼前的光景突然消失，我看到一个陌生人。那人可能跟我年龄相仿，也靠在窗边呆呆地望着外面。他究竟是谁？我不知道，但总觉得跟他有点亲近感，甚至觉得我在注视自己的背影。

---

[1] Japan railway，日本的轨道交通，类似于中国的火车或地铁。——编者注

我闭上眼。

有一幕印象极为深刻，那就是我受伤做完手术后，在医院病床上醒来的瞬间看到的光景。

妻子在那里，母亲也在那里。

她们见我醒来，表情顿时明亮了，然后对视一眼，拥抱在一起。很快，她们就好像磁铁的排斥力产生作用一样分开了。我感觉到了有人为沉睡的我讲述绘本的温暖。我在那个瞬间看到的两人的脸，这一辈子都不会忘记。

螺旋妖怪

スピンモンスター

记忆这东西很有趣，它会自然消逝，却无法凭借"忘掉这件事"的自我意志来忘却。越是让人不高兴的场面，越是不堪回首的往事，就越会被铭记。

　　我总会情不自禁地想，如果记忆像电脑硬盘一样，用一条指令便可删除，该有多好啊。

　　绝对不想回忆的场面，偏偏绝不会忘记。

　　当时，我们一家人正沿着新东北自动车道北上。正值小学暑假，我们要去青森旅行。虽然高速公路的自动驾驶早在我出生之前就已存在，不过最近刚推出了续航超过五百公里的完全自动驾驶技术，父亲立刻购入一辆号称"自动驾驶之决定"的白色新型缪斯汽车，一路都特别兴奋。

　　我们准备了两天一晚的行程。万万没想到后来不仅一晚都没睡成，甚至对除我以外的家人来说，还成了一场"零晚不归"的旅行。

　　那天，我应该是坐在汽车后座，静静地呆望着窗外流过的景色。

　　我从小就特别喜欢主角是无敌蜗牛"麦麦"的《我是麦麦》，那天应该也在车上阅读那个绘本的电子书。

　　父亲坐在驾驶席，母亲坐在副驾驶席，我和姐姐坐在后座。离开东京几个小时，汽车经过新仙台南立交桥时，姐姐应该是说了句"我要上厕所"。现在回想起来，那句话就是让我们一家人的命运发生错误转折的咒语。

　　父亲轻触方向盘旁边的屏幕，车载电脑发出"开进服务区"的应答，还报出了服务区可以买到的当地特产。那是个女性的声音，语气干脆利落，听起来特别可靠。父亲一脸得意，仿佛自己驯服了一匹野马。

　　缪斯流畅地变换车道，继而平稳地向前行进，父亲双手离开方向盘，连说了几次"好轻松啊"，还拿起并不想看的杂志翻看着，仿佛要尽情享受那种轻松的感觉。

　　一辆黑车悄然超过我们乘坐的缪斯，在前方并入车道。那也是最新款的缪斯，只不过与我们的同款不同色。甚至可以说，那是一个顶着黑色车身的死神。母亲随口说了一句："呀，它挤过来了。"下一瞬间，我就感受到了冲击。那种感觉就像看不见的大手猛地推了一下我的肩膀，让我眼前一黑。等我再睁开眼睛，整个世界都颠倒了。可能因为离心力作用，我的身体紧紧贴在座椅上动弹不得，连声音也发不出来。我转头一看，旁边的姐姐也瞪大眼睛大张着嘴。我感觉自己像陀螺一样转了好几十圈，后来看新闻，得知是五圈半。高速公路上安装了摄像头，捕捉到了部分车祸过程。转了五圈半以后，车身朝反方向弹动，最后猛然撞上了防护围栏。我就像被网球拍击中的网球，感受到足以将身体震飞的反作用力。实际上新闻画面也证实，没有系安全带的姐姐真的飞了出去。

　　下一次睁眼，眼前已经是病房的天花板。

　　虽然没有人告诉我父母和姐姐当场死亡的消息，不过我在医院做复健的时候已经猜到了。每次提到家人，医护人员的举止就会变得极为不自然，而且前来看望我的祖父祖母都两眼含泪，所以我虽然还是个小学三年级的孩子，但心里也明白了几分。

　　复健固然很痛苦，不过有了医护人员的支持与鼓励，我总算熬过来了。

所以，我最大的痛苦不是复健，不是自己的身体，也不是失去家人。

而是官司。

我还是小学生，因此无法直接参与到官司里。祖父母包办了包含保险手续在内的一切事情。两位老人温厚和蔼，很有威望，而且不缺钱，是我最可靠的靠山，因此周围的人，包括我本人都万万没想到，官司竟会拖延这么久，演变成如此可怕的争端。

自动驾驶程序存在缺陷，以及服务区入口处最近的摄像头因为事故遭到破坏的事实的确让事态变得非常复杂，然而最成问题的是，祖父母变得异常情绪化，完全无法做出理性的判断。

二老火气极重，大有一副你不仁我不义的气势，与对方展开唇枪舌剑，还时常在我面前狠毒地评价对方。

他们对黑车主人的遗属破口大骂，极尽侮辱，执拗地要求对方道歉。

而令人惊讶的是，对方也一样。

一样在哪里呢？

首先，黑车上同样坐着一家四口，而且也同样只有一个小男孩生还。

也就是说，在那个车祸现场，有两个同时失去了所有至亲的还在上小学的男生倒在车里。

而且，对方也是男孩的祖父母出面打官司。

这成了一场由祖父母出面的代理战争。

我那时还不懂什么是打官司，只觉得原本和蔼可亲的祖父母突然变得像恶魔一样，便一心祈祷这件可怕的事情尽快收场。

"就算粉身碎骨也要打出个结果来！"祖父曾经流露出如丧考妣，不，正确来说是誓要替子复仇的堪称异常的执念。然而事与愿违，那场官司最后还是闹得不清不楚。因为那边的祖父母和我这边的祖父母，四个人都陆续病故了。其中一人是因为癌症，还有一人是肺炎。

虽谈不上国破山河在，可我还是感觉自己被抛弃在了一片草木荒凉的空地上。正确来说，是我和他——事故中幸存的两个同龄人。

"你小子就是水户直正啊。"

我十六岁那年正在读综合学校四年级，一个男学生转学过来。虽是第一次见面，他却特意跑到坐在教室角落的我的跟前，压低声音说。

一上来就被人称呼"你小子"，我顿时又惊又怒，可听完他接下来的话，我很快了解了事态。"没想到会在同一所综合学校碰到跟我同样幸存下来的人啊。"

我看他的名牌，上面写着"桧山景虎"。那就是摧毁我的家庭，让我的人生发生了重大改变的，象征灾祸的名字。我感到背后一凉，身体开始颤抖，当场蜷缩起来。其他学生一脸惊讶地看过来，我终于忍不住开始呕吐。

为什么，我现在又回忆起了那些画面呢？

理由很简单。就在不久前，我走出车厢之间的厕所时，发现他的身影出现在后方车厢。

"你小子就是水户直正啊。"

我感觉自己听到了那个声音。

桧山景虎跟我坐在同一辆新干线上。这究竟是为什么？为什么我会碰到他？

✉

这是我从综合学校毕业以后第一次见到他，中间已经经过了将近十年。尽管如此，我还是一眼就认出他是桧山景虎，绝对不会有错。

这并非因为他毕业以后样子一点都没变。变化多少还是有一点，可我还没来得及分析，凭直觉就认为是他。

此时，我想起了日向的话。

日向比我大一岁，五年前开始跟我交往。我觉得她无所不知，而且谨言慎行，所以总忍不住想：在我未出生的那一年间，她究竟经历了多少事情？

让人惊讶的是，我们的邂逅也是因为车祸。我正走在路上，一辆计程车突然撞过来，而日向刚好就在附近。

我失去意识被送进了医院，但是没有亲人。日向担心我，就像家人一样照顾我。我醒来时，她就在眼前。

一开始我还心怀警惕，觉得一个陌生人怎么会如此为他人着想，后来渐渐与她亲近，不知什么时候就自然而然地成了恋人。

她曾经这样说："世界上就是存在无论如何都跟自己处不来的人。如果遇到那种人，最好不要接近哦。因为这是唯一的防御手段。"

有一次，我在可归类为噩梦的梦境中见到了桧山景虎。那天我被惊醒，她一副很担心的样子，我就告诉她："梦见过去认识的人了。"还解释道："我跟他相性不太合。"

然后日向就说："你最好别接近他。"

"嗯，我也没打算接近他。"

可是，就算我心里没这个打算，还是会碰巧遇见。比如现在。我在新干线车厢里上厕所出来，不经意间回头，透过门上的小窗看到了后方车厢内部。啊，我心里一惊，立刻远离了那个地方。

是桧山景虎。

我得逃离这里。

怎么会这样？

自从小学三年级的车祸以来，有几样东西在我眼中堪称"鬼门"。一是"桧山一家"，自然包括"桧山景虎"，然后是"汽车"。事故对我造成的恐惧丝毫没有减退，所以我现在连驾照都没有。哪怕坐别人的车，只要是自动驾驶的汽车就会让我瑟瑟发抖，甚至干呕不止，所以我平时都尽量避免这种情况。

话虽如此，"鬼门"毕竟是想躲都躲不开的东西。五年前我走在路上，莫名其妙被一辆车撞得陷入昏迷。后来住院好几个月，虽然重新回归社会，从此却对"汽车"恐惧不已，甚至影响到日常生活。另外，"东北地区"也是我极力回避的地方。因为那场车祸、那次碰撞、那陀螺似的翻滚就发生在前往青森的路上，所以日本的东北地区就成了我极为忌讳的方位。每次旅行，我都会往西边去。

正因如此，新东北新干线开通后，直到现在我才第一次乘坐。没想到在这趟东北之行途中，我竟遇到了桧山景虎。

我慌了手脚。我明知道自己慌了手脚，却抑制不住焦虑。

怎么办？

怎么办？现在已经束手无策了。我也不能从车上跳下去。

要不到下一站下车吧？

下车？可我还要工作啊。我脑中重复着自问自答。

要是下车，下一趟开去新札幌的车还要等很久。这会让所有工作日程都乱掉。可那总比遇到无可挽回的事态要好吧。无可挽回？不过是碰到老同学，能有什么事情？我应该好好工作才对啊。

所谓局促不安说得无比准确，我心里止不住骚动，完全无法平静。问答的风暴迟迟不能平息，使我坐立难安。

更让我惊慌的是，当我返回座位时，旁边竟出现一个陌生人。难道是桧山？什么时候追上来的？我心里一惊，但这并不可能。我的座位在窗边，离开新东京站后，旁边一直没有人坐。我环视四周，车厢并没有坐满。莫非弄错座位了？我从口袋里掏出通用机扫了一下，靠窗座位顶部的小灯亮了起来，没有弄错。

"借过。"我对走道座位上的乘客招呼一声，来到自己的座位上落座。往旁边一瞥，发现那是个戴着眼镜的长脸男人。他穿着西装，年龄大约三四十岁，如果是三十多岁，那他有点显老，若是四十岁，倒是有点显年轻了。

感应到我落座，眼前开始播放全息影像的新闻。太平洋沿岸打捞的鲸鱼，昨天去世的伟大音乐家的死因，《政治资金规正法》修订，等等。随后开始播放大量广告。以前有人建议我："就算多出点钱，也要买去广告的票。"因为全息广告最烦人，它让人无法睡觉。不过，这是我第一次坐新东北新干线，这种烦人之处也想体验一番。

"我有个不情之请。"过了一会儿，旁边的眼镜男突然对我说话了。

"啊？"

"没时间了，我简单说一下。"

"那个，你刚才还不坐这里吧。"没弄错地方吧？我很想问他。

"时间紧迫，请允许我省去说明。"他说话彬彬有礼，给我印象很好，但除此之外还是很可疑。"过后请你把这个看一看。"眼镜男说着，身体几乎没怎么动，单单把右手变了个角度，递给我一个信封。

信封上没写寄信人和收信人，就是个随处可见的淡黄色封套，不过我翻过来一看，发现这东西安保级别特别高。这种信封别说市区，连车站和交通设施里密密麻麻的感应装置都检测不出来，而且信封一角的规格号码我从未见过。"这是？"

"尚未开始销售的信封。您竟然发现了呀，不愧是专业人士。"

被他这么一夸，我有点害羞，但脑中马上冒出疑念。专业人士？他怎么知道我的工作？

我正要开口问，他已经站了起来，留下一句"告辞"便要离开，我连忙问："你去哪里？"

他顿了顿，思索片刻，对我说："到昨天的日本。"

那是什么地方？没等我问出口，他已经消失在前方车厢里。

我撑起身子，想追过去。

就在那个瞬间，我感到毛骨悚然，立刻坐了下来。

是桧山。桧山景虎走进这节车厢了。不用看我也知道。我立刻把脸对准窗外，假装睡着了。我感到全身都已经拉响警报。

我闭着眼睛，脑中默念快走过去吧，却听到一声"打扰您休息了"。我吓得险些原地蹦起，但还是强装镇定揉了揉眼睛。

我以为自己会看到桧山景虎的脸，没想到是另一个男人，还对我出示了一张卡片。"抱歉打扰了，我是做这个的。"那是警察组织的身份证明。我还是头一次见到这东西，不过在电影和电视剧里看过不少次。立体图像缓缓旋转，浮现出隶属机构和姓名。

这人竟然一脸得意地出示这种电子凭证，公务机关肯定出现了时代错乱。

✉

曾经有过这么一个时代，随着数字化的发展，无纸生活得到普及，人们不再需要实物，只要有录入了信息的数据便已足够。

直到二十年前，世界还是那个样子。

数字化的东西轻易就会遭到复制和篡改，而且会留下记录，可是这些最基本的缺点却被人们刻意无视了。大量积攒的数据被抢夺，仅仅因为流出便能造成重大损失。可以说，以二〇三二年的大停电为契机，机密交流形式就从电子邮件转向手写书信，从而引起了普遍价值观的转变。那次事件中，大量多足虫使得发电站系统陷入瘫痪，整个首都圈的电力消失了一天一夜。祸不单行的是，那天还发生了落雷事故。停电辅助系统不仅没能启动，连保存省厅文件数据的服务器都发生了故障。本来重要数据应该时刻备份，然而计划程序没有发挥作用，保存的信息几乎没有任何意义。虽然人们一直在说"数据没了就万事休矣""信息一旦流入网络就无法删除"，但在发生大停电之后，才真正开始严肃地讨论。因为所有人都深刻意识到，过度信任数字信息真的会酿成大祸。

我认为，除了那次大停电，还有几件小事推动了法律法规的修订。

比如高官的淫秽视频流出。比如某国会议员威胁搜索引擎公司把自己的污点检索结果屏蔽掉，其威胁过程又被发布到网络上，于是该议员大发雷霆，勒令删除这些信息，其"英姿"又一次在网络上扩散。这些事例有可能推动了权力阶级展开行动。同时，买卖网络检索履历的不法分子横行，导致所有人都对检索行为本身产生了消极情绪的现象可能也有所影响。等到代客检索这门生意出现，网络最具优越性的"方便"特质，就基本消失了。

而且早在几十年前，年轻一代就达成共识：重要的事情还是不要依靠数字或网络比较好。

发出去的电邮转眼就会遭到拷贝，甚至可以截屏保存下来。本来保密的事情众人皆知，最羞耻的告白也永世留痕。说与没说的辩驳固然苍白，可能够争辩"说了还是没说"的情况反倒成了理想。

若在纸资源浪费被视作问题的时代便也罢了，如今以红麻为代表的替代植物计划栽培已经实现了长足进步，完全没有理由控制纸张的大量消费。

数字与模拟皆非万能。有长必有短，应该综合运用。近十年来，这一风潮已经完全渗透了人类社会。多亏了这股风潮，像我这种人力运送手写信息的工作便有了用武之地。

✉

"能请您出示一下通用机吗？"说话的警官虽然身穿便服，但应该正在执勤。

我没有理由违抗，便从口袋里掏出通用机给他看。对方拿出一把短尺模样的扫描器触碰了一下，上面应该显示出了我的身份信息和乘车记录。"请您再配合一下。"他说完，又拿出一个甜甜圈形状的扫描器，放在与我身体若即若离的位置进行检查。

"出什么事了？"我问。

"没什么。"他虽然这样回答，不过在新干线上这样检查乘客，自然不可能"没什么"。

"我们走吧。"不远处传来声音。

警官稍微退开一些，转过头去。

他目光前方有个人，是桧山景虎。原来他们是搭档。桧山景虎看见我，瞪大了眼睛，然后，倒退一步。

这也难怪，我明白他的心情。因为我刚才看见他的时候也这样。吓了一跳，顿时陷入混乱，仿佛全身都在对我发出"赶紧离开"的命令，汗毛直竖，心跳加快，血液敲打着警钟，沸腾起来。

"水户啊。"他说，"怎么在这儿碰到你了。"

"啊，嗯。"

我的回应短促，近乎闷哼，内心早已暗云压境，电闪雷鸣。我有好多话想说，同时又觉得不能跟他多说一个字。

"你们认识？"警官看着桧山景虎问。

"嗯，算是。"他应了一声，看着我说："我记得你在做投递员吧？"

我没有问他怎么知道。他既然是警察组织的一员，只要稍加检索，应该马上能查到我现在的工作。警方应该持有这样的数据库，知与不知只有一念之差。

"你——"我开了口，却有点喘不过气来，"你是警察？"

他目光深处似乎有什么东西摇晃了一下。是对我的提问生气了，还是别的情绪？

车厢里响起广播声。装在车顶的扩音器告诉我们"列车将紧急制动"。前方座椅靠背也浮现出了红色全息文字："列车即将紧急制动，车体可能发生摇晃。"

紧急制动？我脑子里刚冒出这个想法，列车就仿佛绊了一跤。我一时无法分清周围是真的响起了刹车声，还是我耳朵出现了幻听。

站着的警官险些失去平衡，好在他及时扶住座椅，没有倒下去。

"桧山，在前面，快走。"另一个警官说，"可能出事了。"

那人可能是上司或前辈，总之桧山景虎没有反驳，只瞥了我一眼就走出了车厢。

我靠在座椅上，觉得自己好不容易能顺利呼吸，心脏也恢复了跳动。呼，呼，我像吐着舌头的狗一样发出短促的喘息。

与他久别重逢，我发现他一点都没变。轮廓分明的眉毛、高耸的鼻梁、两只大耳朵，就连如同冰刺的视线，也跟以前一模一样。此时，我脑中的放映机开始转动。

综合学校时期的记忆浮出水面。

一天，我因为头痛而迟到，正要走进教室，猛然发现里面只有桧山景虎一个人，情急之下我躲到了门边。这堂应该是音乐课，怎么只有他一个人没去音乐室呢？我感到很奇怪，便偷偷往里看，发现他正盯着我的课桌。他在干什么？他平时在教室里对我视若无睹，仿佛我根本不存在。那他现在为何盯着我的课桌？我不明就里，又无法追问，只能转身离开。下课后，我特别害怕地查看课桌，结果却什么都没有。只是在松一口气的同时，我还是感到毛骨悚然。

我还在路上看见过桧山景虎跟一个貌似女朋友的高中生并肩行走。当时我跟同年级的朋友一起去看音乐发动机的演奏会回来，那个朋友竟大咧咧地叫了一声："喂，桧山。"还说："约会啊，真好。"我虽然不太想靠近他，但也不能独自离开，只好耷拉着肩膀站在那里。他看见我可能也不太自在，便介绍了正在跟他约会的人。当时主要是朋友在跟他聊天，我在旁边无所事事，只能对那个高中女生咧嘴笑了笑。"你干吗盯着别人的女朋友！"一个尖厉的声音突然刺过来，我心里一惊，发现桧山景虎正瞪着我。"谁盯着了……"我只能小声反驳，顿觉自己太没出息。后来，他拉着高中女生走了。

那是我难以忘却的场面。

过了一段时间，同学间开始议论：桧山似乎对很多女生出了手，到处跟女人睡觉。我一直提醒自己不要关注，不要管他。

结果直到综合学校毕业，我几乎跟他没有任何交集。

如果我的记忆没错，我跟他只在综合学校六年级临近毕业时，在教学楼屋顶上正经说过一次话。

新干线迟迟没有开动。

"紧急停车中，正在确认安全，请耐心等候。"眼前流动着这条全息信息。

我从包里拿出平板电脑想检索换乘信息，然而这趟列车并没有进站，所以我哪儿也去不了，便放弃了那个想法。如果换在前几年，只要检索"迷你个站"就能通过乘客的发言获得一些信息，然而现在的网络只有伪造信息和加密信息流通，看了只会让脑子更加混乱。

我的目光落在信封上。

这是刚才坐在旁边的眼镜先生给我的东西，还说"过后请你把这个看一看"。

这到底是什么？

眼镜先生为何要坐在这里？这莫不是很危险的东西？

我虽然心怀警惕，但还是把信封打开了，可能是因为新干线一动不动，实在无事可做。

里面还有一个信封。信封里的信封，有点俄罗斯套娃的感觉。除此之外还有一封信。不能擅自查看别人的信件，这既是常识，也是我的职业操守。不过那封信在最可能让我看到的地方写了一行字："投递员，请打开这封信。"所以我只能恭敬不如从命了。

先说重点吧，我想委托你完成一项工作，把这封信送到我的旧友手上。旧友名叫中尊寺敦，由于姓氏罕见，现在可能在用假名生活。

我得到了两个信息，产生了一个疑问。首先，写这封信的人，也就是眼镜先生知道我的工作。他知道我专门保管手写信息，并投递到收件人手上。虽然利用国家邮政的价格更加低廉，但那毕竟是国家机构，所有记录都会详细保存下来。本来就是因为担心信息泄露和遭到复制，人们才从数字手段转向了模拟手段，然而邮递员为了一点外快而故意泄露或复制信息的案例还是频繁发生。于是，像我这种自由身份的投递员就登场了。当然，也有人感觉自由人才更不可靠，但正因为是自由人，才更要靠信用为生，最后能够在市场上生存下来的，都是认真诚恳、踏实可靠的人。

另一个信息就是，写信的人并不清楚旧友中尊寺敦的现状。他只推测对方可能改用别的姓氏，实际情况不得而知。

于是，我就产生了一个疑问。

我要如何把这封信投递到可能已经改过姓氏的收件人手上？这个收件人连住址都没有。

我认为只要继续往下读，应该能得到我想要的答案，果然，这封信的大多数文字都用在了解答这个疑问上。

✉

我与中尊寺敦在大学结识，当时我们都在攻读信息工程学的硕士。我对他的印象是：世上恐怕不存在另一个头脑如此聪明，性格如此冷淡，跟我如此不相像，却又有如此多相通之处的人了。后来我发现，他对我也有同样的想法。

我看到这些讲故事一样的文字，猜测后面有很长，便做好了细读的准备。好在此人文字工整，不仅漂亮，还很好辨认，可谓赏心悦目。

信上写了他与中尊寺敦彼此熟悉的过程。出于偶然，两人发现对方跟自己一样尊崇 γ 默克的作品，然后关系一下亲近了不少。

我当然也知道 γ 默克这个乐队。如果说巴洛克经典当属巴赫，摇滚经典当属披头士，爵士乐经典当属查理·帕克，那么二十一世纪形成的裘洛克就非 γ 默克莫属。裘洛克作为一个音乐体裁，之所以能够像现在这样普及，正是因为有了 γ 默克。想必连对 γ 默克作品持否定态度的人也不得不承认这点。

就连我这种不怎么热衷音乐的人也喜欢听裘洛克，而且认为至今仍在积极发表作品的 γ 默克是日本的骄傲。

按照信中内容所述，二十年前他们在研究室听 γ 默克时，那个乐队还不像现在这样广为人知。现在当然很难想象，但这应该不是说谎。

二十年前，他们在研究室意气相投，一边埋首研究，一边热烈地讨论 γ 默克。

    我们只能通过直觉来判断对错，但我们的直觉应该没错。因为多年以后，社会主动证实了这点。

他们对自己的研究充满自信，也对 γ 默克抱有同样的信心。

事实上，他们并没有错。

γ 默克渐渐成为大众关注的焦点，人气急速攀升，瞬间席卷了整个音乐业界。

节奏如何那般独特，歌词如何那般有深意，旋律如何那般动人，尤其是乐队的和音！

且不论评论家，连普通的音乐爱好者都开始热烈讨论这个乐队，使得当时已经式微，成为好事者嗜好之物的音乐欣赏得以东山再起。

要是没有 γ 默克，音乐恐怕会在二十一世纪彻底衰退。

然后，就发生了那件事。

一名成员死了。γ 默克负责作曲的田中中田在一次现场表演中，被冲上舞台的乐迷刺死了。虽然观众席和舞台之间有警卫人员像防波堤一样隔开两者，但凶手正是其中一名警卫人员。凶手被当场抓获，完全没有成功表达自己对 γ 默克的想法，最终在审判过程中自杀。

讽刺的是，这起案件让 γ 默克的知名度得到了超越次元的飞跃。网络点击量和播放次数不断刷新纪录，不断有人推出与田中中田之死有关的书籍，网上也充斥着阴谋论的说法。同时，乐队其余四名成员填补了田中中田的空缺，虽然坊间传闻"田中中田把他的音乐理论做成程序留了下来"，但总而言之，γ 默克后来也持续推出了充满创意的曲子。

一天，我与中尊寺敦欣赏音乐到深夜，并做了一个约定。

我们约定，将来如果 γ 默克的成员再去世，我们还要像今晚这样一起听歌。我已经不记得是谁先提出了这个主意。或许，那时我们已经预感到了将来会分道扬镳。

我首先想到，这看起来好像恋人的约定。或者说，是不伦之恋的约定。虽然将来会分道扬镳，但是到了那个时候，我们还要再见。直到十几年前，同性婚姻还被视作异端，现在则已经不罕见了。

就在此时，我脑中突然灵光一闪。

昨天不就有个 γ 默克的成员去世了吗。我刚刚才看到鼓手杏安人的讣闻。

我说的就是刚才全息新闻中闪过的已经查明死因的报道。虽然现在的癌症治疗已经有了长足进展，但胰腺癌依旧被称为强敌，杏安人在与病魔进行了漫长的斗争之后，最终没能挺过来。

我们定个地方吧。提出这句话的人是中尊寺敦。等有其□
员去世了，我们就到青叶山青叶城的政宗像那里见面。

因为研究室位于青叶山，他才会定下这个好记的地点。他指
的是仙台市的青叶山。

昨天，我在新闻上得知杏安人的死讯，首先就想起了他。

现在我们早已失去联系，我也不知道他身在何处。就连那个
约定，也只在那天提过一次。不过，如果他还记得那个约定，或
许会到青叶城去。

简而言之，就是我要到那里去，万一见到中尊寺敦就把信给他。

而且信上说，这次投递的报酬已经支付到我的云账户里了。我吃
了一惊，连忙掏出通用机查看，余额的确多了一些。

他怎么知道我的银行账号？刚才我们只是在相邻的座位上坐了一
会儿啊。由于他是擅自汇款，我得把钱退回去。而且粗略一看，他给
的钱比普通报酬高出许多。

我又把信读了一遍。

希望完成二十年前的约定。这或许称得上一个很不错的故事。

只是，这里面存在太多的不确定因素。那只是二十年前如同闲聊
一般定下的约定，之后未再提起，那就好像用淡薄的墨水在土墙上乱
涂乱画一样，墨迹会随着岁月流逝消失殆尽。更何况，涂鸦的人甚至
可能不记得自己在土墙上写过什么。写信的人虽然记得，但另一个人
则完全有可能是"我还说过那种话？"的反应。

就算那个人也记得这个约定，决心去青叶山一趟，也不清楚具体
是什么时候。他们的约定非常含糊，只是如果发生这件事就见面，并
没有明确看到新闻的几个小时后或者成员去世二十四小时后这样的时
间。由此可见，他们显然不是认真的。

就算我去了，可能也是白跑一趟。

不，应该说，他为何要找我，自己去不就好了？

他为何要把这件事委托给我，还不惜花这么一大笔钱？

"给各位乘客添麻烦了。"

广播声传来，眼前也出现了文字。我叹了口气，总算要出发了吗。然而接下来显示的文字，却不是通知"列车马上就要开动"，而是"由于系统故障，本次列车已经无法运行，给各位乘客造成了极大困扰，再次谨致以诚挚的歉意，请各位在贵座位上稍等片刻"。

座位不用带"贵"字吧，我脑中闪过了毫无用处的想法。

结果我不得不下车走回新仙台站。在轨道上行走的感觉固然新鲜，但我同时也感到了不知下一趟列车何时才来的恐惧。当然，我也非常为难。我打开随身包，从里面取出信封。那是一封寄到新札幌的信，由居住在东京都内的高龄女性委托给我投递。

要是新干线不能用，那我今天之内就无法投递了。当然也可以从仙台机场飞过去，但交通费会大幅增加。

我拿出通用机点了一下，拨通委托人的电话。接电话的就是她本人。我向她说明了情况，她温柔地说："明天再送也可以哟。因为我那住在札幌的儿子要开车到东京来看我，那封信只是让他买特产的清单。"

我觉得采购清单完全可以用电邮或电话联系，但是听老太太说，她儿子过去可能遇到过很糟心的事情，开始怀疑电子信息不靠谱，电话也可能被窃听。她笑着说："真是的，这也操心那也操心，什么时候才是个头啊。"她可能接受了最近很流行的高龄人士疗养，谈吐非常温和镇静，让我放松不少。最后，我向她表示了歉意和感谢。

我沿着铁轨往新仙台站走，边走边思考接下来的行动。

如果别的新干线运行情况良好，那我可以搭别的车回东京，明天再出发。或者，我今天应该在新仙台住一晚上，明天直接从这里前往新札幌。前者要多花交通费，后者则需要住宿费。

老实说，我想要个契机。

我心里其实挺想帮那位眼镜先生送信。

考虑到对方已经支付了报酬，退回去还要多花工夫，倒不如直接完成工作更好。既然我人已经在新仙台了，正好可以去青叶山走一趟。

内心的小人在一点点说服我。

我寻找着接受这项工作的理由。

简而言之，我就是想知道二十年前的约定结果如何。

假设对方记得约定并决定前去，我也不知他何时到达，甚至不知道他会不会今天去。不过，去看看也无妨啊。

好奇心战胜了我。

✉

我第一次在新仙台站下车，这里比我想象的要大，车站有五层楼，恐怕想走出去都会迷路。我找到了引导图。如果去青叶城只能乘坐计程车或巴士，我可能会因为克服不了乘车的恐惧而干脆走路过去，幸运的是，那里有地铁。

我在迷宫一样的车站里行走，来到地铁站台时，车已经快开了。我连忙跑进去，车门应声而闭。

周围座位都空着，但我不想坐下，便站在门边，倚着扶手看向窗外。

那位眼镜先生怎么知道我在新干线上的座位？

我脑子里冒出疑问。

要是他想找我干活，提前按照正规的方法取得联系就好了呀。

想到这里，我又回忆起那封信的内容。

假设 γ 默克的成员去世了。

事实上，新闻是昨天出来的，所以他可能在那之后才想到要给旧友写信。当时要通过正式程序联系我，可能有点来不及。

我虽然在网上二十四小时接受委托，但最快也只能预约两天后的投递时间。

他完全可以找别家，因为我有不少同行。虽然在工作认真负责这方面我很有自信，假设他看上了这点，我自然十分骄傲，但是我的知名度并没有那么高。

莫非是有人推荐？莫非有人对他说"投递员还是水户君好"？自从有了语言，无论在哪个时代，口碑都十分重要啊。

我任凭地铁带着我摇摇晃晃，呆呆眺望着窗外的地下隧道墙壁，脑中又冒出桧山景虎的模样。

刚才他在新干线车厢里看到我，突然绷紧的表情应该跟我一模一样。他也同样会绷直身体，内心慌乱，呆若木鸡。

就像那次我们在教学楼天台。

综合学校六年级那年三月，临近毕业时期。一天我回到家，发现平板电脑落在教室里了，便返回学校去取。当时我在校门口抬起头，发现天台有个人，心里吃了一惊。

我猛然想道：那人莫非想跳楼？

等我回过神来，已经开始飞奔。我冲进教学楼，连鞋子都忘了脱，一溜烟地往楼上跑。

我自己都觉得奇怪，为何要如此拼命呢？可是我的身体不受控制，一个劲地往楼上赶。那种感觉就像被一根绳子往上拽，我怎么都无法反抗。

来到最顶层，我发现平时一直上锁的天台门开了一条缝，便毫不犹豫地冲了上去。

站在那里的人，是桧山景虎。

他离我数米之遥，看见我出现，顿时绷紧了身体。

我条件反射地把脸转开了。

自从他转学过来，我一直千方百计不跟他接触。他可能也一样。

可是，为什么在这快要毕业的时节，偏偏在这里碰上了呢。

"我是看到天台有人，担心他要跳楼才跑了上来。我没发现是你。"

或许我该这样解释一下，可是我开不了口。我心跳越来越快，不知是紧张还是恐惧，或许两者皆有。

他的家人在跟我们家的车祸中丧生了，我的家人也被他家的车夺去了性命。我们的祖父母还在法庭上发生了激烈争斗。我们因为彼此吃了许多苦头，这是无可辩驳的事实。

尽管我从未把他当作敌人，还是总感觉自己被绝对不能碰见的天敌给盯上了。

我对他没有敌意。可是，他呢？

你是怎么看我的？一直难以启齿的问题几乎要脱口而出，最后还是被我咽了回去。

我尴尬地转向一旁，发现栏杆边上有个瓶子，可能是谁忘在那里的。我不自觉地把它捡了起来。瓶子上没有标签，里面是空的。玻璃带着点颜色，我刚想拿到眼前细看，却手滑了。

瓶子无声地滑落，紧接着是一个好似悲鸣的短促响声，瓶子碎了。

为什么？

我明明抓住了瓶子。这并非狡辩，而是内心的独白。

也没有手滑的感觉。

难道我抓住瓶子的每一根手指都被别人掰开了？刚才那种感觉只能这样说明。瓶子只可能是这样滑落的。

桧山景虎出现在我身后。

我回过头，却被他揪住了领子。危险。没等我开始思考，全身就亮起了信号灯，一时警铃大作。

他瞪着眼，鼻孔张大，高高举起右臂。他要揍我。脑中闪过这一想法的瞬间，我感到全身都燃烧起了噼啪作响的烈焰。一开始我想叫他住手，却不知何时被另一种紧迫感所控制。再这样下去要输。我不能输。全身的细胞仿佛都在发出叫喊——战斗！不能输！

我扭过身子，用力抓住他的右手腕。

下一个瞬间，他突然卸去了力气，轻吐一口气，小声说道："我跟你开玩笑呢。"

"啊？"

"闹着玩儿的。"他略显气愤的话语不知有多少是真，多少是假。

我无法把他刚才的动作判定为玩笑。促使他行动的应该是极为严肃而深刻的思考。因为我也一样。

他反复做着深呼吸，似乎想让自己平静下来。我也做了同样的动作。

过了一会儿，他看向旁边。

我顺着他的视线看过去，发现遥远的天边染上了不知该称为橙色还是红色的晚霞。如同白刷划过一般，破碎云彩拉得老长，轮廓渐渐膨胀起来。好像鲸鱼一样。宛如虚线描绘的，若有若无的美丽白鲸在阳光的映照下闪闪发光。鲸鱼体内折射出层层叠叠的红色，那些红色与橙色一点点染红了天空。我呆呆地看着，云彩渐渐失去轮廓，鲸鱼化开了。

这是一片色彩鲜艳的晚霞，却让我产生了莫名不安的情绪。

"为什么要争斗呢。"

我听到一句话。因为那不像桧山景虎说的话，我险些以为是自己说的。

"争斗总会轻易爆发。"

这回我很确定是他在说话了。争斗，他应该是指刚才朝我出手的事情。

"人类的历史充满了争斗。"

"啊？"

"所谓的和平，只是争斗与争斗之间的短暂休止。"

"争斗的休止？"

"绝对不可能存在争斗为零，一切安稳平静的状态。"

"说绝对有点过了吧。"

"绝对不可能。"他断言道，"无论何时，总有人在争斗，这就是历史。"

"你是说，一部分人的和平建立在一部分人的牺牲之上？"

我以为自己的话会换来咋舌或类似的烦躁态度，但是没有。

"争斗就是坏吗？不对。它是一切的基础，是源泉。"

"源泉……"是什么？他说这些话有几分是认真？我难以理解。"可是，争斗会使人受伤，还会破坏物品，还是没有更好。"

我脑中闪过以前很爱看的儿童读物。那是讲述以圣枪和钢铁外壳为武装的蜗牛的绘本，后来被改编为动画片和电影，现在主角蜗牛已经成了国民人气角色，几乎家喻户晓。不仅如此，全国还开设了很多主题公园。主人公麦麦有句招牌台词——"最好不要争斗"。我想起来了。"我明白你们想争斗的心情，可是，最好不要争斗。"这就是麦麦的善良。

我记得，在我还小的时候，母亲睡前会念那个绘本给我听。虽然我觉得自己半梦半醒，但绘本上的文字还是能够抚平我稚嫩心中的不安和恐惧，让我平静下来。

"如果考虑每个人的心情，考虑眼前的社会，争斗恐怕不是一件好事。"桧山景虎说，"可是，如果从另一个次元来思考，争斗却是必不可少的。这就像在实验室里搅动烧杯。如果不搅动，就无法做实验。"

那是谁的什么实验啊？

"不碰撞就永远没有事情发生，也就不存在进化。冲突引起变化，从而孕育新事物。就连天上的星星也一样。体积小的行星在不断碰撞的过程中吸收能量，形成了岩浆流。月亮上就有无数碰撞的痕迹。水也是，如果没有陨石碰撞，地球上可能不会产生水。"

"啊，呃，嗯……"我没出息地哼了几声算是回应。

"事物会朝着可能性更多的方向前进，不断搅动，不断扩散。所以，就必须要出现争斗。所谓争斗便是冲突。维持现状和内化才是真正的恶。一味维持现状和内化，就无法意识到不破不立这个道理。"

"让谁意识到？"

"没有特定的什么人，总之争斗不会消失。因为目的本身就是持续争斗。"

他眺望着西沉的太阳与反射着光芒的云彩。那些色彩跟刚才又不一样了，连阳光也变成了金黄色。虽然那绘画一般的光景反倒比大屏幕上映出的假想影像更加虚假，但是那一刻的夕阳在赤红中透着一丝寂寥，有种触手可及的真实感。

"既然如此，我们该如何是好？如果争斗才是理所当然，那就必须全盘接受吗？"

"两者并不一样。争斗不会消失，就像风雨不会消失一样。只是，在争斗中想方设法过上安稳的生活，则是我们的自由。"

"想方设法？"

"想在被人不断搅动的烧杯里创造安稳的时光需要付出许多努力。人们不努力就无法实现和平，有时候努力了也不一定能实现和平，但可以确定的是，如果完全不努力，就一定会发生争斗。"

他说到这里，周围突然起了风，像敏捷的鼬鼠一样扫过我们脚边，在我俩中间卷起一股沙尘，形成了小小的旋涡。风留下螺旋状的尾巴，随即消失了。

桧山景虎露出突然醒悟的表情，呆呆地看着我，然后走进门内，仿佛在暗示刚才的对话就当作从未发生过。

地铁从新仙台站出发，先是一路向西，然后绕开广濑川往南边的山地行进。当我知道在地下行驶的列车要向山上走时，心里感觉很奇妙，然而实际坐在上面，却只觉得走在平地上。不一会儿，我就在距离青叶城遗址最近的"龙口溪谷"站下了车。

　　我乘坐透明管道状电梯从谷底升上地面，出现在对面的悬崖蔚为壮观。由于赏叶季节将近，树木开始染上红色与黄色，中间隐约可见一道白墙。再看脚下，山谷深不见底，令人毛骨悚然。

　　来到地面后，眼前是一段很普通的人行道。我走过的路旁树木也都染上了红色，虽然分不清是疏花鹅耳枥还是昌化鹅耳枥。

　　往前走了约莫一百米，便来到了青叶城遗址范围内。穿过大门，里面是停车场，再往前走就是一片类似公园的空间。

　　前方有一座气派的城楼，一看便知是立体投影的建筑影像。根据旁边的介绍，本丸建成于战国末期，于明治时代遭到破坏，后成为兵营设施，从此失去原貌。

　　无论何时，战争总会毫不讲理地破坏东西。在遭受敌军攻击之前，人们就要为"准备战争"而毁坏建筑物。

　　争斗就是坏吗？不对。它是一切的基础，是源泉。

　　不破不立的循环就是历史。

　　可是，为了那些争斗，这么气派的建筑被彻底毁坏了。这难道不会让人感到寂寥吗？我带着反驳的观点，凝视立体投影中的本丸。如果走到里面去，还能看到影像重现的大开间等城内景观，我差点就走进去了，但很快想起到这里来的目的，觉得不能这么游手好闲，便转身走开了。

　　另外，我还想起了汇入云账户的那笔酬金。

　　这是工作。

不知不觉间，周围光线变暗，游客也少了很多，让我感觉自己走进了闲人免进的地方。环视四周，场地周围设置了许多监控摄像头。

我到处转了转，发现一块显示着"←伊达政宗骑马像"的牌子。

于是，我顺着箭头指的方向往前走，景色变得开阔起来。前面是能够俯瞰市镇的观景台，伊达政宗的雕像也在那里。

基座虽然不大，但是外观雅致，伊达政宗骑在一匹高大的骏马上，定定地俯视着仙台这座城市。他的身姿威武强悍，连我都忍不住挺起了胸膛。

看到那个人时，我险些叫出了声。

伊达政宗雕像右边有一片林子，林边设置了几张长椅。那里光线有点昏暗，却坐着一个人。

他身披一件夹克衫，穿着现在很少见的蓝色牛仔裤，双臂双腿交叉，而且闭着眼睛，不知是在想事情还是睡着了。

中尊寺敦？他还记得二十年前的约定啊。

你又不是当事人，瞎兴奋什么？我冷静地指责自己。的确，我只是在新干线上突然被委托了工作，在那位眼镜先生及其朋友的故事中，我算是局外人中的局外人，在故事末尾突然登场的小配角而已。

不过，配角也会感动，配角也会紧张，这点敬请谅解。

"那个——"我想也没想就叫了一声，没有给自己任何犹豫的空间。

男人留着遮住耳朵的长发，还有一脸胡楂。他闭着眼，没有反应。

"那个——"我又叫了一声，他还是一动不动。

他可能在无视我。我稍微提高音量，还在他面前挥了挥手。

男人缓缓睁开眼，看见我，脸上闪过惊讶的表情，随即用完全有可能突然变成伸懒腰的缓慢动作把手伸向耳边，拿掉了耳机。原来如此，难怪听不见我说话。

"那个——"我又说了一遍，"您是中尊寺敦先生吗？"

他的眉毛跳了一下。跟眼镜先生一本正经的感觉相比，这位先生显得邋遢多了，让我不禁疑惑，这两人真的是朋友吗？"什么事？"

"那个……"我的人生中，一天之内说"那个"次数最多的纪录是几次呢？我蓦然想道。说不定今天刷新了纪录。

"我给您送东西来了。"

"送东西？"

"就是这封信。"

"你是投递员？"他皱着眉撑起身子，略显警惕地接过我手上的信封。他先是咕哝好久没收到实体邮件了，随后发出恍然大悟的声音。看来他从信封正面的"中尊寺敦先生"几个手写文字上就猜到了寄件人的身份。

"原来那家伙也还记得啊。"他露出了笑容。

我心中响起一串铃音。"这是你们的约定，对吧？"

"没错，不过当时我们都只是开个玩笑罢了。再说了，我根本无法想象其他成员去世这种事。有意思的是，昨天看到杏安人的讣闻，我一下就想起来了。当然，我也没觉得那家伙还会记住。"

"于是你就来了？"

他微微一笑，不怯反傲地说："反正闲着也是闲着，每天在大街上晃悠，在外城花花钱打发时间，到公园喂喂鸽子。今天倒是一直待在这附近，听 γ 默克的歌。"

"那么，你果然在等那位朋友吗？"

"怎么说呢，我们又没约好什么时间见面，只觉得万一那家伙来了，我又不在，那可不太好。毕竟——"

"毕竟？"

"闲的人就该迎合忙的人的时间，不是吗？"

"是吗？"

"结果他还是来不了啊，看来那家伙真的很忙。"

"但他给你写了信。"

"真讲究。"他说着打开了信封。工作使然，我目睹过很多拆开信封的瞬间。有人用剪刀工整裁开，也有人用拆信刀划开，还有许多人嫌麻烦，直接用手撕开。虽说带着期待与不安目睹他人取出书信的行为略显八卦，我却很喜欢。

里面的信纸没我想象的多。

如果要表达大家都记得多年以前的约定，不由得感慨万千的想法，好像应该多写几张纸才对，可是他手上的信纸很薄，估计只有一到两张。

中尊寺敦看到信的瞬间，露出了惊讶的表情。只见他瞪大双眼，接着蹙起了眉头。

那上面究竟写着什么？我正想着，他已经拿出通用机开始操作。

他好像不太明白信上写的字句，正在查找字典。

"原来如此。"片刻之后，中尊寺敦脱口而出，"原来是这样啊。"他的脸色比刚才严肃了一些。

"请问怎么了？"我实在忍不住问了一句。朋友完成了二十年前的约定，他应该再高兴感动一点吧，然而他脸上几乎没有那样的神色，反倒非常阴沉。

对方没有回答，我又问了一遍："请问怎么了？"他这才抬头看向我。

"看到这封信，我觉得那家伙可能遇上什么事了，所以在检索新闻。"

"新闻？"

中尊寺敦耸耸肩，把他的通用机转过来给我看。画面上浮现出新闻报道。

"人工智能'韦雷卡塞里'开发负责人因事故死亡。"

"这是……？"我边说边细读，然后开始怀疑自己的眼睛。因为新闻上说，号称人工智能第一人的研究专家寺岛寺生从新东北新干线高架坠亡。事发当时，寺岛寺生按下紧急制动按钮，强行停止新干线运行，然后在轨道上一路狂奔。受其影响，列车乘客被迫下车，步行返回了新仙台站。最后，新闻还放出了寺岛寺生的立体影像。不会有错，那个人就是把信交给我的眼镜先生。"这是什么时候的新闻？"

"就刚才，不久前。"

"啊？可是我在新干线车厢里见到这个人了啊，就在一个小时前。也是那个时候，他把信交给了我。"

中尊寺敦骂了一句："这到底是搞什么鬼啊。"显然脑中混乱不已。他还真做了把脑子里那些纷繁思绪拔出来扔掉的动作。

"请问，这到底是怎么回事？"

"我怎么知道。"中尊寺敦毫不客气的言辞也暴露了他自身的无措，"真是的，搞什么鬼。"

"信上写了什么？"

中尊寺敦原地转了好几圈，然后好像整理了思绪，把手伸进口袋里，掏出信塞给了我。

信纸只有一张。这毕竟是写给遵守了二十年前约定的旧友的书信，我还以为会有长长的文字讴歌昔日的友情，可是那张纸空白得让人连发愣这个反应都做不出来，唯有两行短短的文字。

你说得没错。
奥斯倍尔与大象。

仅此而已。

✉

中尊寺敦离开青叶城大步向前走，我跟在后面，但是仔细想想，这好像没必要。

送信的工作已经完成，进一步讲，我也成功见证了两个朋友完成二十年约定的瞬间。

可是，中尊寺敦好像认定我会跟他一起行动，对我说了句"跟我来"，话语里好像还隐藏着不跟过来就会很麻烦的警告，让我不敢不顺从。他甚至说："别离我太远。"

离开青叶城范围，我开始朝地铁站方向走，此时他又粗声粗气地喊了一声："喂，走这边。"

"那个，我就先回去了。"

"回去？你要放弃吗？"

"放弃？"这话有点不太对劲。何谓放弃呢？正因为我没有放弃投递工作，信才到了他手上啊。

"你一点都没看清现实啊。"他一脸看到迷路小孩的表情。

"现实？"

"那家伙的死既不是意外也不是自杀。"

"你是说把信给我的那位——寺岛寺生吗？"

"那家伙知道自己很危险，所以才把信交给了你，让你投递给我。想必他已经走投无路了。"

"那封信究竟是什么意思？"

上面只有两行字。

你说得没错／奥斯倍尔与大象。

"暂时不知道。"

"不知道？暂时？"

"他可能是故意写成了很难懂的文字。"

"看不懂的信有意义吗？"

"那当然有。要是信在交到我手上之前被人夺走了怎么办？如果上面写着直白的答案，不就让人给知道了？"

哦，原来如此。这是我的第一反应。如果不希望信息泄露给他人，那就有必要故意弄得晦涩难懂。然而，要是连真正的收信人都看不懂，那不就本末倒置了吗？

中尊寺敦可能察觉到了我的疑问，这样说道："可能不久之后就会懂了。那家伙一定是想，我能搞懂他的意思。"

"'你说得没错'是什么意思？"

"跟我来。"中尊寺敦耸耸肩，"听好了，现在那家伙死了，证明事情非常糟糕。如此一来，你不也无法独善其身了吗？"

"啊？为什么？"我现在肯定满脸都是疑问。

"现在肯定有人把那家伙的行动给彻查了一遍，可能还查出了他死前曾经把一封信交给你。这种事只要看看车厢内的监控就知道了。如果你不跟我一起行动，很快就会被查到所在地，然后被卷进调查。"

"为什么能查到我的所在地？"

"现在满大街都是摄像头。而且你也知道吧，只要调出通用机信息，就知道什么人去过什么地方。"

通用机汇集了身份证明、钱包、网络通信终端等多种功能，用起来非常方便，已经普及到了全世界大多数人手中。不过在政府引进这种装置时，一度引起过可能因此被监控的恐慌。对此，政府在明面上既没有肯定也没有否定，我也不怎么在意。如果世间的犯罪能够因此得到取缔，那么我的行动范围被监控一下也无所谓，要是能靠这个追查到重大案件的凶手，那更是举双手欢迎。很多人应该都这样想，因为他们自信不会主动去犯罪。

"其实我无所谓。"

"就算你觉得自己没干坏事，别人也会认为你知道些什么。到时候把你从头到脚搜查一遍，再把你家从里到外翻一遍，你会高兴吗？"

"那肯定——不会高兴。"

"那就跟我来。"

中尊寺敦从上衣内袋里掏出一个扁平的小盒子。

"那是？"

"干扰器。虽然不算什么了不起的东西，不过带在身上就不会触发监控的感应器。"

"你怎么有那种东西？"

"暑假的手工作业。"

我觉得他在开玩笑，又觉得一点都不好笑，就假笑着应了一句："老师一定很生气吧。"结果他面不改色地说："不仅老师生气，还把警察招来了。"然后又补充道："我说这是我自主设计的，他们根本不信。"

他好像误会了我发愣的原因，又说了一句："你放心吧，这东西已经改良过了。"

我不知如何回答，他继续说道："我载你一程，跟我来吧。"

车祸的记忆闪过脑海。不，应该说车祸的记忆通过血液流遍全身，让我感觉体温瞬间被剥夺，就在此时，我听到中尊寺敦说："不过我只有一辆自行车。"

✉

小时候，我可能坐过姐姐的自行车后座，但记不太清了。长大以后，我觉得自行车载人很新奇，还有点吓人。虽然他的自行车的确有后座，但坐在上面很难称得上舒服，硌得我屁股痛。不过那种感觉还没持续多久，中尊寺敦的自行车就一口气冲下青叶山，在弯弯绕绕的山路上闪电般掠过。那种感觉类似滑降，我连"等等，快停车"的声音都发不出来，只能死死抱住他坐在前面的身体。虽然我在生理上对拼命抱住一个男人有所抵触，然而现在已经顾不上这么多。有好几次，自行车车身大幅度倾斜，我以为肯定要翻车了，吓得紧紧闭上眼睛，结果都在最后一刻挺了过来。我还看见中尊寺敦在最危险的时刻伸出一只脚踹向地面。

"我为什么要受这种委屈。"抱怨的声音刚出口，就远远落在了身后。

就在我彻底放弃后不久，自行车好像停了下来，我听见一句："行了，快松开吧。"

我猛地回过神来下了车，双脚重新接触大地的感觉真是太美好了。

中尊寺敦也有点上气不接下气。"到那儿去。"他用目光示意我走进对面的店铺。

那是一座骰子形状的建筑，墙壁一片雪白。正面写着"新闻 & 咖啡"。

这就是前不久引起过热议的"新闻咖啡吧"。店里摆着许多屏幕，可以观看各种新闻。由于每一种新闻都会因为立场和信念导致理解的差异，客人们往往会因为极小的事情而爆发冲突，这一现象已经被视作问题。还有人调侃："在新闻咖啡吧看到了有人在新闻咖啡吧打斗的新闻。"

这家店里没什么人，但屏幕上映出了播音员或事件的画面，让人产生很热闹的错觉。

这里的桌子本身就是一块大屏幕，可以通过操作随意切换新闻画面。

我向服务生点了热咖啡，然后轻触桌面屏幕，随便一选就选到了报道海外形势的画面。

一则新闻说：近日发现中东某国觊觎邻国的地下资源，正在暗中挖掘海底隧道意图窃取。被盗挖的国家发出了强烈抗议，甚至表明了不惜一战的意志，同时派出大量最新型潜艇开往敌国领海。

播音员告知以下是碰巧遇到潜艇的渔船所拍摄的画面，一群外国渔民纷纷叫喊："那是啥？那是啥？"只见渔船底下不断闪过黑影。那便是潜艇的影子。

"好像要打仗了，有点可怕啊。"我说。

可能因为跟日本没有直接关系，中尊寺敦不太感兴趣，只是叹了口气，换了个频道。

这次播放的是某欧洲小国发生的杀人案。这个杀人案受害者众多，在某小镇和邻镇造成了大量人员死亡。再继续看，原来是人们使用斧头和刀具这些唾手可得的凶器与邻镇人互相残杀。若在二十世纪倒也罢了，现在竟然还有这种事，我感到震惊不已。

"你知道这个吗？它原本是种病。"

"病？"

"那里曾经流行过原因不明的疾病，死了很多人。后来有人谣传，是邻镇的工厂在制造细菌。"

"那是真的吗？"

"不知道。后来那座工厂所在的镇上也开始流行疾病，这回人们开始议论，是不是那个镇的报复。"

"于是开始互相残杀？因为这点小事？"

"无论人类多么理性，最终做出决断的都不是大脑，而是身体。"

"什么意思？"

"没有任何反应能超过动物本能。一旦起了疑心，发生这种事也就不奇怪了。"中尊寺敦嘀嘀咕咕地说着，指尖再度划过桌面。

"你在查什么？"

"那家伙的事情。不过要是在这里查，肯定会留下搜索历史。"

"那个，寺岛先生是开发人工智能的，对吧？"

"韦雷卡塞里。"

"那是什么啊？"

"是人工智能的称号。人类就是这样，见到什么东西都想起个名字。"中尊寺敦说，"我跟他上学时一直在研究这个。"

"我不太懂人工智能是什么。"

"你觉得是什么？"

这问题明明是我提的啊，我忍不住苦笑。"从字面理解，就是像人一样的智能，对吧？"

"其实人工智能比人聪明多了。简单来说，就是根据已有的知识和经验，对事物的未来发展做出预判。不仅仅是预判，还能推导出答案。"

"像导航那样？"我感觉脑子里又要浮现出小学时那场车祸，赶紧用力闭上了眼睛。

"没错。根据地图、当前位置、交通规则、堵塞区域等信息计算出到达目的地的最短路线。跟这个有点相似。总而言之，就是分析出汽车到达目的地，或者国际象棋把对方将死的最佳路径。"

"你们做出了那样的东西？"

"迄今为止有许多研究者号称完成了所谓人工智能的东西。只不过韦雷卡塞里在里面是精确度最高，最有名的一个。"

"因为计算速度快？"

"不，因为直觉敏锐。"

"直觉？人工智能还有直觉？"

"所谓直觉就是旁人看来不存在逻辑理由的东西。聪明的人工智能看起来就全都是直觉。"

"要如何教人工智能学会直觉啊？"

他微微一笑。"那要怎么教，只能不断让它积累经验，自己学会啦。就跟人类一样。"

"为什么做了那个人工智能的寺岛先生……死了？"

"不知道。"

中尊寺敦说完，一言不发地看了好几个新闻。

“‘奥斯倍尔与大象’是什么意思？”

“我也想不出来。”

“桧山，你怎么了，脸色这么差？别在意，是那个寺岛自己跳下去的。”

听到声音，我猛地抬起头。是刚才跟我一起在新干线车厢内搜查的前辈。“等你冷静了就跟过来，我要去那边检查车厢内部的监控视频。”

新仙台车站内放着一个立方体的巨大气球。那里是可充气的临时作业点，前辈正往那边走。

大约三十分钟前，我们还在追赶在轨道上逃窜的寺岛寺生。跟前辈和其他调查组成员一起在高架轨道上奔跑是种比较新奇的体验，也充满了紧张和恐惧，可是我之所以脸色苍白，不是因为这个。

是水户。

没想到会在那个地方见到他。

我们得到寺岛寺生搭乘新干线的情报，马上赶到新埼玉站坐上了同一辆列车。随后，我们为了寻找寺岛寺生而展开车内调查，发现水户也在车上。这让我无比震惊。

我感到全身僵硬，仿佛时间都静止了。准确来说，应该是倒退回去了。

小学时在高速公路休息站前方遭到的猛烈撞击，不断旋转的车厢里看到的光景，记忆就像突然开动的放映机一般，源源不断地播放起来。

当时我还是个孩子，只能在后座上蜷缩起身体，不停祈祷汽车赶快停止旋转。车子停下来之后，周围突然变得无比寂静，父母和姐姐都没有了呼吸。我害怕自己也会断气，便待在那里一动都不敢动。到现在已经二十年了，那种恐惧还是逼真地传遍我的身体。

水户一点都没变。

准确来说，我还没反应过来他到底有没有变化，就意识到那是水户了。

全身的皮肤都在震颤。

他怎么在这里。

我为什么又要见到他。

我想到了十六岁那年。

我的家人在车祸中去世，后来祖父母也接连去世，于是我上综合学校的前三年寄宿在上越那边的亲戚家，从第四年开始，又转到了东京的亲戚家。

转学第一天，我走到陌生的教室角落里坐下，突然有个同学来到我面前说："你小子就是桧山啊。"

一上来就被人称呼"你小子"，我顿时又惊又怒，可听完他接下来的话，我很快了解了事态。"没想到会在同一所综合学校碰到跟我同样幸存下来的人啊。"

我看他的名牌，上面写着"水户直正"，瞬间想起车子在高速公路上旋转的感觉，忍不住开始呕吐。

我永远忘不了在班上同学的包围中，水户向我投来的冰冷目光。

尽管我当时就想退学，但苦于别无去处，便转而决定剩下这三年尽量不跟水户扯上关系，平平安安地熬过去。对方可能也有同样的想法，所以我们不仅从不说话，甚至连目光都几乎没有相交过。

我对水户仅有的一些记忆，全都显得不可理喻，或是令人不快。

一天我上学迟到，正要走进教室，却发现别的同学都到另外的地方去上课了，唯独水户一个人留在里面，把我吓了一跳。我隔着门缝往里看，发现那家伙蹲在地上死死盯着我的桌洞。我当时立刻打开门走了进去，只见水户一脸苍白，愣在了原地。你到底在干什么？我想质问他，却发不出声音，对方也不说话，转身跑出了教室。后来我听同学说，他的笔盒被人拿走了，所以把班上的课桌全都看了一遍。我其实早有感觉，水户在班上似乎属于被人嫌弃的对象。他经常逞强，言行别扭，导致周围的人都不太喜欢他。

我也曾在街上撞见水户跟貌似他女朋友的人。当时我跟朋友走在路上，碰巧看见了他，朋友便叫了他一声。至于我，别说跟水户说话，连靠近他都会有生理上的抵触，便背过脸去站着不动。然而水户似乎误会了我的视线移动，突然语气尖锐地说："你盯着别人女朋友看啥！"随即拽着那女孩子转身走了。我吃了一惊，朋友也因为平时很老实的水户突然剑拔弩张而有点害怕，惊慌失措地问："他怎么了？"

大多数人都说：搞不懂水户这个人。而我则是不想搞懂他。

我对他没有怨恨。在那场车祸中，我们两个都是受害者。虽说如此，我对他却一点同伴意识都没有。

别靠近我。

无论何时，我都通过全身上下每一个细胞向他发出这样的警告。

我走进那个搞不清是橡胶房子还是大气球的简易工作间，调查人员正在用平板电脑检查影像。

前辈抬起头对我说："你来得正好。"

"有发现吗？"

"嗯，我给你重播一遍。"

前辈操作手上的机器，把视频投影到了屏幕上。

那好像是新干线车厢内的监控视频录像，用了通道前方俯瞰车厢的角度。对面一侧，也就是与行进方向相反那一侧的车厢门打开，有人走了进来。

"是寺岛。"

那的确就是寺岛寺生。他的脚步虽然算不上急切，但也异常坚定。随后，他在车厢正中靠前的双人座位上坐了下来，偏向通道一侧。

不到一分钟后，另一个人也从镜头外面走了进来。

我心中一惊，同时浑身起了鸡皮疙瘩。

那人正是水户。他穿着不起眼的衬衫，往后看了一眼，然后继续前进，看到座位上的寺岛，停下了脚步。

他可能并不知道那个座位上有人。我还看见他拿出通用机确认座位的动作。

结果水户还是在寺岛寺生旁边坐了下来。我的确就是在这个座位看到水户的，当时他旁边空着。

"这人是他的同伙吗？"调查员指着屏幕上的水户说。

"应该不是。"前辈的语气很肯定，"他明显有迟疑的表现。"

过了一会儿，寺岛寺生站起来，消失在了前方车厢。视频停了下来，然后倒回寺岛寺生离开那一刻。

"看这里，这个人看着寺岛那边说了些什么。寺岛虽然极力不让面部发生动作，但他有可能向这个人发出了什么委托。"

"委托？突然找他？"

我听着现场某个人提出的问题，心中忍不住诧异：水户也牵扯进来了？

等我意识到时，已经脱口而出："这人是投递员。"

所有人的目光都集中过来，前辈大声说："对了桧山，你好像认识这个人？"他可能回忆起我们调查乘客时发生的对话了。

"他是我综合学校的同学，毕业以后我们就没见过面，我只知道他现在应该是投递员。"

"投递员？是说那种模拟投递方式？"

"就是亲手转交。他叫水户直正。"

前辈一声令下："马上收集情报。"所有调查员同时开始操作终端。

"这是巧合吗？"前辈说。

我还以为他是说我碰见水户的事情，差点就语气坚定地回答"那当然了"，然而他想说的好像不是这个。

　　"寺岛知道这个人是投递员，才会在那里跟他交谈吗？"

　　"我不知道。"我只能这样回答。

✉

　　"你在干什么？"听到我的提问，中尊寺敦回头瞥了一眼，我感觉他想叫我保持安静。

　　他从系在腰带上的小包里拿出一个比通用机还小的，形似芯片的东西，随即手腕一翻，伸到了新闻咖啡吧的桌子底下。

　　等他把手拿上来，芯片已然不见踪影，想必是藏在桌子背面的什么地方了。他轻触桌面屏幕，像弹钢琴一样用娴熟的手势操作起来。

　　虽然不知道原理是什么，但我可以猜到他用刚才的芯片劫持了这台终端。看来，他是想利用这个新闻咖啡吧检索网络信息。

　　黑色画面上出现一排排文字，全都是密密麻麻的英文字符，我坐在反面无法辨读，只见中尊寺敦的手指一划拉将画面删掉，然后继续显示，再删掉，如此重复。

　　他在干什么？

　　"别盯着看。"

　　"哦。"

　　"本来我也不指望能行。"他气哼哼地咕哝道。

　　店员来给我们加水，我都快吓死了，中尊寺敦却毫不在意。

　　店员离开后，我听见一声咋舌。"还是不行。"

　　"怎么了？"

　　"这东西轻易进不去啊。"

　　"进去哪儿？"

　　"韦雷卡塞里。"中尊寺敦满不在乎地说出了新闻报道上提到的人工智能名称，而我则过了一会儿才意识到这点。当我意识到之后，忍不住大声问："还能这样吗？"

"什么能不能。"他边说边把手伸到桌子底下，可能是取出了黑色芯片，因为我看到他把东西收进包里的动作。然后，他站了起来。

"啊？"

接下来的咋舌跟刚才有点不太一样。"糟糕了。"

"啊？"

"走了。"他话音未落，就往出口走了过去，抓着一把硬币塞给店员说："不用找。"由于大多数客人都靠通用机结账，店员也有点反应不过来，而中尊寺敦根本不理睬这些，我也慌忙跟了出去。

"韦雷卡塞里是个很厉害的电脑对吧？"我追上去问道。

"我不知道你说的很厉害的电脑是什么意思。"

"你能进到那里面去吗？话说回来，进去要干什么啊？"

"我觉得那家伙应该会留下一些信息。不过理所当然，就算有东西，也不可能轻易让我拿到。我刚才连服务器的地址都没找到，而且搞不好露了点马脚。"

"露了什么马脚啊？"

"我输入的指令被传送到了奇怪的地址，那应该是陷阱。只要对服务器发起打探，对方就会察觉我们所在的位置。"

"也就是说，我们的位置暴露了？"我忍不住窥视四周，路上每一个人看着都像追兵。这可太糟糕了。

"虽说我的目的是警告，不过还是趁没有被人盯上，赶紧离开这里为好。"

"啊，好的。"

我们回到停放自行车的地方，中尊寺敦用指纹解开车锁，收起脚撑。

又要坐车架了吗，我心里正这样想，却听中尊寺敦说："在市里骑车载人可能会被拦下来。"于是他推着车走，我则跟在了旁边。

其间，我问了好几次这次到哪儿去，他都没有好好回答。

越往前走，我就跟他拉得越远。干脆就这样分头行动，或者说分道扬镳得了。然而我刚产生这个想法，目光就瞥到一个监控摄像头，顿时焦虑起来。我不知道他说的干扰器是真是假，但总感觉一旦离开他我就会被箭射穿，害怕得慌忙靠了过去。

我跟一个突然跑出来的年轻人撞在了一起，我道了歉，对方没有。他只顾着操作手上的通用机。

没时间管这个了。我正要往前走，却听见他喊了一声。"啊，你掉东西了。"

回头一看，刚才跟我撞到的那个年轻人拾起一张纸递了给我。就是上面写着"你说得没错/奥斯倍尔与大象"的那封信。

我感到莫名其妙，这东西怎么会从我口袋里掉出来？此时中尊寺敦看着我，淡然地说："那东西拿着太麻烦，刚才我塞你衣兜里了。"

"这不是朋友寄给你的很重要的信吗？"

"重要的是内容，而不是那张纸，对不对？"虽然他头发长，穿着早就没什么人穿的牛仔裤，说话也大大咧咧，让人联想到不懂礼貌的年轻人，可是从年龄来看，绝对是个"成熟的大人"了。然而，他还是一张嘴就信口胡诌，怎么听都像在应付。

我们又走了五分钟左右，来到一座大公园。这里是旧仙台市的市政府和县厅旧址，在两个单位移到别处后改建成了公园，因此占地面积特别大。公园周围种了一圈榉树，还有几座立体雕塑，除此之外便只有一些长椅。

我们找了一张长椅坐下。旁边那棵树上就装了摄像头，直直对着我们。

"真的没问题吗？"

"什么真的没问题？"

"不会被摄像头拍到吗？"

中尊寺敦歪着脸说："哦，那个没问题。看着像以前的型号，我的干扰器能起作用。"

"最新型号的不行吗？"

"你等会儿该不会问我你自己叫什么名字吧。怎么啥都问。"他看也不看我，兀自叹了口气。话说回来，自从我们见面，他好像一次都没看着我说过话。莫非是觉得两个大男人没必要大眼瞪小眼，那粗鲁的说话方式也有可能是"掩饰羞涩"而已？

"那个，你想到什么了吗？"

"什么想到什么？"

"就是那封信的意思。"无论怎么想，不先把这个解决，我们就无法走下一步，"'奥斯倍尔与大象。'能让你联想到什么吗？"

"不能。"

他的否定堪称干脆利落，让我接不上话。"中尊寺敦先生为什么放弃了研究的道路？"

我只是打算稍微用语言刺激一下他的记忆，他却呆呆地看着我说："我说过吗？"

"啊？"

"你怎么知道我放弃研究了，我说过吗？"

确实，我只是从他吊儿郎当的样子和懒洋洋的态度中擅自联想到了这点，并没有听他明确说过自己退出了研究。"可你不是说每天闲得喂鸽子吗。"

"说不定鸽子能够给人工智能的研究带来一点灵感啊。"

"哦。"

"开玩笑啦。我现在只是个自由自在的闲人，只想在仙台自由自在地活下去，不被任何人打扰。这可是一辈子只有一次的人生啊。听好了，我不知道你明不明白，想自由地活着其实很难。"

"你说的是哲学意义上的吗？"

中尊寺敦笑了。"我说的是很现实的，物理意义上的。你知道我为什么随身携带自己做的干扰器，还要专门把年轻时的作品进行了改良吗？因为现在这个世道，无论做什么事都逃不开监视。不，不对。相比监视，记录更可怕。人们的所有行动都会被监控摄像、通用机和网络记录下来。一旦出了什么事，想找一个人马上就能找到，而且马上能寻迹将其逮住。在这个环境里，想获得自由非常困难。"

"原来如此。"我嘴上应着，却缺乏实际感觉。

"从这个意义上说，这可能是我对研究产生抵触的原因吧。过去，我跟那家伙参加过一场实验。"

"什么实验？"

"使用人类留取记录的实验。"

"使用人类？用摄像头不就可以吗？"

"同摄像头存在数量和设置场所的限制相比，人的使用范围更广。"

"更广？"

"只要使用外接硬盘来记录人看见的东西，就可以用来代替摄像头了。"

这要如何实现？我是一点头绪都没有，于是半开玩笑地说："那不就成了人体实验？"

"当然就是。"他这样回答，让我完全接不上话，"总之，我们就参加过那个实验。"

"这跟人工智能有关系吗？"

"人工智能需要庞大的信息。"他朝摄像头努了努嘴，"城里这些东西都是眼睛的替代品。只要收集了记录，就能得到大量信息。同样，只要人类来收集信息，效率就更惊人了。"

"有点可怕呢。"

"实际的可怕程度比你现在想的可怕一万倍。"

"那是什么意思？"

"越是深入研究人工智能，就越能了解它的可怕。一开始还能推导出它是通过什么逻辑得出这个结论的，等到人工智能逐渐成长起来，就根本搞不清楚它的思考过程了。虽然有的研究者不以为然，但只要仔细想想，就会发现开发人工智能其实就是制作一个不断吞食信息完成进化的怪物。所以，一旦数量庞大的人类的行动全部被记录下来，又被提供给人工智能，到时候真的不知会发生什么事。你说是吧？所以我才心生抵触，想逃离制作怪物的工作。现在不是喂它吃东西的时候。我说做这个研究根本没好事，结果那家伙就跟我吵起来了。"

"后来呢？"

"那家伙是个认真死板的研究狂人。γ默克在他身上只是一个例外，其他事情我们基本都意见不合。那家伙说：'中尊寺敦你的思考方式太悲观了。'"

　　"发达的人工智能对人类很有帮助。一百多年前的虚构作品中总会提到人工智能失控，但那只是虚构罢了。虚构的故事中需要恶，所以作者总喜欢把什么东西都写成坏家伙。只要仔细想想就知道，设定为不会失控的程序就是不会失控。因为程序只会执行代码的内容。中尊寺敦，你也很清楚这点吧？"

寺岛寺生曾经这样对他说。

"太傻了。只会执行代码内容的程序根本不叫智能。我们做的不是那种低级玩意儿。谁也无法阻止人工智能，这点他自己最清楚了。他只是想满足自己的好奇心和探索心而已。这就好像一个人想开新车出去过把瘾，就一直对自己说'这条路前方不可能是悬崖'一样。"

　　"不让做的事情非要做，或许这就是人性。"

　　"你说什么呢，意思不一样吧。"中尊寺敦轻蔑地说。

"那后来呢？"

"结果你不是知道吗？那家伙从高架上跳下去死了。"

"啊，不是那个，是说刚才的人体实验，后来成功了吗？"

"哦，那场实验进行到一半就停止了。"

"进行到一半？"

"不管是研究还是国家事业，就算一开始充满干劲，也经常会有后劲不足的情况。一旦上头意识到很难出成果，赚不了几个钱，预算就会像潮水一样减退，人手也会遭到削减，最后无疾而终。其实什么项目都一样，虎头蛇尾。那时我就开始疏远大学，最后躲到了仙台。"

那么，寺岛寺生在那之后一定还继续着人工智能的研究吧。

中尊寺敦站了起来。"总算来了，我们走吧。"

"啊，什么东西？"

"移动式检索代理。"

我定睛一看，发现一个背着书包，身穿黄色运动服的年轻人正在路过。虽然他看起来并不像检索代理人，不过应该就是他了。

中尊寺敦大步往前走，等我反应过来，他已经掏出硬币付了钱。他刚才在新闻咖啡吧也是用硬币付钱。此时我才意识到，他之所以不用通用机，想必是不想留下记录吧。

那个年轻人几乎没说什么话，只见他放下书包，从里面拿出一台笔记本电脑。

那是我从未见过的型号，又厚又重，明显很古老了。黑色翻盖上布满划痕，印着一个完全陌生的商标。

"因为搞技术的人总喜欢针对最新型号，这种像化石一样的机器反倒成了盲点。"

他似乎想说老旧终端可以连接到特殊的秘密通道上。他用来连接网络的机器我也没见过。那东西看起来好像几十年前的手机，用一根线跟笔记本电脑连在一起。

中尊寺敦可能已经习惯了这些东西，正在熟练地操作着。

他坐在长椅上，电脑置于膝头，专注地敲起了键盘，于是我在他旁边坐了下来。

检索代理人不知何时戴上了耳机，背对我们听着音乐摇摆身体。

他这么做可能是为了让自己看不到也听不到客人检索的信息。这个年轻人看似轻浮，可似乎也有那么一点职业操守。

"你在检索什么呢？"

"直接靠近韦雷卡塞里应该很难，只能另辟蹊径了。我要找那家伙发来的消息。"

"消息？如果你是说信，我已经投递给你了呀。"

"那只能算是第一步的钥匙。"

"那不是钥匙，而是一张纸。"

"那家伙要我顺着线索找到他，为此还承认了'你说得没错'。"

你说得没错。

奥斯倍尔与大象。

"他想说的是：我愿意认输，所以帮帮我。"中尊寺敦敲着键盘说，"应该有个只有我才能找到的隐秘场所。我要入侵他研究室的服务器，寻找连接记录。"

中尊寺敦的操作快得让人眼花缭乱，让我忍不住想，就凭他这个熟练的动作，恐怕一下就能找到网络上的任何信息。与此同时，我脑中又闪过一个疑问。如果别人试图调查寺岛寺生，会不会跟中尊寺敦一样找到那些信息呢？

✉

水户，你在哪里？

我在调查本部的临时工作间内凝视画面，暗自疑问道。

水户到达新仙台车站后，乘坐地铁往青叶城方向移动了。我们很快查明了他的通用机使用记录，所有调查员都觉得应该很快就能追踪到他本人，可不知为何，他进入青叶城后就消失得无影无踪。青叶城场地内的摄像头没有拍到他，也不知道他往什么方向移动了，调查员还到青叶城实地搜查了一遍，并没有发现他。

他去哪儿了？

我们连接上市内摄像头的数据，通过人脸识别寻找水户的踪迹，还是一无所获。从那一刻起，事情就变得有点奇怪了。

接着我们查到了网上的信息。普通人只会在网上发布个人的抱怨愤慨、对他人装腔作势，要么就是出于好玩说些真假参半的话，完全无法预料突破口在什么地方。于是，我们把新仙台车站到市区这块区域上传的数据全都解析了一遍。

还真找到突破口了。

"好！"前辈先喊了一声。

很快，桌面上出现了影像回放。

画面上出现了陌生面孔的年轻人。

那应该是一对恋人，显然不是水户。我一时无法理解前辈为何叫好，直到某个人说："啊，玻璃。"我才恍然大悟。

他们背后是现在很流行的冰袋店，只见敞开的玻璃店门上映着一个人影。系统好像计算出那是水户的背影。

接下来是放大图像。

很像水户。不，就是水户。

照片信息包含了保存在网络上的时间和地点，大约十五分钟前，在仙台纪念公园附近。

"可是这一带的摄像头没拍到他啊。"有人闷声道，"他是怎么移动过去的？"

"难道用了干扰器？"

"喂，桧山。"前辈喊了我一声，"水户是那种人吗？"

"哪种人？"其实我根本不知道水户是什么样的人。

"能在监控摄像头通信上做手脚的人。"

"我们毕业后就没见过。"

说着，我感到心跳逐渐加速。因为这是我第一次调查自己认识的人，更何况对象还是水户。

这到底是什么巧合啊。

当嫌疑人是朋友或家人时，你能够保持平常心展开调查吗？

这是我新人研修期间曾经被问到的一个问题。当然，所有人都回答了"可以"，我也一样。

"你真的能出卖自己重要的朋友吗？"当教官提出这个坏心眼的疑问时，我回答："因为必须要守护秩序。"

这是完全照搬教科书的答案，可我在说出那个答案的瞬间，真实地感受到了澄清的血液行遍全身的充实感。我从小就这样。

规则必须要遵守。

在空无一人的深夜，人们还要遵守信号灯的指示吗？要是有人问，我肯定会回答："因为那是规则。"

一个人的"这点小事""你大人有大量"往往会打乱整体的秩序，小小的裂痕最终会演变为巨大的龟裂。

整齐的队列必须时刻保持整齐，溢出的部分必须及时去除。

只要是为了维持社会治安，一切犯罪的人，或是有可能犯罪的人，哪怕对方是自己认识的人，也没有理由跟他客气。

更何况我虽然认识水户直正，对他的感觉却比陌生人还要遥远。

要出卖他的情报，我可以毫不留情。

"能不能追踪到水户接下来的移动路线？"

调查员开始操作各自的终端。

我把检索范围锁定在公园周边，准备检查摄像头数据，脑中突然闪过水户死死盯着我的模样，不由得心里一惊，失手掉落了操作终端。周围的人都担心地问我没问题吧，我慌忙把机器捡了起来。

我虽然自己在检索，但总感觉水户也反过来正在观察我，如果用上好几个世纪前的表达手法，那就是我在窥视深渊的同时，深渊也在窥视着我。

我必须找到水户，但是又不希望被水户发现。想到这里，我突然灵光一闪，回过神时已经举起了手。

"这座公园附近有没有检索代理人？"

这只是我脑中浮现出水户正在检索的样子，突然产生的想法而已。

假设他正在不留痕迹地展开行动，那么完全有可能利用自由身份的检索代理人。

既然你先破坏了规矩，那我就无须手下留情。

"不行，啥都查不出来。"中尊寺敦双手离开键盘，瘫在长椅上看着天空，"完全连不上研究室的服务器。"

检索代理人依旧戴着耳机，踏着优雅的舞步。

"那个……'奥斯倍尔与大象'是什么意思？这是个暗语吗？"

"这个我也一直在检索，还是搞不懂。那是二十世纪的童话，你听过吗？"

我想到了《我是麦麦》这个绘本。它虽然是给儿童看的东西，但或许跟童话不太一样。"我好像听说过这个标题。"

中尊寺敦把电脑上显示的内容转过来给我看。那是《奥斯倍尔与大象》的全文，内容并不多，我一会儿就看完了。

一个叫奥斯倍尔的人哄骗大象为他工作，大象累垮了，便给同伴写信，最后被同伴救了出来。

因为一封信而引起转机的故事情节让我这个投递员倍感亲切，然而，我无法理解这个短小的故事究竟想表达什么。

"会不会描写了资本家与劳动者的关系啊？"中尊寺敦大大咧咧地说。

"寺岛先生想表达这个意思吗？"

"他又不是那种人。"我不知道那种人具体是指哪种人，此时他又发出了一声感叹。

"怎么了？"

"我在网上查找《奥斯倍尔与大象》的解读，发现这个很有意思。"

"这上面说，最后一行一字不明。"

"一字不明是什么意思？"

"最后一句是'哎呀，都说了不能到河里去'。不过这个'哎呀'后面好像无法判读。"

我又看了一遍屏幕上显示的童话，那里的确注明了"（一字不明）"——"哎呀（一字不明），都说了不能到河里去。"

"若有深意啊。"

"对吧？作者宫泽贤治究竟写了什么呢？太让人好奇了。"中尊寺敦说完，又径自得出结论，"不过无非就是手写文字无法辨认的问题呗。有可能是'哎呀你'，也可能是'哎呀呀'，反正不是什么重要的文字。"

被他这么一说，好像也有点道理，但这话实在太缺乏根据了。其实可以再发挥一下想象力啊。

"不过有意思的是后面这句'都说了不能到河里去'。究竟是谁要到河里去呢？"

"不是大象吗？"

"这个童话的开头是'一个放牛的说'。也就是说，这篇故事全都是由放牛的讲述的。放牛的正在对旁边的孩子，或是对他放的牛讲述'奥斯倍尔与大象'的故事，是这样的双重结构。"

"哦。"

"那也就是说，故事的最后是听了'奥斯倍尔与大象'的孩子突然想跑到河里去，讲故事的人提醒了一句：喂，不行。这似乎就是最普遍的解读。"

"这句话让读者瞬间回到了现实世界呢。"我想起了鬼故事的套路，经常是听着听着突然被人指着鼻子说"都是你的错！"然后被吓一大跳。两者感觉有点相似。

寺岛先生想表达的是这个吗？

我想问这个，话都到了嘴边，却见中尊寺敦盯着笔记本电脑一动不动，便犹豫了。他就像个断了电的人偶，我顿时感到被抛在后头，沉浸在不安中。

啊啊，中尊寺敦轻叫一声。"我想起来了。"虽然他声音很小，却好像紧紧攥住了非常重要的东西。

"真的吗？想起什么了？"

"啊啊，我想起来了。不能到河里去，这是说老奶奶啊。"

"老奶奶？"那个意想不到的词让我怀疑自己听错了。

"以前我跟那家伙开车出去看 γ 默克的演唱会，地点在富士山那头。回来的路上，我们迷路了，因为导航突然坏掉，害我们分不清东南西北，一直开到了八王子的山里。当时为了借厕所，我们在一座民房旁边停了下来。那座房子里住着一个老奶奶。"

"哦。"

"房前就是一条河，我记得我走近那条河打算洗把脸。"

"然后呢？"

"脚下一滑，掉河里去了。"中尊寺敦想起曾经的失态，咋了一下舌，"摔得可痛了，而且那条河竟然很深。"

寺岛寺生连忙跑过去，跟老奶奶一起用藤蔓把他拉了上来。

"那就是指'都说了不能到河里去'？什么意思啊？"

"越不让做的事情就越想做，对不对？如果不让下河……"

"就会想下河？"

"可能要到老奶奶家去一趟了。"

去八王子？

他知道从这里过去要多久吗？我以为他在开玩笑，可是中尊寺敦一脸严肃地敲起了键盘。我把头伸过去，发现那是租车公司的预约页面。

车！

体内响起警钟，我感到全身血液倒流。

中尊寺敦对此毫不理睬，又在别的窗口敲起了代码。我猜他是临时编了一个改写数据库的程序，好用虚假名义租车。

竟然要坐车吗？中尊寺敦可能误解了我胆怯的反应，开口解释道："稍微改写一下登录信息很简单。"然后又说："信息这东西很不可思议，人们总觉得数据上显示的东西就是真相。我还可以制造已经提前预约好租车的信息。在这个意义上，刚才我们在新闻咖啡吧看到的新闻可能也一样。"

"啊？"

"新闻不是说中东某地有大批潜艇出动吗，你还说看着好像战争的前奏。其实那消息完全无法分辨真伪。新闻上虽然这么说，实际潜艇可能并没有出港。连所谓从渔船上拍摄到的潜艇画面，也很难说就是真的。"

不知道何谓真实，的确很有道理。想到这里的瞬间，我觉得眼前的风景都变得扭曲了。

"啊，这是什么玩意儿。"

"怎么了？"

我看向中尊寺敦，只见他正皱着眉凝视画面，好像在浏览新闻页面。我还以为中东潜艇的事情有进展了，结果他并没有提国外的事情。"东京都内有很多人因为食物中毒倒下了。"

"哦……"这好像不怎么稀奇。

"二十名身体健康的成年人死亡，这数量有点多了。"

"他们吃了什么？"

"正在调查。"

"哦。"我还是觉得这不怎么值得关心。

"不过有小道消息称，这次食物中毒是有人故意散播病菌。"

"怎么回事？"我脑中闪过了欧洲发生的可怕事件。有人从工厂散播病菌，为了报复而不断杀人。"那不就是——"说到一半，我感到背后一凉。我很快察觉到为什么了，因为在新干线车厢里，我有过同样的反应。

"你最好快点。"我说，"警察正在接近我们。"

桧山景虎正在朝这边来。

✉

坐在副驾驶席上，我感觉自己到鬼门关走了一遭。因为车祸差点死掉的记忆又一次涌出来，我不得不拼命把它往大脑深处塞。这种感觉就像拼命关上大门阻挡走廊上拥进来的怪物一样。哪怕我用上了全身的力气，还是会有一点东西从缝隙里挤出来。我听见当时母亲轻声说："呀，它挤过来了。"还看见父亲为了尽情享受自动驾驶功能，故意双手离开方向盘说："好轻松啊。"片刻之后，还是小学生的我就在家里刚买的新车里打起了转。我原本在后座上认真阅读主角是蜗牛的《我是麦麦》，突然像陀螺一样，横倒着旋转起来。

"你这么担心我开车？放心吧，现在这个时代只要不做很出格的事情就不会引发交通事故。甚至你想引发交通事故都很难。"中尊寺敦在驾驶席上对我说。

"啊，哦。"

我仿佛在清醒的状态下做起了噩梦，忍不住死死抓住安全带。闭上眼，那场事故就会开始回放；睁开眼，前窗仿佛要映出同样的恐怖。两者都无法逃避，我只能不断睁眼闭眼，在夹缝中苦苦支撑。

　　"如果快要撞上了，车会自动减速。再不济，车身用的还是能够吸收冲击的材料。"中尊寺敦解释道，"而且这还是租用车，这方面比普通家用车更完善。"

　　这是我们从新仙台的租车停车场开出来的车。本来需要验证驾驶执照和租车人身份，不过他修改了租车店的数据库，用伪造的登录信息把车租了出来。

　　"啊，不是，我知道汽车很安全。"

　　"那你在怀疑我的车技？"

　　"不是，没有，只是想起了不好的回忆。"

　　"难道你在约会时撞车了？"

　　"啊？"他的话在我耳中仿佛钢针，我感觉脑子被扎漏了，一时间完全无法思考。"不是。"我慌忙摇起了头，"是有一次我站在路边被计程车撞到住院了。"

　　"什么啊。"

　　"还昏迷了。"

　　"你在骗人吧。"

　　"啊？"我又呆呆地哼了一声，"我没有骗人。"

　　可能因为我的语气很坚定，中尊寺敦露出了略显不好意思的表情。"我不是怀疑你，只是没想到会严重到昏迷，所以有点吃惊。"

　　"车祸之后，我对过去的回忆就只剩下一些残片。"

　　我想起日向曾经安慰焦急的我，说只要一点点想起来就好了。

　　"丧失记忆吗，那你可真是够惨的。"

　　"现在都想起来了，那天我们原本要去看演唱会。"

　　"我没有怀疑你。"

"哦，对了，就是 γ 默克。那天要去看 γ 默克的演唱会。"

中尊寺敦的眼中闪过一道光，"你们去看演唱会了？"

我感觉他有点忌妒，便说："啊，不是，是复刻。"

"复刻？"

"就是复刻乐队，跟 γ 默克很像的乐队。"

像 γ 默克这样出名的乐队，自然会催生出专门演奏他们那些曲目的业余乐队。由于裘洛克需要用到各种各样的器材，很难完全模仿，不过它也存在很多通过程序演奏的部分，因此通过解析能够做到一定程度的复刻。

"搞什么，原来是复刻乐队啊。"他松了口气，又换上了蔑视的语气。

"要是能完全复刻，就跟真的没什么两样了。"

"那怎么可能，正因为有了原创，复刻才能存在。"

"那如果原创不复存在呢？"虽然我对那个复刻乐队没什么感情，但还是说出了类似反驳的话。这可能只是下意识的反应吧，"要是原创从此消失，复刻乐队不就变得弥足珍贵了。"

"哪儿有这种蠢事。"中尊寺敦说完，转而问道，"我们怎么聊起这个了？"

"刚才在讲车祸。我说我不怎么喜欢坐车。"

"就是因为去看复刻乐队的演唱会，让车给撞了？"

"对，不过从这个意义上说，更重要的影响应该来自我小时候的那场车祸。"那场车祸才是正主，是我最大的精神创伤。

"你小时候也出过车祸？"

我有点烦恼，不知该透露多少。我固然可以说全家人死得只剩我一个，但又不想招来多余的同情，便短促地回答："那次受的伤特别重。"

可能因为我的语气有点沉重，中尊寺敦也格外严肃地听了我的话，一改之前的轻浮语气，这样说道："一家人出车祸受重伤吗，那可真是不得了。"

母亲临终说的最后一句话是"呀，它挤过来了"。我把完全没必要说的细节也说了出来。她死前最后一句话显得如此悠闲，反倒衬托出了事故的无情。

中尊寺敦沉默了一会儿，可能考虑到我在那场事故中失去了家人，呆呆地说了一句：

"每次听到这种事我都会想，能准备好临终遗言，或许也是一种幸运啊。"

不知他是否在想寺岛寺生，因为那个人给他留下了信息。

中尊寺敦双手离开方向盘，按下导航系统的按钮。

我们已经进入埼玉县。

机器读出服务区的名称，提示将在那里离开高速。我不由得尖叫起来，因为小时候那场严重车祸就发生在服务区入口处。于是，我死死抓住了安全带。

"我们到服务区停一下。你不想上厕所吗？"

我完全顾不上回答，恨不得让车子下一秒钟就到达目的地停下来。

虽说如此，服务区入口对我们一家人来说无疑是象征着死亡和绝望的地方，所以当车身逐渐向路边移动时，我几乎昏死过去。搞不好已经翻出了白眼。

有人拍了一下我的肩膀，我猛地醒过来，只见中尊寺敦说："你真的受不了这个啊，抱歉了。"看来他有点担心我。

"没什么。"我嘴上虽然这样回答，却猛然感到一阵恶心，慌忙捂着嘴跳下车，冲进了厕所。

✉

我在厕所里把胃都吐空了，可怕的回忆一直在脑中萦绕不散。我打开门走出隔间，惊讶地发现中尊寺敦就在旁边。

"我可不是自愿待在这里的，可是不能离太远啊，你会出现在监控画面里。"

我条件反射地环顾四周。"这种地方也会装监控吗？"

厕所可谓最私密的空间，想设置监控恐怕很难。

"就算不录像，也可能会进行面部识别。"因为他身上带着干扰无线通信的自制干扰器，我完全松懈下来，进厕所时根本没考虑过这件事。洗完手，我走了出去。

"是你的熟人在追我们？"

"啊？"

"逃出仙台时，你好像认识追过来的人。"

"啊，不是，那个警察——"说到这里，我觉得没必要隐瞒，便改了主意，"其实他是我综合学校的同学，我俩碰巧在新干线车厢里遇到了。"

"他当时在追寺岛？"

"可能吧。因为好久没见，我吓了一跳。"

我们穿过了开设礼品店的建筑物。在查询目的地路线和天气预报等信息的信息专区，有很多人拿着通用机在查东西。我感觉这些人都在获取追踪我们的信息，不由得加快了脚步。

从建筑物返回停车场后，中尊寺敦对我说："你也挺可怜啊，竟然被朋友追缉。"

"他不是我朋友。"

我发出了超出意料的高音量，连自己都吓了一跳。

"怎么这么凶啊。"

"啊，没什么……"

"难道你们有仇？"

仇？那应该不能叫有仇吧。真要说的话，我们在同一场事故中失去了自己的家人，应该是唯一能够理解那种打击的，近乎同志的存在。尽管如此，由于体内生出的反抗之力，我们绝对无法产生同志之情。"我跟他没有仇。"

"那就像天敌一样呗。"

"天敌？"

"就像老鼠见到猫，蚜虫遇到什么瓢虫。"

"什么瓢虫？"我看是你嘴瓢。我心里冒出这句话，当然没有失口说出来。

"那种不是个人的怨恨，更像是与生俱来的敌人，对不对？就像青蛙与蛇。对了，蜗牛也有。"

我又想起了那个绘本。蜗牛拥有钢铁外壳和隆基努斯之枪，用以打倒敌人。我小时候特别痴迷它的故事，不仅是电子版，连纸质版都让父母给买齐了，一有空就翻看。

"你怎么了？"中尊寺敦一边走向我们租的车，一边问道，"你想到什么了？"

"啊，没有。我对跟那场车祸有关的事情真的十分厌恶，并且极力避讳，唯独《我是麦麦》，我依旧热爱如初，并且一直很爱读，一直是麦麦的粉丝。我心里就在想这个。"

中尊寺敦听了我的话，了无兴致地说："那个绘本啊，我小时候好像也挺喜欢。"

随后我才发现，有个孩子在停车场东跑西窜。

他就像画鬼脚图[1]一样在车与车之间穿行，一会儿打横跑，一会儿打竖跑，然后打横，继而再打竖。那孩子可能才五六岁，一开始我只是感叹孩子好活泼啊，可是越观察他的小脑袋在车阵中移动，我就

---

[1]一种抽签形式，起点与终点之间设置许多纵横线条，抽签者在顶端选择一个起点，沿竖线向下，遇横线则移动至另一条竖线，画到底端终点后得签。——译者注

越感到不安。

因为他跑得专心致志，甚至有点忘我，当然不会想象到停车场的车会突然动起来，也不会理解自己这样跑可能要被车撞到。

接着，我听见大人的声音高喊疑似孩子姓名的五个字。那个大人已经彻底找不到孩子了。可是大人越是喊，那孩子就逃得越欢。

我追了过去。

可能是我多心，可是真有什么事情发生就晚了。

这样太危险。

最近的车辆都装有能够感知人体及物体靠近的传感器，在发生冲撞前会紧急制动，可是针对突然跳出来的物体，传感器就不够灵敏了。而且，我真的很担心那孩子随时都可能变成鬼探头。

父母为什么不看紧点呢。

一辆皮卡车驶进了停车场。

孩子仿佛听到了并不存在的起跑号令，顿时冲了出去。我来不及思考，猛地一跳。

应该是千钧一发。

我抱着孩子，在地上打起滚来。

"哇！我还是头一次见人救孩子，简直像拍电影一样。"中尊寺敦在车上反复感叹。

"你真的有点烦。"从埼玉服务站开到东京，他一路上不知把这件事说了多少遍。

"没想到你看见小孩子被车撞会冲过去救啊，哇，真是开眼界了。

"不过话说回来，那小孩爸妈的态度也太过分了。你把孩子送回去，他们连句谢谢都不说。"

"因为他们没看见当时发生了什么，那也不怪他们。"我淡淡地回答着，实际还有点反应不过来。在我想象中，我毕竟救了他们的宝贝孩子，那对父母不是应该高兴得哭出来，连声高喊"你是我们的救命恩人！"恨不得紧紧抱住我才对吗。我甚至准备好了"没什么，这是我应该做的"这句台词。

可是，当我压抑着兴奋把孩子带回去时，可能因为孩子突然大声哭号起来，那对父母表情呆滞，甚至流露出了怀疑我把孩子弄哭的神情。连那句"谢谢"都明显不带有感情。

后来，是中尊寺敦出来救了场。"你家孩子刚才可危险了，突然跳到车子前面去，还差这么一点就要被撞上，得亏让我们救了下来。"

那个"我们"略有点抢功劳的感觉，不过多亏了他有力而夸张的解释，那对父母才总算明白过来发生了什么事。同时，孩子也渐渐停止哭泣，哽咽着说明了情况。直到那时，他们才总算完全了解了事态。"你救了我们的孩子，怎么能就这么走掉呢，请务必接受我们的感谢。"他们转而热情地步步紧逼，我借口有急事想走，他们还提出，"那请你留下姓名和住址。"

我当然不能透露个人信息，只能想尽办法脱身，回到车上时，我已经彻底没有了救命恩人的感觉，反倒像个逃犯。

我们从新东北高速一路开到新久喜白冈连接点，随后驶入新圈央道。

"好像出大事了。"

"啊？"追上来了？我忍不住看向后方。

"不是啦，我是说最近的新闻。导航上不是有新闻画面吗，一群手持斧头的人群起袭击汽车，导致车里的人受伤了。"

因为切换到了自动驾驶模式，导航画面下方出现了文字新闻。中尊寺敦双手离开方向盘，凝视着那些文字。

虽不知是抢劫还是什么原因，不过想象到一群手持斧头的人，我还是感到了超脱现实的恐惧。

"有空追我们，不如去把他们抓起来，真是的。"

我依旧把所有精力都花在了克服乘车的恐惧上，由于全身紧绷，光是坐着也觉得四肢疲惫不堪。

我的高度紧张并没有缓和，眼前却突然冒出了小学时经历的恐怖画面，仿佛重新回到了夺走我一家的死亡螺旋中，只得拼命摇头，甩掉那些记忆。不要思考，绝对不能思考，想着想着，我就睡着了。不知过了多久，有人拍我肩膀把我叫醒。

"到了吗？"我猛地坐直身子，同时发出响亮的声音，显然还没清醒过来。

"到什么啊？"

"什么到什么，目的地不是八王子吗？我们到了？"

都说了不能到河里去。

我们的目的地应该是中尊寺敦通过《奥斯倍尔与大象》中这句话回忆起的八王子的民宅。他说那里住着一位老奶奶。

我环视四周，这里是个宽阔的停车场。车子似乎已经驶出高速，附近能看到住宅。见到总算停了下来，我不禁松了口气。

"呃，那条河在哪里？"

"别问我啊。"中尊寺敦一脸严肃地说。

"那要问谁？掉进河里的人是中尊寺敦先生没错吧？"

"我跟寺岛是迷路了才跑到那个地方去的。迷路的结果，我怎么可能记得呢。"

他胸有成竹地这么一说，我只能用叹气回答了。

"你呼呼大睡的时候，我也循着记忆四处看了看，最后发现绝不可能像过去一样按照同样的路线再迷路一遍。看来是我太天真了。"

"你连那是哪条河都不知道吗？"

他为了想起当年的景色，边开车边把八王子附近的山川都检索了一遍。"我觉得应该是与多摩川合流的某条河吧。"

"这是哪里？"

"高尾山遗址停车场。"

"要是到了那个地方，你能认出来吗？"

"你只需要问问题，肯定很轻松吧。"中尊寺敦说完便从兜里掏出通用机操作起来，"我在以前的图像文件夹中检索，找到了当时的照片。"

"什么照片啊？"

"迷路的纪念照。背景里有座房子，我们就要去那儿。"

我看了一眼画面，背景中的确有一座独门独户的房子。那是一座木造住房，顶上铺着瓦片，这种外观很是罕见。房前还站着三个人。"这是你掉进河里的纪念照吗？"

照片里的中尊寺敦跟现在几乎没有变化，应该说，他无论过去还是现在都看不出年龄，很难说是现在显年轻还是年轻时显老。一眼就能看出照片上的他头发都湿透了。他旁边那个就是寺岛寺生。我在新干线上见到他时，几乎没注意他的脸，不过在新闻上看到过。

"是这个老太婆——"中尊寺敦说完又改了口，"是这位老奶奶提出要拍照的。"

"为什么啊？"

"她说要留下回忆。"中尊寺敦苦着脸说，"根本不管我愿不愿意，就拿出相机拍了。"

我再仔细看那张照片，两人中间站着一名女性，脸上挂着满意的微笑。一直听中尊寺敦说老奶奶，我还以为她会有一张宛如古树的脸。"好年轻啊，当时她多少岁？"

"谁知道呢，应该过花甲了吧。"

"看起来不像那个岁数的人啊。"那名女性腰背挺直，姿势良好，微笑的嘴唇间露出的牙齿也整齐漂亮。身边两个年轻男人一脸困惑，她还能游刃有余地露出微笑，真是了不起。如此想着，我忍不住"啊"了一声。

"怎么了？"

"啊，没什么。"

"哦，原来如此。"中尊寺敦点点头，似乎理解了我的反应，"你是不是在想：那个时候已经过了花甲，现在应该挂了吧？的确有可能。不过最近长寿老人轻轻松松就能活过一百岁，再加上她一个人在深山里过着没有压力的生活，搞不好到现在还活着呢。"随后他又说："更何况寺岛留下信息叫我到那里去，就算老奶奶不在，去了应该也有点意义。"

"不，我不是说那个。"我感到自己的心跳越来越快，"我想她应该还活着。"

"你说啥呢，难道会看相？"

"不，我认识这个人。"真的吗？我仿佛听到脑中也传来了疑问的声音。

"什么鬼，你认识这老太婆……老奶奶吗？"

"这个人叫世津宫子。"

"嗯？那是谁？"

"绘本《我是麦麦》的作者。"我小时候非常爱读这一系列绘本，可以说直到现在它都陪伴在我的左右。我对绘本感情很深，当然也很关注作者。凡是网上能看到的采访，我全都看过了，而且去参加过唯一一次读者签售会。那次我很担心周围会不会都是小孩子，结果去了一看，发现那里聚集了从小孩到大人，可谓遍及各个年龄层的读者，顿时松了口气，但同时又大失所望，因为我原来不是最特别的人。"我觉得这人就是她。"

"绘本作者？"

"《我是麦麦》的作者。中尊寺先生刚才不是说，自己小时候也读过嘛。"

"小孩子不是都读那个嘛。"

"这就是那个的作者啊。"我的音量自然而然地变大了。万万没想到会在这种地方跟世津宫子扯上关系。

中尊寺敦好像还没完全理解事态，定定地看着自己通用机上的照片。"不过这种时候说这种话可能有点那个。二十年前《我是麦麦》早就问世了吧，当时她完全可以坦白自己就是作者啊。"

"其实没必要说吧。"虽然与原作无关的原创剧情动画和电影作品还在陆续问世，但是新作品已经很久没有出现了。虽说举办过一次签售会，那也是为了纪念收录所有作品的绘本特辑出版。"或许她本人已经是隐退的心境了。"

"如果她是绘本作者，肯定超级有钱吧。但我们看到的却是深山里的旧房子啊。"

"每个人花钱的方式都不一样。"我如此回答，突然灵光一闪，又"啊"了一声。

"你又怎么了？"

"我可能知道啊。"听见这句喃喃自语时，我才发现自己说话了。

"知道什么？"

"世津宫子很久以前给新闻网站写过随笔。"

"随笔？"

"就是散文。"

"散文？"中尊寺敦一脸还想再问的表情。

"她提到了自己搬家来到的新地方。当时说的就是从东京都内搬到这一带来。"

"这一带？"

"就是我们所在的地方。她还详细描写了从那座房子里看到的景色，而且每天散步回家还会路过一尊地藏。"

要问我为什么连这种细节都记住了，那是因为读到随笔时我特别兴奋，觉得按图索骥就能见到自己敬爱的作家了。她对附近的描写就是如此细致明确。可我当时并不知道真的见到她了要怎么办，要对她说什么，当然也没有条件去寻找那尊地藏，于是便不了了之。尽管如此，我还是对那篇随笔印象深刻。

"如果是散步经过的范围，那座房子可能就在地藏附近。"

"对啊。"

"地藏在哪里？我们这就过去。"

"那我还真不知道。"

"喂喂，那你要我怎么办，你在逗我玩儿吗？"

"只要看了那篇随笔，就能找到大致的地方。"

"去哪里看？用通用机很难检索新闻网站的过往文章，只能再找一个检索代理人。"中尊寺敦转身要走回车上。

"那个啊，"我说，"要不我找朋友问问？"

"朋友？什么人？"

"她叫日向，是跟我交往了五年的女性，"我解释道，"她是图书馆的司书[1]，应该能在上班的地方检索新闻报道。那个，能把通用机借我用用吗？我试试联系她。"发送消息或语音通话可能会暴露发信位置，不过我猜，中尊寺敦应该对自己的通用机做过手脚。

"那倒是可以，不过你这样不会有危险吧？"

"啊？"

"你正在被警察追捕，其中还有一个是你同学。"

"我只是被卷进来的无辜群众。"不过是给你送了封信而已。

"不管怎么说，你女朋友恐怕早就被盯上了吧？还有你家和那位日向小姐家应该都被搜查过了。要是毫无警惕地联系她，可能会马上暴露。"

---

[1] 日本图书馆员的专业职务。

这我当然也考虑过了。"应该没什么问题吧。"但我还是这样想，"因为我们的关系几乎没有公开。"

"没有公开是怎么回事啊？"

"没人知道我跟日向在交往。"因为我没有家人，也没有朋友，连爱去的饭馆都没有。我定期前往的地方顶多只有理发店，而且在那里从未提起过日向这个人。"她也是从小父母双亡，几乎没有朋友。"

"还有这种事？"

"这种事是什么事？"

"你和女朋友都没有家人、没有朋友？这是凑巧？竟然会有这种巧合？"

"我觉得这并不奇怪呀。刚才我不是跟你提起过被计程车撞的事情嘛。"

"你昏迷那个？"

"当时日向就在车祸现场附近。因为她碰巧在那里，帮我叫了救护车，还一直在医院照顾我。后来我们就好上了。"

"附近碰巧有个好心人，真是太好了呀。"中尊寺敦好像在调侃，但我没空理睬他。

"总之只能问问日向了。"

我开始操作通用机，倒也不是因为赌气。输入熟记于心的号码后，听筒里传来呼叫音。

"要是感觉有异常，就马上中断通话。"

中尊寺敦在旁边耳语，我点了点头。我刚才虽然说我们的关系没有暴露，但也并非绝对肯定。

如果日向一直不接电话，我可能会害怕得挂断。毕竟这个号码不是我的，完全有可能被她无视。然而，她马上就接了。没等那边说话，我便报上姓名："是我，水户。"

"水户君？哎，你怎么了？号码不一样啊，难道通用机丢了？"

"有点原因，正在借别人的用。"

"说来话长对吧。你要我做什么？"

"日向真是太善解人意了。"

"少奉承了，快说事。"

"我想让你帮忙检索一下新闻网站的过往报道。"

"你知道世津宫子吗？"我瞥了一眼忧心忡忡的中尊寺敦，尝试问了一句，"就是创作了《我是麦麦》的人。"

✉

"桧山，你晕车吗？"

前辈坐在八人座的警车驾驶席上对我说。我坐在副驾驶席，尽量对着窗外假装睡觉，以免让人发现我不舒服，不过他还是察觉到了异常。

"不是，以前我出过车祸，所以有点怕车。"那场车祸便是我与正在追踪的水户直正的邂逅，但我没有告诉前辈。

"放心吧，高速自动驾驶的事故率很低。"

"是，这我清楚。"

那场车祸也是高速公路自动驾驶过程中发生的。如今，过去将近二十年了，虽说技术已经进步，但我还是觉得双手离开方向盘的前辈与不停旋转的车中的父亲重叠在一起。我很害怕，仿佛下一秒就要被撞飞，丢掉性命，所以手脚都绷紧了。

"桧山的守法意识太强了。"

刚开始找工作时，朋友曾经对我说过这么一句话。确实，比如求职活动的面试时期，对外发布的解禁日与实际情况其实不一样，我曾经对此耿耿于怀。朋友的语气似乎带有一些嘲笑。

或许，这种意识的深处潜藏着小时候那场车祸造成的恐惧吧。我不知道当时我家的车和水户的车是否遵守了交通规则。只是，那个过程中一定存在着不合乎一般规则的行为，因此两辆车上所有人的人生都被撕裂了。为了不让那种事再发生，我当然要遵守交通规则，也要遵守其他一切规则。

我不认为有什么东西能比法律和规则所守护的秩序更重要，所以等我回过神来，自己已经开始准备公务员考试，立志成为一名警察了。

"现在追过去能赶上吗？"后面有个调查员说，"那两个家伙也在不停移动。"

"就算赶不上，也得去看看啊。"另一个调查员理所当然地说。

"不过话说回来，水户直正和那个中尊寺敦究竟是什么关系？"

"现在还没确定那就是中尊寺敦吧？"

"从情况来判断，基本可以断定了。"

监控摄像头拍到了寺岛寺生和水户直正在新干线车厢内接触的画面。那个水户直正为什么会参与进来？我百思不得其解。而且水户直正在到达仙台后突然行踪不明，没有被任何摄像头和传感器感应到，这更让我震惊不已。

水户直正并非一个人行动。

通过仙台纪念公园的检索代理人的证词已经判明了这点。他还说："跟他一起的另一个人更像是领头的。"检索代理人虽然是个不懂礼貌的年轻人，但胜在记性好。他详细描述了同行人的特征，结果中尊寺敦这个人就浮出了水面。

他以前是研究者，目前基本算是无业，曾经与寺岛寺生同在一所大学。得知这一信息，调查员们顿时沸腾了——"就是他！"从情况来判断，此人必然与本案有所关联。很快，警方就对中尊寺敦大学时期的同窗展开了问讯，发现他几乎没有关系好的朋友，几乎只能听到"中尊寺敦人缘很差"这个说法。尽管如此，我们还是打听到此人上学时曾经黑进大学的通信网络，并篡改过成绩。还有好几个人说，那人要想不被监控摄像拍到，恐怕是易如反掌吧。没花多少时间，我们就确认了寺岛寺生与中尊寺敦在同一个研究室待过。

"也就是说，寺岛寺生对中尊寺敦送出了某种信息，而负责传送信息的人，可能就是水户。"

这样就能说通了。水户有可能只是无意间被卷了进去。

但我还是不明白水户直正为何与中尊寺敦共同行动。中尊寺敦带走他是为了榨取利用价值吗？还是通过欺骗或诱导，让不明就里的水户直正跟着他走了呢？

现在已经证实监控摄像及通用机信息派不上用场，我们只能靠一般用户在网上的发言来追踪两人从仙台纪念公园开始的行迹。我们不仅用电脑自动检索相关的关键词，还对全网数量庞大的一般用户发言展开了地毯式搜索。

很快，我们便发现了东京都内刚刚发生的一起事件。环绕二十三区的环线上发生了追尾事故，结果在车内找到了几个手脚被束缚的人。由于乘车人大多已经身亡，因此无法判明他们是被绑架到车里，还是出于别的原因。另外，我们还查到了手持斧头袭击过往车辆的团伙。

"斧头啊……"一个调查员说，"Oh...no...[1]"他的冷笑话换来了几个假笑。

难道跟水户他们有关？我试图查找详细信息，但一无所获。

找着找着，我发现正在热议的话题里出现了一则发言。那是一段以"救人""暖心""戏剧性瞬间""高速服务区""埼玉""救命恩人"为关键词的视频。

视频拍摄到了有人在服务区停车场救人之后的光景，拍摄者当时正与朋友一起拍摄服务区的纪念视频，碰巧遇到了那个瞬间。画面一角似乎拍到了从皮卡车底下救出孩子的男性，那人便把视频放大剪切

---

[1] "斧头"日语发音为"ono"，与"oh no"相似。——译者注

后发到了网上。

　　一边在发生着人被捆在车里丧命和人拿着斧头袭击他人的案件，一边又能看到救人一命的瞬间。在原因不明的可怕案件发生的同时，一个孩子经历了九死一生的境遇。网上许多人都在为视频点赞，同时发表着这样的感慨。

　　视频里的男人把孩子交到父母手上，看到那张脸，我顿时停止了呼吸。

　　是水户。我全身僵硬，连声音都发不出来，过了好一会儿才高声汇报："那家伙乘车往东京方向去了！"

　　无论水户要去哪里，我都能发现他。我不受控制地就是会发现他。我甚至感觉，就算我闭着眼随手一指，也能指到水户所在的方向。

　　我浑身一震。

✉

　　经过五年的交往，我其实隐隐察觉到，日向是个很优秀的人。我明明没有详细说明情况，她却绝不做多余的追问，很快就找到世津宫子的随笔文章，给我发了过来。

　　"那女的能信任吗？"中尊寺敦看似大大咧咧，实际好像很在意日向。

　　"什么意思？"

　　"我听了你跟那女人的邂逅故事，总觉得有点不自然。她看到你出车祸……"

　　"我被一辆计程车撞到了。她当时正好在附近，就陪我到医院去了。"

　　"哪儿能有这种好事？要是你跟那女的坐在一辆车上出了车祸，这样说我倒还理解。"

我正要反问他什么意思，眼前突然浮现出坐在汽车副驾驶席上的日向。她在我旁边，换言之，是我坐在驾驶席，握着方向盘。

我在开车？光是想想我就感到浑身颤抖，双脚发软。

"你能开车吗？"

"都这么久了，应该没问题。"

我仿佛听到这样的对话，忍不住摇摇头。这到底是什么幻觉？

我慌忙把注意力重新集中在通用机收到的信息上。

内容基本与我的记忆一致。世津宫子用不经粉饰的文字讲述了自己从东京都内的公寓搬出来，正在烦恼要不要离开东京住到外地去，碰巧有个朋友给她介绍了八王子的旧房子，她一见钟情，当场就定了下来。那里有山有水，虽然多少有些不方便，但能够让人过得异常安稳。然后，她还描述了每天散步看到的风景，以及每次都会路过的地藏石像。

"她这样写自己家周围的样子，简直像在邀请别人找到她家啊。"中尊寺敦看完文章，有点无奈地说，"太不小心了。"

"如果是拥有狂热粉丝的歌手和演员也就算了，应该不会有人拼命想找到《我是麦麦》的作者住在哪里吧。"就连对绘本爱得死去活来的我，最终也没有付诸行动。

当然，文章里虽然写得详细，但毕竟没有附上地图，要找到具体地点还需要进行一定分析，于是我们在通用机上调出地图，一边确认方位，一边参考中尊寺敦的记忆。

随笔讲道："清晨，对面山头的通信天线在太阳底下投下阴影，看起来就像婆婆正在监视我，总会让我吓一大跳。"于是我们查找了附近通信天线的位置，进一步缩小范围。三十分钟后，我们锁定了中尊寺敦所说的"基本上搞清楚了，要么是这里，要么是这里"，打开了车上的路线检索界面。

我们顺着没有铺装的土路前进，发现一座几乎要坏掉的桥，过去之后便进入了狭小的山路。接着，我们沿着平缓螺旋状的小路一路下山，来到一条与河流平行的路上。由于这条路过于弯曲不能使用自动驾驶，中尊寺敦便亲自握住了方向盘，然而他的车技很难说得上平稳，加之我光是坐进车里就恨不得昏厥过去，此时更是又到鬼门关走了一遭。等他停下车说"大概是这附近"时，我打从心底里感到了救赎。

我不得不先在座位上调整一会儿呼吸，好不容易从车里爬出来，却找不到先下车的中尊寺敦，顿时慌了神。我很怕一跟他分开就被警察发现，呼啦一下被包围起来。

我们把车停在了山路旁边，再往前开是一片树林，沿路走下去便是河边。

"喂，你看，真的到了。"中尊寺敦本来蹲在河边洗手，见到我就站起来高声说。

"是这里吗？"

"这可真是太牛了，二十年一点变化都没有。"

"哦。"

"我们无所事事地生活在这个世上，这条河的水却时时刻刻在奋斗呢。"

河水的流动能叫作奋斗吗？说不定河也只是无所事事地流淌着呀。

"你看那边。"他指着一个方向，果真有一尊地藏。就在这时——

"哎呀。"背后突然传来另一个声音，让我吓了一跳。

我以为是警察，很害怕转过头去会看见黑洞洞的枪口，结果心惊胆战地转过去，却看见了一个将白发扎在脑后的女人在微笑。

"怎么，你又来掉河里玩儿了？"

没想到竟然会有这种事。我端端正正地坐在日式房的坐垫上，凝视着主人端来的咖啡，感觉像在做梦。

《我是麦麦》的作者近在眼前。"你怎么不说话，不是粉丝吗？"中尊寺敦戳了我一下。

于是我张开嘴，但是说不出话来。"您邀请我们到你家……您家……府上……"好不容易挤出几个字，却支离破碎，不成句子。

"原来您是宝贵的读者啊。多亏了各位读者，《麦麦》才能成为这么受欢迎的儿童节目，实在是太感谢了。"世津宫子这样说。

如果资料公布的年龄无误，那她应该九十多岁了，可是她腰背笔挺，皮肤色泽良好，看上去很显年轻。现在无论男女，有很多人都以抗衰老为目的进行保养，所以越是高龄人士就越难判断实际年龄。但是话虽如此，她的外表看不到人工除皱或紧皮的痕迹，白发和脸上的皱纹都很自然。然而，她本身却散发着精力充沛的年轻女性的气息。

"您真的是世津宫子老师吗？"

"你怀疑啥呢，明明是你看着照片说就是她的呀。"

"因为实在太年轻了。"

"那我真是太高兴了。"她大大方方地说，"因为我这个人一直保持老样子没有变啊。而且母亲——就是我婆婆，她以前可精神了，我也得时刻打起精神来才能应对，根本没时间变老。"

我不知如何应答，便含糊地摇着头，嗯嗯啊啊地应声。

"你们可能没什么感觉，不过啊，婆媳关系可是很棘手的问题。在昭和泡沫时代，核武器问题、婆媳关系和西武狮队太强可是并称三大难题呢。"

"原来是这样啊。"我没有尽信，但是依旧没有完全接受自己憧憬的对象竟然就在眼前说话这个事实，便这样说道。

中尊寺敦可能听出了那是个无聊的玩笑，便哼笑一声。"老奶奶说的笑话也好老啊。"

"也不知道是谁掉进水里让老奶奶给救起来了。"她干脆利落地回击。

中尊寺敦苦笑着挠了挠头。"今天给你带了个忠实粉丝来，你给他签个名吧。多亏了他我才找到这里。"

我可不想被当作纠缠不休的可怕私生饭[1]，便拼命解释我以前在新闻网站上看到她写的搬家随笔，里面的描述实在太细致了，按图索骥竟然真的找到了这个地方，关键在于我们并不是纠缠不休的可怕私生饭。

我实在搞不清楚她究竟有没有听见，便说了一声："那个，您怎么了？"这时她才眯起眼睛应了一声："啊……"

"那篇文章啊，真让人怀念。我毕竟是个好心肠的人，所以想把自己住的地方告诉妈。这就是所谓的武士柔情吧。"

"妈？武士？告诉她是什么意思？"

"就是我婆婆。丈夫去世后，我一个人搬到了这里。"

去世这个词她说得非常快，仿佛优哉游哉地观看景色会抑制不住感情，所以加快脚步走了过去。我一直都是独居，所以很难想象常年一起生活的人突然从世界上消失是件多么可怕的事情。

"因为我没把地址告诉妈。"

"也就这么回事啊。"中尊寺敦拿起杯子喝了一口。

"这么回事？"

"所谓婆婆，不就是以丈夫为前提的母亲吗？要是维系两边的丈夫不在了，那两者跟陌生人没什么两样。"

"那倒是不能都这么说。"世津宫子纠正道，"我和妈的关系比较特殊。"

"是关系不差吗？"

"很差啊。"她像二十几岁的年轻人一样愉快地笑了起来，"但是

---

[1] 私生饭是艺人明星的粉丝里行为极端、作风疯狂的一种人。——编者注

已经超越了差的范畴，还是不要靠近彼此为好。"

"那是什么意思？"超越了差的范畴？

"如果离得太近，就会一直起冲突，总是疑神疑鬼，暗中较劲，背地里使坏，或是被对方暗算，彼此怀疑。"

"你们这是打的什么仗啊。"

"真的很不可思议。心里明知道说这种话一定会让对方生气，一定会破坏气氛，可还是会说出来。道理和理论全都不管用，感情却不受控制，真的是互为天敌。"

天敌，这个词我最近听到过。想到这里，我听见中尊寺敦说："天敌啊，就像老鼠见到猫，蚜虫遇到什么瓢虫。"

"你们听过山人与海人的故事吗？"世津宫子又说。

"山人？海人？"我反问了一句，中尊寺敦却说："哦，你是说世界上存在着继承了山人血统和海人血统的人那个吗。"

"没错。我听保险推销员说起这件事时，心里还有点半信半疑，但是过了二十年，我发现那个故事真的在各处都有流传。有人说濑户内海的某座岛跟山人海人有关系，还有人议论这个传说与某部人气漫画的关联。"

"那不就是经常听见的都市传说嘛。山人跟海人一碰上就没好事，一些历史事件也跟这个有关之类的，你真的相信？"

"我跟妈的相性就是差到让我忍不住相信。"我真搞不懂她的话里到底有多少是玩笑。"另外还有见证山海之争的裁判。"

"裁判？ Referee 那个裁判？"

"扯上这个就真的太假了。"中尊寺敦已经不再认真听这番话，可我却感觉脑子里冒出的桧山越变越大。

"所以我搬家的时候也特别烦恼，最后还是没告诉妈。反正那也不会产生什么影响，工作可以靠邮件来沟通嘛。毕竟已经不像以前，现在就算距离很远，也有很多办法交流。"

"工作？"

"负责画画的是妈。"

"啊？"我忍不住惊呼一声。

"妈负责画画，我负责写作，一直都是两个人合作完成的。咦，这件事我没说过吗？"世津宫子显然在装傻。我从未听过《我是麦麦》是两名作者合作，而我对《我是麦麦》的关注异于常人，要是连我都不知道，这个信息恐怕完全没有公开过。

"两个面都不能见的天敌合作绘本，这到底是哪门子玩笑啊？"

"这不是很好吗。对外一直由我出面，所以人们可能以为是我一个人在创作。"

"我真的这么想。"

"争斗不会消失，我们只能从中找到和平共处的方法。这就是我们的实践。"

我想起了绘本上的话。麦麦说："我明白你们想争斗的心情，可是，最好不要争斗。"原来这竟是两位作者的真心话。"那后来之所以没有出新书……"

"因为画只能让妈来画。"听一个九十多岁的老人淡淡地谈起比她年龄更大的人，让我感觉自己跑进了错觉画中。时间和年龄的壁垒消失，再也分不清前后左右。

"那是什么感觉？"中尊寺敦冒冒失失地问了一句。

"什么？"

"天敌死去的感觉。"

世津宫子呵呵笑了一声。"很寂寞啊。"

"我看你也没有很寂寞的样子。"

"实在太寂寞的时候，不就只能笑了吗。妈以前提到人寿保险时曾经说过：'太不吉利了。保险不是以死为前提的东西吗？'"

"人就是以死为前提活着啊。"

"就是啊，可是听妈那样说，总觉得她不认为自己会死。结果呢，还不是死了。"她又呵呵笑了一声，"我心爱的丈夫也去世了，现在只剩我一个人。不过那倒也好，生活安静了不少。"

"我们跑来打扰您安静的生活，实在是对不起。"

"没关系，没关系，偶尔有点变化也不错。"世津宫子说完，又若无其事地补充道，"反正也不是完全出乎意料。"

中尊寺敦眉毛跳了一下。"那是什么意思？"

"什么？"

"你知道我们会来？"

他可能担心我们的信息泄露了，有人能够掌握我们的行动。事实上，我也忍不住疑心这座房子里可能藏着警察。

"你别露出这么吓人的表情嘛，又没有人追过来。"她平静地说着，似乎已经猜到了我们的情况，反倒更让人紧张。

"稍等一下哦。"她说完便起身离开了。她灵巧的动作让人难以相信这是个九十多岁的人，我不禁怀疑她其实是世津宫子的女儿。

我和中尊寺敦被留在客厅里，面面相觑。

"寺岛先生为什么叫你到这里来啊？""你这个小粉丝肯定高兴得要升天了吧。"

我们同时开了口。

"也对，手忙脚乱的差点给忘了，我们是因为那家伙留下的信息才跑到这里来的呀。"

我们从《奥斯倍尔与大象》最后一行的"都说了不能到河里去"联想到了八王子深山的这个地方。

外面传来缓缓走下楼梯的声音。因为她精神矍铄，我一时没有想到，那个年龄的人上下楼梯应该比常人更危险才对。于是我慌忙站了起来，然而世津宫子已经捧着一个小盒子回到了客厅。

"你们要找这个对不对？"她把东西放在地上，那是个看起来有点像保温盒的机器。

中尊寺敦手脚并用地爬过去摸了摸。"好老的电脑啊。"

他打开貌似上盖的东西，里面出现了一个键盘。

"他大约半年前把东西扔在这里就走了。"

"扔在这里？谁啊？寺岛吗？"

"就是当时跟你一块儿来的那个，认真老实的小伙子。"

"寺岛先生来过这里吗？"

"对，突然就冒出来了。他好像花了很长时间在附近转悠，好不容易才找到了这个地方。他说打听到了给我送食材的店，才找到这里来的。不过啊，二十年不见还是一点都没变。"

"什么啊。"

"一个认真谨慎，一个莽撞凭感觉。一个不可能掉河里，一个看着就容易掉河里。二十年前到现在，一点都没变。"

"喂，喂，别以为自己是个老奶奶就能说别人坏话好吗。"

"这可不是坏话，掉河里那件事又不是我编的。"

"是寺岛先生放下了这台电脑吗？他说什么了没？"

"没说。"

"什么都没说？"

"他突然冒出来说，好久不见想来看看。而且他好像知道我的工作，还管我要签名，不过我觉得那明显是撒谎，太明显了。因为不知道他想干什么，我就假装信了他，结果在我泡咖啡的时候，他说车门忘锁了，一直在房子里外走来走去。我猜他可能是小看了我这个老人，其实我对别人不自然的行为很敏感。所以我一下就发现他在二楼壁橱里藏了这个东西。他可能觉得我都这个岁数了，很少会上二楼吧。"

"他一声不吭放下就走了？他这样到底要干什么啊？"

"他可能想，等我找到这里来，肯定会到处搜索一下，自己找到吧。交给你那封信也一样。总之，那家伙就是想尽量减少提示，但还是能把我引导到这里来。"

"要是我死了，不知他会做何打算。"

"他就是赌了一把呗，换我也会赌。因为不管怎么看，你都能比我活得长。"

"我看你也挺有潜力。那个人走后，我一下就找到了这东西。想瞒着我做这种事，太天真了。于是我就想，下回你可能会来拿走这东西。"

"你直觉真准。"

"因为我在特殊组织工作过。"

"好无聊的玩笑。"中尊寺敦嘲讽道。

我盯着那台电脑看了好一会儿。"这里面可能藏了东西吗？"

"有可能。"中尊寺敦说着，未经同意就四处寻找起插座来。

我们擅自跑过来，又到处乱窜忙自己的事情，我正想对世津宫子道歉，却发现她抱着双臂露出了微笑。"让我想起了现役时的感觉。"

✉

"请问，您不再出书了吗？"

"书？"

"《我是麦麦》的新书。您已经好久没出新书了。"

听了我的话，她才反应过来。我又说："您刚才不是说，您母亲去世了吗。"

"哦，你说那个啊。我说的现役不是绘本，而是之前的工作。"

"之前？您是做什么的？"

"之前是家庭主妇，再之前是间谍。"

听到世津宫子的玩笑，忙着敲键盘的中尊寺敦轻蔑地哼了一声。他不知什么时候就擅自连上了客厅的屏幕，画面上显示出某种文字。

我呆呆地看着中尊寺敦咔嗒咔嗒地敲键盘，时间不知不觉过去了。

世津宫子拿了一把餐椅过来坐下，一脸看戏的样子盯着中尊寺敦，突然说了一句"对了"，似乎想起了什么。"刚才我在新闻里看到，东京那边发生了很严重的事件。"

"严重？"

"一群拿着斧头的人袭击了一家人旅行开的车子。"

"哦，那个新闻啊。"斧头和家族旅行，我至今仍不能完全接受这样的组合。

"被袭击的车牌号都是西区的吧？"

"西区？"

"东西对立这种事情早就应该在昭和时代终结了。这还多亏了小戈巴 [1]。"

"小什么巴？"

"听说不久前出现了有人往河里倾洒细菌的传闻，一些东区市民认为，那是东京都西区的市民所为。"

"二十三区还分东区西区吗？"

"在地理上当然分了。总之有人发怒了，声称要复仇，于是开始用斧头袭击汽车。这种事画成绘本恐怕都不好卖。"

"那是真的吗？"

"很蠢，对吧？只是，对立永远不会消失。只要和平状态持续一段时间，总会有人冒出来在地上画条线，然后这样说：'这条线另一边的人是敌人。我们要守卫我们的领地。'"

"这种事有意义吗？"

"就跟刚才讲的山人和海人的故事一样。说故事的人还告诉我，对立能够使人进步，而风平浪静的状态不会发生任何事情。只有发生

---

[1] 世津宫子对戈尔巴乔夫的昵称。——译者注

冲突，才能引发变化，有了变化，人才会进步。"

对立，这个词闪过了我的脑海。那个犹如伤口结痂一般粘连的形象，当然就是桧山景虎。

这就像搅动烧杯。维持现状和内化才是真正的恶。不破不立。

我想起了综合学校毕业前，跟桧山景虎在教学楼屋顶上的对话。

"为了制造对立而在河里投放细菌，这种假消息是谁传出来的？"

"搞不好并没有人真的拿斧头去袭击别人。"

"什么？怎么回事？新闻上不都报道了吗？"

她定定地看着我问："你觉得真实发生的事情能上新闻吗？"

"我认为的确有的事情没有到上新闻的程度。"

"不是说那个，我的意思是：就算实际没有发生过，一旦成为新闻，可能就变成了实际发生过。"

"那顺序不是反了吗？"我无法理解。

"也不是一定要遵守顺序啊。当然了，这种暴力事件无论什么时候都会发生，因为只要没人去管，人与人就会相互冲突，就像失手掉落的东西会自由落体一样。"

"那个，其实——"我忍不住说，"我有个认识的人，我们俩无论如何都合不来。"

"哦？那你们说不定就是山与海的关系哟。"她明显带有调侃的语气。

但是我笑不出来。

我和桧山景虎的关系，的确可以理解为那个都市传说中互为天敌的关系。我甚至希望如此。

我希望有人说：这不是我跟他的个人性质的问题，而是牵扯到了更为巨大的，类似命运的排斥力，因此毫无办法。"那样反倒能让我好受一些。"

"是什么样的关系？"她可能带着听我发牢骚的心情，可是听我说完儿时的车祸、综合学校的再会，以及新干线上偶然碰到，现在他还以警方身份追缉我的事情，她的表情就越来越严肃了。

由于一直被她盯着看，我有点害羞。

"有点蓝呢。"

"蓝？"

"眼睛，你看我也一样。"我闻言仔细一看，她的眼睛的确带有大海和天空的颜色。"听说这是海人的特征哟。你也有。另外你那个熟人，桧山君？他耳朵大不大？"

"耳朵？"莫非那是山人的特征吗？我开始在记忆中搜寻桧山景虎的脸。"好像是有点大。"

世津宫子点点头。"说不定真的有可能啊。"

"那个，这就是说，世津宫子老师跟我是亲戚吗？"假设真的存在海人这条血脉，而我们又都存在其中，那不就跟亲戚一样了？

"应该没有近到可以成为亲戚，不过一直回溯上去，说不定我们的祖先是一个人哟。比如回溯到原始时代。"

"哦……"我没什么感想，还觉得如果回溯到原始时代，那全世界的人都有关系啊。

"你身边有裁判吗？"

"裁判？"

"刚才不是说了，我身边有个保险推销员，是他把山人与海人的故事告诉了我。"

"他还会判定胜负吗？"

"他不会支持任何一方，只在旁边观战。"

"那种裁判要来干什么？"我越来越无法理解。

"如果你跟他被卷入了山与海的对立，那身边出现裁判也不奇怪。"

"我没什么熟人。"

"就算不熟，或许也会有人在你身边转来转去。裁判这个角色啊——虽然不知叫角色是否恰当，总之他会同时拥有山与海的特征。也就是泛蓝的眼睛，还有大耳朵。那人会有一只蓝眼睛和一只大耳朵，反正来找我的保险推销员就是这样。"

啊，我忍不住轻呼一声。

"水户君，你眼睛是蓝色的呢。"

我想起日向以前这样说过。她先指了指我，又指了指自己的右眼。"我只有这边是蓝色的。"因为人体意外地并非左右对称，所以我当时没有在意。日向是裁判？想到这里，我不禁感到一阵发冷。"可是，那个卖保险的人是男的吧。"

"你想到什么人了吗？裁判不一定是男性哟。"

"呃，可是……"

"他们从很早很早以前，就在不同的时代、不同的地点观察着山与海，说不定这跟年龄和性别都不相关。"

"不相关……"

我回忆起自己跟日向开始走到一起的时期，是那场事故。五年前，我被一辆计程车撞到失去意识，还被送进了医院。

"必须小心的是——"世津宫子补充道，"如果保持对立，就会渐渐演变成为了对立而对立。"

"为了对立而对立？"

"故意曲解事实，在本来不需要对立的方面针锋相对，你一言我一语，矛盾渐渐升级。我甚至一度怀疑妈是杀人犯。"

"杀人犯？那是怎么回事啊。"

我以为她在开玩笑，就反问了一句，却看见世津宫子竖起一根手指说："安静。"

中尊寺敦一直默不作声地盯着显示器，由于周围太过安静，我几乎忘了他的存在，不过他只是双手离开键盘，抬起了头。

"有车过来了。"

她说完，窗帘另一头立刻闪出了一片隐隐约约的红光，显然是警车的灯光。

不一会儿，门禁对讲机就响了。屋里的屏幕上映出两名穿西装的男性，他们报出警署名称，还说："北山女士，我们有事想向您咨询。"

世津宫子突然换上了游刃有余的腔调说："哦，有什么事呢？我这就过去。"随后，她把架子上的钥匙圈扔给了我。钥匙圈上挂着《我是麦麦》的主人公图案。"好好听我说话。"

"听？"她要我跟钥匙圈说话？我分不清她是开玩笑还是认真，于是有点手足无措。结果她用下属太笨的眼神看着我，指向刚才还不在她胸前的胸针状物体说："这个首饰里面装了麦克风，跟你手上的钥匙圈是一对，你凑到耳朵边就能听见。"说完，她就走向了玄关。

"喂，水户，外面情况怎么样？"

中尊寺敦敲着键盘说。他操作的键盘十分古老，我只在以平成时代 [1] 为舞台的电视剧里看到过，完全是上个时代的产物。

"世津宫子在外面应付。"

我拿开贴在耳朵上的钥匙圈对他说。

"对方是警察吗？"他盯着屏幕，仿佛在用后脑勺跟我对话。

"应该是吧，正在找我们。"

"他们怎么知道这个地方？"

我捧着钥匙圈，以跪拜的姿势把耳朵凑过去。

"您有什么为难之处吗？"里面传来警察的声音。

为难之处，这个说法也太宽泛了。

"怎么，最近警察都开始关心老年人的生活了吗？"世津宫子一改刚才给我钥匙圈时的干脆利落，换上了更为衰老，或者说与她年龄相符的态度，"如果真要说的话，院子里生了好多杂草，能帮我拔拔草吗？"

"不是说那种事，请问您见过这两个人吗？"另外一名警察的语气有点粗鲁。

他可能出示了我和中尊寺敦的照片。"糟糕了。"我发现自己脱口而出，"怎么办啊。"

"什么怎么办，得从这个玩意儿里找到那家伙留下的答案。"他敲着键盘，画面上开了一个小窗口，细密的文字不断流动，宛如阵阵波澜。

"这是韦雷卡塞里的源代码，就是不知道怎么带走。"

"人工智能那个？源代码是什么？"

"就是程序，程序的内容。"

中尊寺敦盯着画面，那上面罗列着有点像英语文章，或是函数和算式一样的横向字符。那些字符飞快地掠过屏幕，他能解读吗？

"我只是在掌握结构，然后从里面寻找提示，看寺岛究竟留下了什么。"我还没问，他就给出了答案，这让我感觉他也跟人工智能差不多。

"这两个年轻人很危险吗？"世津宫子的声音通过《我是麦麦》的蜗牛传了出来，"看照片只是两个普通人啊。"

"大概早在古埃及文明时期就有这么一句话：人不可貌相。这两个人正在策划很危险的事情。"

"比如说什么危险的事情？"

"要是他们被逼急了，不知道会做出什么事。就算对方是老人。"

"那你们不也一样吗？"

她的应对从容淡定，让我不得不佩服。那是因为她身为国民作品的作者见过很多大世面，还是因为年龄的增长让她变得更从容了，抑或她的性格本身就不容易动摇？无论是我们找上门来，还是警察找上门来，她都丝毫没有表现出惊慌失措的模样。

"老太太，那辆车是谁的？"语气不好的警察问道。从他的语气里，我想象到了肥胖的资深警察。

"啊，欸？那是什么时候冒出来的？"

"是租用车。"

"你去看看。"

"是。"

两名警察这样说道。我对中尊寺敦解释了现在的情况。

"租车的时候我篡改过数据，还伪造了身份，应该不会马上查出是我们。"他依旧盯着画面，飞快地说，"啊啊。"

"怎么了？"

"这个吗？"

"你查到什么了？"我看向屏幕，发现刚才往画面上方逆流的文字已经止住了。

"这东西有自毁路径。"

"自毁？"

"里面被写入了自己删除自己的程序，而且为了不被人发现，还藏得非常深。"敲键盘的声音仿佛多了几分跃动感。

我脑中浮现出儿童动画节目中看到的带有骷髅头标签的按钮。只要按下去，机器人就会被摧毁。"意外地……"我忍不住脱口而出。意外地有点单纯呢。只不过，看到画面上数量惊人的文字列和几乎被数字埋没的这个情况，恐怕要找到那个骷髅头标记这个行动本身就非常困难吧。

"只要把按钮按下去就可以吗？"

"什么按钮？"

"啊，没什么。"

"只要把这串长得离奇的代码输入到控制界面去就好。"

长得离奇的代码？我听不明白正要反问，却听见钥匙圈里传来声音。"北山女士，这辆车有点可疑啊。"那是警察的声音。我已经无法分辨这是有礼貌的警察还是粗鲁的警察了。

"呀，好吓人。"世津宫子害怕地说着，可能因为演技太过，警察追问道："其实人就在您家里吧？"

"我现在是单身，希望你不要对我有情人的事情有什么意见。"她可能走动了，因为我听见沙石被踩踏的声音。随后我又听见世津宫子压低声音飞快地说，"我在这里争取时间，你们用后门的轻便摩托车离开这里。"

我死死盯着《我是麦麦》的钥匙圈。

"喂，外面情况怎么样？"中尊寺敦一边拿出通用机一边问。

"有点糟糕，后门停着一辆轻便摩托车，我们用那个逃吧。"

"等我拍好照就走。"

"拍照？"

"你看，这串代码。"

我看向画面，那里有一串字母和符号，但我不知道是不是程序。中尊寺敦用手圈了两页左右的内容，我猜测他说的代码应该就是这些程序文字。

"这就是让韦雷卡塞里停止运行的魔咒。这么大的量，背下来太难了。"

"可以用移动硬盘之类的拷贝吗？"

"这台电脑太旧了，接口不配套。拍照是最快的。"

《我是麦麦》的钥匙圈传来尖锐的警告："从庭院侵入！"紧接着，外面传来玻璃门被拉开的声音。"啊"，不知是我还是中尊寺敦喊了一声，一个人影闪过，身穿黑色制服的警察已经出现在眼前。

对方肯定十分警惕，但还是吓了一跳，还愣住了片刻。我们都一样。中尊寺敦扭曲地跪坐在电脑前，我猫着腰，警察直立在那里，就像孩子玩的时间静止的游戏一样，全都一动不动了。

不知是谁先有了动作，总之最后回过神来的一定是我。

警察把手伸向腰际掏出了手枪，中尊寺敦似乎不自觉地撑起身子，捧起了电脑。

让我猛醒过来的是一声枪响。

我发出惨叫，因为中尊寺敦竟成了一堆飞溅的破碎零件，我顿时以为他是个机器人。后来我才意识到，破碎的其实是电脑。

中尊寺敦惊愕地回头看着我。

啊，碎了。

他的眼神仿佛在说。

那可是让韦雷卡塞里终止运行的程序。

本来应该小心搬运的脆弱鸡蛋，本来应该为了全世界而孵化的鸡蛋，竟然就这么碎了。

破碎的东西无法复原。

茫然中，我看见警察再次把枪口对准我们。我几乎是连滚带爬地跑了起来。"中尊寺敦先生！"我大喊一声，同时钥匙圈也发出声音："快出去！"

中尊寺敦抱着电脑。那东西被无情摧毁，已经看不出原来的样子了。"它已经没救了。"我提醒他。现在没有余地拿着没用的东西逃跑。可是他喃喃自语道："不行，我需要这东西。"丝毫不愿意把电脑扔下。

又一声枪响。

紧接着传来了强壮投手用尽浑身力量投球的沉重响声。

我浑身一震，双手护住脑袋。

警察大叫一声，中尊寺敦也停下了。

他们——我猛然想到。

他们接受了什么命令？活捉？这么说有点像演电视，不过他们估计想在尽量减少伤害的情况下抓住我们吧，还是说一旦遇到危险情况，就不惜将我们射杀？以常识来判断，我们身上没有武器，就算是犯罪嫌疑人，也顶多是智能犯罪，警察不应该开枪。然而，眼前这个警察的严肃表情却让我很不安。我觉得，如果硬要逃跑，对方可能会让我们负伤到无法行动的地步。

"慢慢转过来。"警察说。

我与中尊寺敦面对着面，战战兢兢地转了过去。

"不准有多余的动作。"

万事休矣。

我举起双手表示投降，中尊寺敦依旧抱着被打碎的电脑，仿佛那是他受了伤的孩子。

警察右手举枪，左手握着一根棍子。那可能是电警棍。我头一次见到真家伙，应该跟泰瑟枪威力差不多。

"不要有多余的动作哟。"

紧绷的气氛突然被一个平静的声音给打乱了。

警察背后出现一个人影，是世津宫子。

警察顿时惊愕不已，同时可能也感到了危险，迅速转过身去。

对方是个年纪很大的女性啊！

如果换作平时，我可能会这样说，然而事情实在发生得太突然，我只能呆呆地看着。

警察转向身后，没有伸出手枪，而是举起了电棍。

"请住手！"我来不及思考，就朝警察扑了过去。与其说我要保护她，不如说我一心想要帮助一直以来拯救了我的蜗牛英雄。

我不知道发生了什么。

我心里一惊，警察的身体已经扭曲，还发出了小小的呻吟。只见他握着电棍的手被世津宫子扭到了身后。世津宫子动作流畅，就像叠衣服一样把警察按倒在地，可是她的动作似乎没用什么力气。

一个老妇人轻轻松松撂倒警察的场景，实在有些失真。

她对上我的目光，朝我摆了摆手，让我赶紧走。

我死命逃出了屋子。本来我想到后门去，却不知怎么走，便埋头往外冲，打开了玄关门。我很担心另一个警察在外面，所以暂时停下了脚步，结果跟在后面的中尊寺敦撞了上来，两个人跌倒在地。

我慌忙站了起来。

我悄悄看了一眼院子后面，发现警察远远站着，见到我们便大吼一声："你们站住！"还冲了过来。

我和中尊寺敦连忙就地转身，就在那时，我听见了响声。于是我再次看向院子，发现世津宫子从屋里跑了出来。无论从体形还是年龄来看，她明显落了下风。何止落了下风，甚至非常危险。

然而，她的动作疾如雷霆，一脚踹起院子里的水桶，凌空抓住，猛地往警察头上一套。于是，警察便成了头顶水桶的模样。

接着，世津宫子朝警察那边一个箭步，宛如长蛇一般缠住了他的身体。不知为何，警察竟脸朝地面倒了下去。

快走啊，她瞪了我们一眼。

我们连忙往屋后跑。

"那个老奶奶是何方神圣啊。"中尊寺敦也绷不住了。

"她是绘本作者啊。"都说以前的九十岁跟现在的九十岁在状态上相差二十岁，但她那个身手还是让我无比惊愕。

我觉得手心有点痛，发现自己还死死攥着钥匙圈。由于太过用力，铁圈都陷进皮肤里了。"中尊寺敦先生，你会开摩托车吗？"

"不知道，应该没问题。"

我拼命摆动发软的双腿跑到屋后，看见黑色的轻便摩托车就停在杂物间旁边。车身的流线型很是漂亮，属于较大型的轻便摩托车，虽然款式有点老，但是保养得像新的一样。

"那东西还能用吗？"我指着中尊寺敦像宝贝一样抱在怀里的电脑，还指望他说能用。

可是他猛地反应过来，把电脑用力甩到一边。"怎么可能，都破破烂烂了。"

我感到脚步有点不稳。"那照片呢？程序拍下来了吗？"屏幕上显示的那一堆文字才是关键。

"还没拍就被打碎了。"

"那……"

"一切到此为止了，可怜的奥斯倍尔，被大象压在身下。"中尊寺敦满不在乎地说着，脸上的表情却扭曲了。

我只能拼命忍住不让自己全身瘫软下来。毁灭韦雷卡塞里的程序在得到记录之前就被消灭了。

我并没有恐惧，只有强烈的失望。我到底是为了什么来到这里？换言之，我尚未能对韦雷卡塞里的恐怖产生实际感觉。

我想起在新干线上只见过一面的寺岛寺生。他拼死托付的东西最终竟未能实现。这种打击对我的影响更大。

"总之快跑吧。"中尊寺敦跨坐在驾驶席上，打开摩托车开关，车身宛如苏醒的野兽般震动起来。

"你怎么有钥匙？"

"我就试着按了一下，结果动了。钥匙会不会在你身上？"

我坐在简陋的后部座椅上，正要回答我没有钥匙，随即想起了《我是麦麦》的钥匙圈。原来这也是车钥匙吗。

一声沉重的巨响，我以为摩托车炸了，结果不是。声音来自背后。应该是倒地的警察胡乱开的枪。所幸他没有打中，可是紧接着又是一声枪响，子弹从我旁边擦了过去。

摩托车开动了。我慌忙抱住中尊寺敦的身体。这跟我们在新仙台的青叶山骑车下山时一样。我紧紧闭着眼睛，任凭自己被向前猛冲的生物拖在身后。

如同猛兽咆哮的轰鸣震动了我的身体。

我明明只想过安稳的生活，为何要沦落到如此境地。为何要破坏我平静的日子？我究竟做错了什么？

"如果不搅动，就无法做实验。"

脑中又响起那句话，然后它就配合摩托车的速度飞快地落在了后面。

这就像搅动烧杯。维持现状和内化才是真正的恶。不破不立。

声音从前方飞速传来，掠过我的脑袋，又向后飞去。

摩托车向右倾斜，拐了个弯。我的身体也倾倒下来，脑中闪过车道前方出现的桧山景虎的身影。

为何争斗不会消失。

那次对话中，他这样说：争斗不会消失，就像风雨不会消失一样。

摩托车左右移动着重心，上了好长一段坡，然后开始缓缓下降。

"我认为，混乱状态是一个人接受最大试炼的时候。"

我听到了别的声音。记忆深处那句话突然苏醒，一开始我以为是桧山景虎，然后发现不是他。是日向。

那是五年前，我因为车祸住院，刚刚恢复意识的时候。

虽然意识恢复了，但是记忆一点都没恢复，我连"自己是谁"都不知道，陷入了深深的困惑。

是她对我说，现在这种混乱就是对我的最大考验。她没有刻意避开陷入了半狂乱状态的我，而是冷静地安抚我。托她的福，我的记忆才像重新连起断裂的线一样，慢慢恢复了。

风声在耳边呼啸，仿佛要打乱我的思考。我突然发现自己没戴头盔，不由得惊恐万分。且不说这样很危险，若不戴头盔，恐怕一瞬间就要被街上的监控摄像头捕捉到。

我们在快要下完坡道的十字路口遇上了红灯，总算停了下来。我趁机问中尊寺敦："现在要去哪里？"然后提醒他："我们没戴头盔，这不太好吧。"

　　中尊寺敦握着车把，一直低着头，我以为他听不见我说话，便提高了音量。"中尊寺敦先生！我们要去哪里？还有，没戴头盔不行啊。"

　　他还是没反应，我有点害怕了，正要从座包上爬下来，却发现他扭过头对我说："有消息。"

　　"消息？"

　　"摩托车的通信器。这个指示灯代表收到消息了。"

　　"谁发的消息？"

　　我问的同时，中尊寺敦已经开始操作。虽然不知道音箱装在哪里，但我听见了一个男性的声音。一开始有点听不清，结果声音突然变大了。

　　"你都多大岁数了！"

　　好不容易到了东京，我本以为要回搜查本部，却接到了命令："桧山，你去那边。"

　　"是。"我话音未落，就被推上了一辆面包车。

　　我很希望上司别再让我坐车，然而无法抗命，只好紧紧闭着眼睛，故意不去想自己在坐车这件事。好在走的不是高速公路。我拼命安慰自己，极力忍耐。

　　等我满头冷汗走下车，发现目的地是图书馆。这里收藏了很多很久以前的纸质书籍，却是一个全面导入了数字设备的机构。图书馆外观如同三根并列的巨大管子，看起来格外新奇，所以这里不仅供人检索信息，还是个有名的观光胜地。

　　"听说这里的职员是他女朋友。"

"谁女朋友？你那个同班好朋友？"

他在说水户直正，而且我知道那是玩笑，可我无法大大方方地一笑而过，而且可能体现在表情上了。前辈说："桧山，你别用这么吓人的表情看我嘛。"

"那个，我对那个……对那家伙真的一点都不了解。"

我不知该怎么称呼他才最合适，因为他既不算朋友也不算熟人，虽然在我看来是个陌生人，但又不像真正的陌生人那样与我毫无关联。

"怎么发现的？"走进图书馆时，我问了一句。入口设有安检门，我们对旁边的保安出示了入馆卡，他就放行了。"那个职员。"

"我们把水户周边的关系彻底查了一遍。不过啊，他这人真是孤独得可以。"

"是吗？"其实我也一样，但我没有说。

"他的交友关系一点都查不出来，又没有家人，父母在他小时候就出车祸去世了。所谓天涯孤独客，说的就是他那种人了吧。"

我也是啊。

"除了做投递员接触的客户和收件人，他好像没有跟任何人接触，所以我都快放弃了，觉得这条线查不出东西来。"

"不过，你的努力最终有了结果。"

"当时他房间的收信机正好收到了通话信息，我一接听，是个女人，于是马上联系上了。她说她在跟水户交往。"

"她是这里的职员吗？她态度如何？"男朋友突然被警察追踪，她完全可能陷入恐慌，或是为了保护恋人，将警察视作敌人，表现出冷淡的态度。

"她可冷静了。那人叫日向恭子。"

"可能暂时有点茫然吧。她有可能配合吗？"

"可能因为我对她说水户直正不是主犯，只是被卷进去的无辜人士，她很快就告诉我水户联系过她了。"

"水户联系过那个人？"可是水户直正的通用机并没有使用记录。

"好像是经过中尊寺敦做手脚的匿名通话。水户请她帮忙找了过往新闻的报道，还要她发过去。"

"什么新闻报道？"

"是绘本作家世津宫子写的随笔。"

"哦？"

"真让人吃惊。"

"他莫非想逃到绘本的世界去吗？"

"我也觉得。"

然而日向恭子却说："他可能去了这位作者的家里。"

"作者家？为什么？"

"她说那个绘本对水户直正非常重要，可能是想去见见作者吧。我们听完觉得不太可能，也就没往心里去，可是看了那篇随笔，我发现上面虽然没有写住址，但有足够的信息可以找到那座房子。"

"所以他就借着文章上的信息去找绘本作者了？"这可不是被警察追缉时展开的行动。

"没错。不过可能性并不是零，所以保险起见，现在已经派地方警察上门查看了。"

我们在宽敞的管状建筑内部笔直前行。通道两端都是检索用的终端，还有使用者坐在貌似很舒服的座位上观看视频。

走进挂着"小会议室"名牌的房间，那个女人——日向恭子就坐在会议桌另一端。

我们一走进去，日向恭子就抬起了头。对上目光时，我觉得她好像笑了一下，顿时感到毛骨悚然，忍不住低下了头。

"你们认识？"前辈可能在开玩笑。

但我还是认真地回答："不，不认识。"

"呃，这位是——"前辈指着我说，"水户直正的同学。"

"嗯，是的。"日向恭子仿佛早就知道一样应道。

"她请我们帮忙找到水户直正十几岁时认识的人。"直到此时，前辈才说明了把我带过来的原因，"好在我们有桧山你啊，就没必要另外找了。"

"为什么要谈十几岁时的水户？"

前辈拿出通用机。他好像有电话，就留下一句："桧山，你跟这位女士好好聊。"起身走出了房间。

会议室突然沉寂下来。

虽然我只是个被归为新人的小年轻，根本算不上资深，但也有过不少跟证人和案件相关人员面对面的机会。有的人难掩心中动摇，前言不搭后语；有的人态度强硬，坚决不开口；有的人刻意讨好，主动把所有事情都说出来。他们基本上可以分为这几类，只是眼前这个日向恭子似乎无法归入任何一类。她很淡定，甚至看不出是否对这件事抱有关注。

"请问你什么时候认识的水户？"我问。

"我对天平的这一侧施与了一点援手。"

我感觉自己抛个球过去，却变成鸡蛋被扔了回来。由于太过困惑，我没接住鸡蛋，脑中冒出鸡蛋在桌子上摔破的景象，忍不住想伸手去擦。

"请回答我的——"我准备再度发问。

"可是不那样做，天平就会倾斜。"她又扔了个鸡蛋过来。

难道她因为打击或紧张而大脑混乱了？还是她原本就是这种答非所问的人？

"你跟水户是一旦靠近就要碰撞的关系。用磁铁来打比方，就是同极相斥。两人的距离一旦缩短，就必定发生争斗。"

"你到底在说——"

日向恭子像宣讲健身俱乐部入会导引和注意事项一样说："世界上有分别属于山与海的人。"她说起这些话来流畅而平淡，让我觉得这是早就熟记在心的演讲。

她讲述了世界上有继承山人血统和海人血统的人，无论在什么时代，两者都注定会发生争斗。尽管那故事听起来就像童话或都市传说，可我始终无法打断她。可能因为她说话的方式，但更可能因为我心中暗怀期待，希望她讲述的山与海的冲突能够解释我跟水户直正的关系。

不喜欢、相性不合、处不来——我对水户的嫌恶与任何一种表述都不太相符，如果说这种感觉与现世无关，而是源自古老的孽缘，我反倒更愿意接受。

"我是负责见证山海之争的人。"

"观众吗？"我毫不客气地说。

"应该说是裁判吧。"

"你身上不会还带着红白旗吧。"

"我没有旗。"日向恭子说着，指向自己的眼睛。她眼睛怎么了？我愣了愣，随后发现她指的那只眼睛跟另外那只不一样，泛着蓝色。随后她又撩起头发，让我看见她一只耳朵比另一只耳朵大。我早就听说人脸并非左右对称，可她的左右脸实在太不对称了，让我不禁有点困惑。"山人与海人一旦靠近就会发生争斗，有时候能分出胜负，有时候会两败俱伤。当然，两者完全可以远离彼此，过着平静的生活，而且这样的人占了大多数，只是其中还是会有一些无论多么注意保持距离，都注定要碰面的人。水户和你就属于那种人。"

"哪种？"

"注定要碰面的人。我之所以待在水户身边，可能也是因为这个。"

她这种说法仿佛裁判不是因为有比赛才出现，而是裁判出现了，所以要有比赛。我指出了这点。

"你很敏锐啊。"她面无表情地说，"其实我也不太明白，只不过，我总会出现在山与海可能发生争斗的地方。"

"那我应该说辛苦你了？"

"警察来向我问询时，我之所以提起绘本作家那件事，是为了保持平衡，理应对你也施与援手。因为水户现在已经有别人跟着了。"

"你说中尊寺敦吗？"

她没有回答，而是说："让天平保持平衡真的很难。"

你到底在胡说什么！我可能应该吼她一声，但是嘴里冒出了恳求似的提问："我们将来会怎么样？"

"应该还会再相见吧。"

"如果是超越时空再会的男女，那倒是不错。"

随后，我眼前浮现出直面水户、举着手枪的自己。那个画面就像立体影像一般清晰。我脑中的自己安静地说：开枪，结束这一切。干掉他，不能输给他。

黑色的阴影高高抬起，一边喧嚣起哄，一边摇晃着我，让我无法进行理性的思考。

如果是为了守护社会秩序，那么我会毫不犹豫地对水户开枪。我心里的确这样想。因为那要怪水户没有遵守规矩，所以不必犹豫。

过了一会儿，前辈回到会议室，拍拍我的肩，把我叫了出去。

"看来是真的。"

"真的？"

"他们在绘本作家的家里发现了中尊寺敦和水户。"

怎么会这样？我吃了一惊，回头看向刚才的会议室。那么，正如那女的所料吗？

"总之上头给了指示，务必要把那两个人抓住。他们在煽动暴动。"

"暴动？"水户直正真的会干那种事？

"还下了枪械使用许可。"

"啊？"

我忍不住反问道。他竟凶残到这个程度了吗？我感觉上级的指示透着强烈的意愿，仿佛想尽快除掉水户直正他们。而我刚刚才清楚地想象到了自己开枪射杀水户直正的场景，此时更是感到毛骨悚然。

两人的距离一旦缩短，就必定发生争斗。

刚才那个女人的话又在耳边响起。

我感觉事情在不顾我的意愿擅自发展，左右和后方竖起了高墙，让我只能前进。

✉

我们面前是个体形有点胖的圆脸男人。他身穿西装，姿态挺拔，年龄有五十几岁。往好了说，他看起来像个好人，说得不好听，就是一点气势都没有。

"我妈都九十多了，我还以为她不会再乱来，可她还是经常把摩托车开出去。你能相信吗？九十几岁，飙摩托车。虽然跟过去相比，现在的九十几岁还很有活力……"他说，"所以我在车上做了手脚，一开动就会通知我。"

"所以那辆摩托车上也有跟踪装置吗？"中尊寺敦气喘吁吁地说着，似乎累得受不了了，便说，"我们休息一会儿吧。"我也快到极限了，便欣然同意，松开了踏板。

这里是新八王子市内的某个公园，里面有木头和绳索制作的健身设施，半个公园都被池塘占据，而我们正坐在一艘天鹅船上。虽说是天鹅船，船的形状却不是天鹅，而是跑车或飞龙的造型。每艘船能载两个人，踩动踏板就能在池塘里游走。

大约三十分钟前，我们被摩托车吼了一句"你都多大岁数了！"于是我们万分困惑地与通信设备交谈了几句，最后发现说话人是世津宫子的独子。我说："世津宫子老师把摩托车借给我们了。"他就报上了名字："北山由衣人。"然后马上做出指示："你们马上到我说的地方去，那里很安全。"

"啊？"

"如果我妈把摩托车借给你们，那肯定是发生了特殊事态。请你们马上到我说的地方去。那辆摩托车不会被公路上的监控摄像捕捉到。"

"加入了隐形技术吗？"

"按照以前的叫法，就是隐形技术没错。"

这种事情真的可能吗？我觉得自己被耍了。而且他说的地方还是公园里的池塘，并且让我们坐到天鹅船上，我就更怀疑了。按照常理来判断，这应该是抓捕我们的策略，或是嘲笑被逼上绝路之人的恶作剧。

我们之所以答应，是因为自称北山由衣人的人说了一句："公园的安全我可以保证，一般警察找不到那里。"与其说是信了他的话，更应该说中尊寺敦对他产生了好奇。

"还有那种地方？如果有，我倒是想看看。"他似乎无法抗拒身为技术者的好奇心。

我之所以没反对，是抱着病急乱投医的心情，又觉得世津宫子的儿子应该可以相信。这可能算是对《我是麦麦》过于热爱，导致了盲目的爱屋及乌吧。

于是，我们按照摩托车上的导航来到公园，乘上了停在池边的天鹅船，船上顿时出现了北山由衣人的立体影像。

"东京都内有好几个可以安全说话的地方，都在我的管理之下。不过附近只有这座公园，还要坐这种船，真是委屈你们了。"

"这到底是什么啊？"

"看上去只是一条船，但是信息不会遭到任何拦截。在工作上，有很多话不能让别人听到，然而城镇和道路的通信情报防护都比较脆弱。"

"请问，由衣人先生的工作是什么？"

"正好是我妈以前上班的地方。"他害羞地挠挠头，"但我绝对没有靠家长的关系走后门。"

"绘本作家？"

"我是说她之前的工作。令人惊讶的是，听说我奶奶以前也在那里工作。好了，别说我家的事情了，水户你们现在应该顾不上这个。"

"你怎么知道他叫什么？"中尊寺敦的声调骤然降了下来。

"你们去公园的路上，我稍微调查了一下，而且也联系过我妈了。"

"啊，世津宫子老师她没事吧？"我恨不得扑到那个立体影像上。

"我妈没事。亏她这么大年纪了，真让人受不了。那两名警察由我这边解决。"

解决到底是指什么，我无法想象。

"警方正在拼命追踪你们两个。"

"哦，我现在才知道呢。"中尊寺敦讽刺地说。

"还把你们认定为都内暴动的主谋。"

中尊寺敦猛地直起身子。"搞什么鬼啊，那个我真不知道。"

"暴动？"那个完全出乎意料的字眼让我也定定地看向了他。

"你们知道东京都内发生了严重暴力事件吧，一群人逼停正在行驶的汽车，对乘坐人施展暴力，甚至投掷斧头。"

"我在新闻上看到了，那到底是啥？"

"一开始我们以为是青年暴力团伙在闹事，结果发现另有内情，而且情况特别麻烦，所以这边也开始全力投入力量收集情报了。"

"另有内情，特别麻烦？"

"都内东区对西区的居民长年积怨。借以前的说法，就是怨恨决堤。事情的起因是有人往河里投放细菌的谣言。很难说他们是真的相信了，还是借机行事，总之东区的人展开了近乎暴动的行动。"

"现在他们说暴动的主谋是我们俩？"

"有人收集到了这个情报。"

中尊寺敦彻底无语了。过了好一会儿，他才说："这种谣言放到新闻里真的好吗？"

"想必播放新闻的人并不知道那是谣言吧。"

"饶了我吧。我可是在跟东京东西区问题隔着十万八千里的仙台，过着悠闲自在的生活啊。如果在东京，我这边可是东北东啊，东北东。"

"不管你在哪里，都可以进行煽动。"

"谁会干那种事啊。"

"我们之所以被追踪，是因为收到了来自某个人的信息，跟暴动没有关系。"

"你是说寺岛寺生吧，韦雷卡塞里的开发者。"

"你知道啊。"

"寺岛先生委托水户先生投递了什么信息？"从他的语气来看，似乎已经知道我的投递员工作了。

"他想让我做的事很简单，只有一样。"

"是什么？"

"摧毁韦雷卡塞里。"

此时，北山由衣人的影像突然扭曲了，杂音变得很严重。可能只是通信状态问题吧。然而北山由衣人的心似乎也跟影像一样乱了套，只见他喃喃一句："太奇怪了。"

"什么太奇怪了？"

"这里的通信以前从未出过问题。"

"应该是电波干扰或是磁场干扰吧。"

"这里的设备不同一般，应该不会这样。"

"不可能发生的事情总有一天也会发生，因为凡事都有第一次，难道不是吗？"中尊寺敦话音刚落，北山由衣人的影像干脆像破裂的肥皂泡一样彻底消失了。

周围突然陷入寂静，只剩下我跟他两人坐在天鹅船上。我把头伸出船外，环视四周。

没有什么地方比池塘中央的小船更毫无防备了。我突然害怕起来，因为这里无处可逃，而且无处藏身。这不就是请君入瓮吗。我感到体内油然升起一阵寒气。

我想象警察包围池塘的情景，慌忙站了起来。天鹅船失去平衡，激起一片水花。

周围没有警察。

"还是出去比较保险。"中尊寺敦也说。

我们更加用力地踩动踏板，虽然因为焦急而左右乱绕了一会儿，但最后还是成功折返到了出发地点。

下船站到岸上，我总算松了口气，这下算是字面意义的脚踏实地了。

乘船点的老头一脸无趣地应了一声，拽起天鹅船的绳子。

接下来该怎么办？

就这样中断北山由衣人的联系，真的没问题吗？

我边想边走，转头一看，发现中尊寺敦不见了。

他消失了？

我仿佛听到鬼故事一般瑟瑟发抖，但是再继续扭头，发现他落到后面去了。中尊寺敦不知何时站住了脚步，就像停电一般纹丝不动。

"那个——"我走过去喊了一声。

他还是一动不动。

我还是害怕，忍不住用力摇晃他的身体。

"你干什么啊。"他总算有了反应。

"我见你一动不动，还以为出啥事了。我在想接下来该怎么办。"

"不对。"

"不对？"他不让我想这个，那到底要想什么？

"刚才那个男的不是说了吗，我们被认定为暴动主谋了。"

的确，那太出人意料了。"所以警察才会这么拼命追捕我们吗？"

"我向来不喜欢集体行动，怎么可能带领集体行动呢。你说对不对？"

"你问我，我怎么知道。"我又不了解中尊寺敦。

"到底是谁放出了那种谣言。"

"我也不知道啊。不过真假参半往往很容易渗透。"

"真假参半的谎言是什么意思，我长了一副完全有可能引发都内东西战争的模样吗？"

"不，不是那个意思。"我摆摆手，仿佛挡开了对面飞过来的透明箭矢，"正在逃避警察追捕的人肯定事出有因，一旦有人说那跟最近发生的事件有关，我想人们肯定会很容易接受。"

他还是不太理解的样子，我决定另外举例："中尊寺敦先生喜欢的 γ 默克不就这样吗。"

"γ 默克怎么了？"他被打了个措手不及，我不禁有些得意。

"乐队成员田中中田去世之后，一时间流言四起，对不对？有人说他把自己的音乐理论做成了电脑程序，所以 γ 默克才能继续活动。还有人说田中中田本来就在乐队里遭到了孤立。"

"那都是假的。音乐又不是只要有理论就行的艺术。当时，田中中田被誉为 γ 默克的中心人物，实际可能是真的。然而，也有人把田中中田过分神化，坚信 γ 默克没有了田中中田就不能继续活动。是他们愿意相信田中中田留下了什么东西，所以乐队才得以继续。追根究底，这些谣言很可能是 γ 默克周围那些生意人出的主意。他们为了利用田中中田的死实现利益最大化，才编造了那些谣言。"

"中尊寺敦先生自己也是粉丝，看法却如此淡漠吗？"

"粉丝就不能有冷静的头脑吗？总而言之，传言的确有可能自然

236

扩散，但多数都是有人故意散播。无论走到哪里，都有 Spin Doctor 和 Spin Controller[1]。"

"Spin Doctor？"

"为了让人们持有某种特定的观点而进行舆论导向，这就叫 Spin。政治家经常这么干。舆论导向的专家就叫作 Spin Doctor。"

"既然如此——"我开口道，"既然如此，中尊寺敦先生是暴动主谋的新闻，就是某个专家的杰作了？可是，谁能从这件事里获利呢？应该说，为了抓我们两个，真的有必要做到这个份儿上吗？"

公园里很安静，每有微风拂过，都能清楚听到落叶飞舞的声音。

"的确，就算寺岛给我投递了一则信息，那也不至于毁灭世界，也没有危险到必须这样拼命抓住我的地步。"

"是的，我觉得这样有些过分了。莫非他们认为寺岛寺生是个十分危险的人物吗？"

"那家伙让我做的事情是毁掉韦雷卡塞里。这件事虽然不值得鼓励，倒也不至于让警察急成这样。"

中尊寺敦又一动不动了，周围只剩下风声。可能因为现在是工作日的下午，公园里一个人都没有，甚至让我有点心神不宁，觉得这里太空了。

"啊，原来如此。"

"什么？"

"什么人会拼命想抓住寺岛寺生还有我们两个？我猜，一定是利益遭到最大威胁的人。杀人凶手是通过杀人获得最大利益的人，拼命阻止他人行动的凶手，就是会因为那个行动遭到最大威胁的人，自古便如此。"

"最受威胁？"

---

[1] 与下文解释的 Spin Doctor 一样，都是舆论导向人员。——译者注

"寺岛寺生的行动，还有我的行动，最受这些行动威胁的人，就是虚假信息的散播者。因为这些行动会让自己受到威胁，所以要阻止我们。对不对？"

"可是，究竟是谁呢？"

中尊寺敦露出你怎么还没转过弯来的表情。"寺岛寺生对自己研发的韦雷卡塞里心存戒备，并且委托我将它摧毁。那么，最着急的肯定只有它本人了。"

"本人？"

"韦雷卡塞里啊。"

"啊？"被他这么一说，的确有点道理。但韦雷卡塞里是人工智能，也就是没有思想和感情的机器，应该与"受到威胁"和"着急"这种感情无缘，让我难以想象它就是幕后黑手，还给出了"他们很危险！一定要抓住！"的指示。

"按照我的想法，韦雷卡塞里目前已经拥有了人类无法比拟的智慧。无论在哪个时代，聪明又有力量的人总是很在意自己的寿命，并且会为此排除威胁。那位人工智能君对数量庞大的信息进行分析，并因此开始惧怕寺岛寺生。它推测到开发了自己的寺岛寺生最终会试图抹杀它，并认为事情不妙。"

在被生父杀死之前，先下手为强。

它是这样想的吗？

我不知道人工智能是什么样子的，便想象了一个巨大的框体，一个没有感情的方形盒子将寺岛寺生碾压在下。

"那网上的新闻也是韦雷卡塞里散播出去的吗？"

"有可能。新闻没有实体，只要显示在新闻咖啡吧的屏幕上，人们就觉得全都是真的。只要写个大标题，就能让谎言成为事实。"

"世津宫子老师也说过类似的话。"并不是发生了事情才有新闻报道，而是有了新闻，才让人们认为发生了事情。

"说不定东京都内的持斧袭击事件并没有发生过。不，一切的根源在于疾病流行，然后有人传言工厂散播了细菌。"

又是传言。

"那可能也是捏造的消息。韦雷卡塞里为了引发争端，接连不断地发布新闻，往东区和西区的人民心中植入仇恨。"

如果不搅动，就无法做实验。桧山景虎说过。所以人才会争斗。

韦雷卡塞里在刻意煽动人们的争斗和敌对吗？

"假设韦雷卡塞里正在阻挠我们的行动……"

"该怎么办呢？寺岛的秘密武器已经没了，那台电脑里的自毁程序已经不复存在。"

我们回到了停放摩托车的停车场，正好有一辆灰色面包车经过对面的十字路口。

警察找上门来了！已经无路可逃了吗？灰色面包车驶入停车场，转了个圈，胡乱停了下来。我以为一旦空气面板车门滑开，里面就会冲出许多武装警察，而我又不打算抵抗，正要举手投降，却发现事情并非如此。

"久等了。"方才还是立体影像的北山由衣人走了下来。

车辆是自动驾驶，驾驶席没有人。光是听到这个事实，我就恨不得昏厥过去，然而驾驶席后方全都是空气面板设计，只要设定为隔绝外部景色，倒也不是不能想象自己待在一个狭小的房间里。应该说，我已经在拼命忍耐，不断告诉自己这不是一辆车，不是一辆车，这是房子。

这里的座椅有点像新干线的座位，我和中尊寺敦并排朝向前进方向，北山由衣人则与我们面对面。

他好像得知详情之后马上从东京出发来接我们了，连天鹅船上的对话也是在移动的车中进行的。

"总之，请两位先到我的基地去吧。"

"什么基地啊。"

"这次完全是非正式行动，或者说是我的个人判断，因此做不了什么大动作。但哪怕是这样，也比你们开着我妈的摩托车到处乱跑要安全得多。"北山由衣人说完，又歪着头继续道，"那个，刚才说到哪儿了？对了，好像说到你们俩被认为是都内暴动的主谋。"

"那是谣言。"中尊寺敦道出了刚才的推理，"韦雷卡塞里为了尽快抓住我们而散播了那些谣言，事件本身也有可能是捏造的。"

"你说韦雷卡塞里？"

"刚才不是说了吗，开发者寺岛委托我想办法毁掉那位人工智能君。所以韦雷卡塞里就生气了。"

"如果不阻止它，事情是否会变得很糟糕？"由于他从头到尾都在用恭敬的措辞说话，害我产生了自己比他年纪大的错觉。

"它完全有本事操纵新闻，把我设计成暴力罪犯。可以说，它什么都干得出来。"

"韦雷卡塞里好像跟日本政治也有关系吧。"

北山由衣人看着我耸了耸肩。他的反应像是肯定，但应该不打算明言。他说："以前有个电影就是讲人工智能失去控制，最终引起了核战争呢。"

"核战争有点超乎现实了。应该说，这样并不合理，因为它对人工智能来说没有好处。"

"说不定——"我刚才也想过这个问题。

两人的目光集中在我身上。

"它是为了挑起人们的争斗。"

如果没有变化，就没有进化。为了引发变化，就必须要搅动。

所以它才试图引起争斗吗？

因为争斗就是搅动。

桧山景虎站在那里。并非现实，而是在我脑中，并且看着我。此时我才注意到，他双耳宽大，形状很尖。

"你眼睛是蓝的。"

桧山景虎喃喃着，我瞬间出现在不停旋转的后座上。姐姐在我旁边，表情冻结，身体僵直。

那场车祸的螺旋至今仍在继续。

"你小子就是水户直正啊。"桧山景虎转学到我就读的综合学校，一脸挑衅地对我说。

随后，我又出现在新东北新干线的座位上，呆呆凝视着窗外掠过的风景。桧山景虎再次出现，对我说："水户啊，怎么在这儿碰到你了。"

"喂，你没事吧。"我被中尊寺敦晃了晃，总算回过神来。"怎么突然发起呆来，还咿咿呀呀的。难道是坐车的恐惧症犯了？"

"的确有一点。"我边说边看向北山由衣人。

"你怎么了？"

"不，我只是听世津宫子老师提到了山与海的对立。"桧山景虎的模样一直在我脑中挥之不去，可能就是因为这个。

"你说那个啊。"北山由衣人苦笑道，"那人一直很喜欢说这个故事。什么奶奶是山人，妈妈是海人。"

"由衣人先生不相信这个说法吗？"

"我持怀疑态度，不过奶奶跟我妈关系是真的很差。她们很少见面，一见就散发出吓人的火药味。婆媳之间的火花可激烈了，所以我很可怜老爸。"他微笑着，似乎对不在场的父亲感到同情，"父亲让我学会了左右为难的真实意义。他就是长了腿的左右为难本人。"

"您祖母是山人，您母亲，也就是世津宫子老师是海人吗？"说着，我突然想到一件事，"既然如此，那由衣人先生不就继承了双方的血统？这有可能吗？"

"哦，你说那个啊。"北山由衣人点点头，仿佛被问到了自己专业的问题，"其实我父亲跟祖母没有血缘关系，只是养子而已。我猜正因为这样，我母亲才能跟父亲结婚。"

"山人与海人不能结婚吗？"

"根据母亲的分析——"北山由衣人耸耸肩，"如果要区分的话，我应该是继承了母亲的血统，属于海人之一。"

"那您跟我一样呢，我也是海人。"我半开玩笑地说。

"喂，喂。"中尊寺敦笑了起来，"这种神神道道的东西只有血型分析就够了。什么也是海人啊，你不会真信了吧？再说了，就算你跟那个警察水火不容，山海难亲，又要如何区分你是山人还是海人？可能他才是海人啊。"

说话间，面包车一直在往前开。这不是车，我又对自己说。这只是个房间，不用害怕。

为了不去想车正在行驶这件事，我转向中尊寺敦，用手指撑开上下眼睑说："听说眼睛发蓝的就是海人。"

"眼睛？什么鬼啊。"

我们刚才聊这些时，中尊寺敦也在场，不过他忙着解读电脑里的内容，想必是没听见。

"你瞧，我眼睛是蓝的。"

北山由衣人看着我，也撑开了眼皮。"我的眼睛也是蓝的，遗传了母亲。"

真拿你们没办法。中尊寺敦凑过来打量我的眼睛。两个大男人互相凝视，让我感到有些害臊。

我看到了那双凝视我的眼睛。

可能像对在一起的镜像一般，眼睛里还会映出凝视的眼睛。

我还以为中尊寺敦稍微看一眼就会转开头说也不怎么蓝嘛，但是出乎意料，他竟一直没有移开目光，甚至让我觉得他在耍我了。

他一言不发地盯着我。

"怎么了？"我实在忍受不住，先挪动了身子。

中尊寺敦依旧瞪着眼睛凝视我。

"怎么了？"我又问了一遍，他并不回答。他脸上的严肃表情有点诡异，于是我就调侃了一句："你该不会说自己是山人吧。"然而他还是一脸严肃。

难道我脸上有奇怪的东西？我忍不住摸了摸。

中尊寺敦好不容易开了口，却是对北山由衣人说："抱歉，麻烦你找个能买饮料的地方停一下，我想歇会儿。"

"现在可没时间休息。"

"不，拜托了，请找个地方停车。"

路边有个通用机购物超市，可能北山由衣人修改了操作，面包车缓缓滑入停车场停了下来。

"喂，水户，你去买吧。"

"啊？"

"去买饮料来。"中尊寺敦这语气好像在吩咐下人。

"我又不渴。"我反驳到一半，又听见他说："你坐了这么久的车，肯定很痛苦吧。"那倒也是，我的确想呼吸一点新鲜空气。

北山由衣人不太同意我下车，还说："这样太危险了，还是尽快赶到安全场所更为稳妥。"

"下去走走没什么吧。这位水户君一坐车就不舒服。"

"是吗？"

"你没调查过？"中尊寺敦一副早就知道北山由衣人会把我们彻查一遍的样子。

"新仙台泉服务区入口处的事故。"北山由衣人果然知道，"还有新吉祥寺的事故。"

"那是啥啊。"

"就是五年前我被计程车撞到的事。"我解释了一句。随后北山由衣人说："就是计程车冲撞水户先生驾驶的车辆一事。"他那边的情报似乎有点错误，我顿时感觉胜了一筹。"不对，我开不了车。"

"记录上是这样的。"

"记录可能是这样，但我的记忆不是。"

最后我还是下了车。我对跑腿这件事并不抵触，何况这跟我平时的工作也有点像，所以我选择了下车透透气。

我把北山由衣人给的通用机装在兜里，走进了店铺。据说这张卡能在支付认证的时候做个假身份出来。店里没什么人，我往购物袋里放了点果汁和食品，然后走向收银台。将购物袋放在托盘上结好账后，我瞥到了店里正在播放的立体影像。那是一则新闻。

摄像机视角较高，应该是无人机拍摄的画面。

画面上是国道的光景。卡车和巴士横七竖八地排成了路障，大量汽车被堵在那里。不一会儿，一群手持木棒、铁棍甚至斧头的人出现了。他们聚集在一辆辆车旁边，把司机拽出来，一哄而上开始殴打。

我很难想象目前日本正在发生如此野蛮的攻击事件。

车上的人被一群人像猎物似的扛在肩上运走了。

通用机购物超市里的寥寥几名客人也都茫然地盯着画面。

画面切换，屏幕上显示出中尊寺敦的脸，还附上了说明：他是煽动这场暴动的网上信息散播者。我顿时紧张得胃部抽搐起来。

这个谣言果然被当成了真相。

这种事情真的可以吗？我很想随便抓个人来问，但是忍住了。

接着，屏幕上出现了一辆有点眼熟的汽车。我惊讶地看向店外，那就是我刚刚还在乘坐的，北山由衣人的灰色面包车。

暴露了。

北山由衣人说那辆车很安全，可是敌人——韦雷卡塞里已经抢先我们一步了？

我慌忙跑出店外回到车中，开门就说："那……那个……"焦躁和恐惧让我无法发声，我只能抬手指向通用机购物超市，连手指都在颤抖。

不好了，这辆车暴露了。

我很想这样说，但是一个字都吐不出来，只能徒劳地吸气。

可是，尽管我没有说明情况，中尊寺敦却一脸严肃，这显得有些异常。

车子开动起来，再次驶上车道。

我发现北山由衣人不见了。

"那家伙在前面，不过没在开车。我请他查点东西。"中尊寺敦指了指空气面板相隔的车前厢。

"那个，我刚才在店里看到新闻……"

"水户，你冷静听我说。"

我们的声音重叠在一起。你冷静听我说，这应该是我的台词才对。我想告诉他：你冷静听我说，这辆车已经暴露了。

中尊寺敦并不理会我，而是继续道："我有一个好消息和一个坏消息。"他先用了这个早已不新鲜的开场白，然后又说："不对，我有一个马马虎虎的消息和一个足以改变你人生的消息，你要先听哪个？"

我还以为那是他在开玩笑，可是中尊寺敦的表情实在太严肃了，令我疑惑不已。

马马马虎虎的消息？足以改变我人生的消息？

要我决定先听哪个，我也回答不上来。不，我对那个"足以改变我人生的消息"非常好奇。

"首先告诉你马马虎虎的消息。"他说了起来，内容很简单，"可能还有办法摧毁韦雷卡塞里。"

"啊？"

"应该说，可能性不是零吧。"

"要怎么做？"

"用寺岛的程序。"

"啊？可是程序已经没了吧。"我回忆起那台破碎的电脑。

"可能还留着。"

"留着？在哪里？"

他说的"可能"也让我心存疑惑。中尊寺敦吸入一口气，沉默片刻。他做出决定的瞬间让我感觉有点像开口求婚，我很想这样调侃他，然而他的表情太严肃了，我便什么都没说。

"你还记得吗？我说过以前我跟寺岛寺生搞的研究。"

"你说人工智能？"

"算是人工智能的前期准备吧。人工智能需要的是信息，它要吞噬大量的信息，令自己不断膨胀充实，才能变聪明。"

"那你们具体做了什么？"我听他说是把人当成摄像头，但应该不是将大活人改造成摄像头。

"把人做成摄像头。"

"那是比喻对吧？"

中尊寺敦瞬间哽住了，随即干脆地否定道："不是比喻。"

"我们在人眼中植入了摄像头。"

"啊？"我顿时想：这种事能做到吗？应该说，能做吗？

"只要人类保持行动，就会在记录中留下大量影像。我们研究的就是那种机制。"

"请等一等，那样……"

"什么啊？"

"从伦理上看不太好吧。"

"你什么意思？"

"就算得到本人同意，将一个人看见的东西全都记录下来，这用常识来想也太过分了。被试者的隐私完全被侵犯了。"

"你听好了，接下来我用最简单的方式，只说重点。"中尊寺敦加强了语调。

"什么啊？"

"你应该在世津宫子家看过那台电脑的画面，也就是含有韦雷卡塞里自毁程序的画面。"

"我？看是看到了。"我看到画面上有一排排的字符，"你该不会想说我把那些都记下了吧？"

如此大量的字符，如此短的时间，我不可能记得住。

"我不认为你能记住。可是，哪怕你只看了一眼，也会保留在日志中。"

"日志？"

"你右眼植入了摄像头。"

"啊？"

我脑子一片空白。摄像头？

我终于意识到，中尊寺敦之所以皱着眉，不是因为为难，而是出于罪恶感。

我呼吸困难。

"那是什么意思？"

"你右眼——"

"什么啊？"我难以理解。

"所以你看见的内容应该全部作为数据被保存下来了。"

眼前这个人究竟在说什么？我脑子里一片茫然。

我一时无法回应。

"刚才你不是说了吗，就算得到被试者同意，植入摄像头也很过分。其实不是的。我们压根没征求意见。"

"那个……"我终于挤出了声音，"那个，中尊寺敦先生。"

"假设合作医院接收了需要进行大手术的病人，我们就会植入摄像头。这也是那个项目的工作之一。刚才看到你的蓝眼睛，我突然发现了。你小时候因为车祸接受过手术，应该是那时候被植入了摄像头。"

"你在说什么啊。"

"刚才你去买东西时，我让那家伙——北山由衣人查了那个研究的被试者资料，还有保存日志的地点。"

我抬手遮住自己的右眼。

"我们正在往那里赶，然后寻找你看过的程序代码。"

就在这时，车子突然停了下来。分隔前后的空气面板变成透明，我看见北山由衣人坐在前面。他回过头说："前面堵住了。"

顺着车前窗看过去，好几辆车拦住了路面，仿佛街垒一般。

"对不起，你也是被试者之一。"

中尊寺敦的声音仿佛离我很远很远。

✉

"让天平保持平衡真的很难。"

水户直正的恋人——日向恭子的声音还残留在我脑中。可她真的是那个人的恋人吗？

她无比淡定，一脸看透了所有的表情，而且还说自己是类似裁判的角色。

什么比赛的裁判？

"桧山，来得正好，你过来。"

有人拍我的肩膀，我猛地回过神来。转过去一看，是另外一个部门的前辈。他留着辨识度极高的胡子，跟他这个人十分相称，让人顾不上语义的矛盾，忍不住联想到"精心打理过的胡子"。从警校毕业后，我就再没见过他。

"怎么了？"他使劲拽着我往前走，让我完全找不到对他说好久不见的时机。

我刚从图书馆回到调查本部，而且从乘坐新干线到仙台之后，一直在不停移动，我真的需要休息一段时间，前辈也说："你夜班之后几乎没睡吧，眼睛都红了，先去睡一觉。"所以我正要往休息室走。

"你认识那个叫水户的人，对不对？"

"啊？嗯。"这个信息好像所有调查人员都知道了，"综合学校的同学。"

"总之就不是陌生人呗。现在有空吗？"

我实在说不出我想睡觉这句话，便问："有进展了吗？"

"刚才接到市民报案，说看到了疑似中尊寺敦和水户乘坐的面包车。"

"在哪里？"

"从新八王子向东行驶。不久前才在八王子民宅中发现了中尊寺敦他们，这条消息的可信度很高。"

"那是绘本作家的房子吧。记得有调查人员过去了，结果怎么样？"

"我们的人被干掉了。"胡子前辈的半张脸扭曲了。

"被干掉了？"

"两个人都进了医院。虽然不是什么重伤，不过巧了，正好被弄得动弹不得。"

"正好？"

"一个关节被卸了，还有一个被击中下颌失去意识。那两个人可能被揍蒙了，都说是老太太动的手。"前辈笑道。

"老太太？"

"就是绘本作家。要是有这么厉害的老太太，我肯定把她请过来。"

"就是啊。"怎么能让她创作绘本而浪费了一身本事呢。

我一边克服睡意一边往前走，不知不觉走到了外面，等我回过神来，已经坐上了调查员专用车辆的后座。我很累，全身沉重，而且脑袋的钝痛萦绕不散。然而我只能服从。服从？服从什么？前辈的命令？不对，是更庞大的东西。

前辈刚才说我"来得正好"，也就是说，我真的只是碰巧路过而已。

可是自从听了日向恭子的话，我便开始感觉到一种超出巧合的力量。

无论我怎么回避，那个力量都会牵引着我，把我拉向水户直正。

汽车在高速公路上行驶，原本速度就快，现在又加速了不少，而且拉起了紧急时刻的警铃。

"哦。"旁边的前辈说，"好像抓住了。"他正注视着调查行动用的通用机，而我没有接到消息，所以联络权限应该高我一级。

"逮捕了吗？"终于把水户抓住了？

"还没逮捕。热心市民看到新闻报道后发现了他们，然后拦下来了。"

"面包车吗？"

"已经请他们尽量拖延时间，好让辖区警署的刑警赶过去。那边答应会加油。听说他们是直接把路给封了，热心市民真了不起。"

那不是犯罪行径吗？我欲言又止。为了遵守规则而打破别的规则，这不就成了本末倒置吗？可是就算我说出来，也只能换来一脸嫌弃罢了。"那个人真有那么危险吗？"

前辈有点轻蔑地瞥了我一眼。"因为是你认识的人，所以不敢相信吗？"

"倒不是这样。"我忍不住加强了语气。我丝毫没有维护水户直正的意思，你怎么能误以为我在替旧友说话呢，太让人失望了，不对，这简直是屈辱。"我只是想他没那个器量。"

"岁月会改变一个人，而且很多人都不自量力，硬要干这种出格的事情。"

胡子前辈像煞有介事地发表了感想，我则把它当成了耳旁风，一心按捺着身在车中的强烈恐惧。我真想闭上眼睛倒头就睡。睡魔就在咫尺之外守候着我，我只要招招手，它就会给我安眠，但前辈应该会责备。

我睁着眼，意识却越飘越远，脑子仿佛被盖上了，我就这么呆滞地随车身轻轻摇晃。

一放松下来，当时的光景就如同泛滥的河川一般在我脑内涌出。二十年前，我坐在新款缪斯车上，准备进入新仙台泉服务区。我在后座看着父亲握住方向盘，将自动驾驶切换为手动驾驶。母亲在副驾座位上开玩笑说："以前我还害怕自动驾驶，现在反倒害怕你爸开车了。"下一刻，我突然感觉到有人在背后用力推了我一把。没有疼痛，我斜着飞了出去。缪斯开始旋转，离心力使我们一家人不停翻滚。

一阵眩晕。

"喂，你该不会睡过去了吧。"旁边有个声音，我发现车停下了。

我可能睡着了，因为肉体已经疲劳到极限。疲劳和困倦很难用气势和集中力来克服。我清楚感觉到睡魔正在背后将我揽入怀中。我觉得自己快撑不住了，但还是被前辈又推又拽地下了车。

眼前的情况远超我的想象。隔离带另一侧通往东京方向的三条车道被好几辆车堵得严严实实，宛如街垒一般。外面还围着一大群人。

"感谢普通市民的帮助。"胡子前辈小声笑道。

"他们好配合啊。"

"因为抓到中尊寺敦，或者将他交给警察的人，能够得到一笔奖金。"

"真的吗？"

"网上好像流传着这个消息。"

"是谁传出去的？"我反射性地问了一句，但马上意识到这就好像掬起一捧海水，问"这是从哪条河流出来的"一样。网络上的信息不可能溯源。

"不是还有东京东区和西区的人闹矛盾的消息嘛。这附近可能就是东西的分界线。"

"那又怎么样？"

"就是说，这一带的人情绪都很紧绷。无论什么争斗，最有紧张感的区域都在分界线。过度紧张会导致人们做出夸张的行动。一旦有人发现面包车，提出要封路，别人就会带着凑热闹的心情参与进来。我猜就是这么个情况吧。而且有奖金的谣言也起到了一点催化作用。"

我们趁信号切换时转移到了对向车道，随后高举通用机宣示自己是警察，分开人群，沿着车之间的夹缝走了过去。

有几名调查人员已经到达，都举枪对准了前方的灰色面包车。

胡子前辈问了一声："怎么样？"

"我们也是刚到。"一名穿制服的警察回答，"当时有一群人包围了那辆车，刚让他们退到后面去。"

灰色面包车一动不动，就像一头高度警惕的猎物。无论它是猛兽还是食草动物，都有可能突然发动反击。

"车辆信息调出来没有？"

"这个好像查不到。"

好像查不到是什么意思？我拿起通用机，打开调查组共享的数据库。那里收集了每个调查人员得到的信息，只要在权限范围内，其他成员都能浏览。

灰色面包车的数据的确存在。没有被盗记录，所有人是东京某博物馆，也就是说，这辆车并非普通家用车。然而调查人员与博物馆联系过，好像没人知道这辆面包车。

"搞不好是很麻烦的车辆啊。"

"麻烦？"

"有可能是某种组织伪造登记的车辆。"

他说某种组织，我一时反应不过来。是犯罪团伙吗？

算上我和前辈，现场调查员共有五人，根据通用机上显示的位置信息，大半警方车辆正在朝这边赶来。

"怎么办？"我问了一声，前辈说："只能按老办法来了。"说完，他开始往后走。

我正疑惑他要干什么，却见前辈走进了停在后面的另外一辆警车。他发动引擎，应该不是要开车，而是使用车上的电子仪器。他拿起一个小型话筒，开始朝前方的面包车喊话。

"你们被包围了，赶紧出来吧。"他重复了两遍。

关上话筒后，前辈问了一句："一直是那个情况吗？"先来的调查人员回答："我们到达之后一直这样，大约有十分钟了。"

这里的情况已经通过几名调查员佩戴的眼镜传输到了调查本部。塞在耳朵里的耳机传出本部指示："要是对方不出来，可以向面包车开枪。"

接到指示后，胡子前辈又拿起话筒："我数到十，要是不出来就开枪了。"

前辈语气平淡地开始倒数，喊到三的时候，面包车门动了。围在后面的好事分子，应该说普通市民吧，顿时嘈杂起来。

举着枪的调查人员明显绷紧了身体。

车里下来两个人。

一个是脸形圆润的中年男性，穿着西装，样子陌生。他高举双手，表情呆滞。本部应该正在扫描他的面部信息，并且跟居民登记数据进行比对。后面下来那个人是水户，我不用看到他的身体或面部就知道了。这个不需要比对，因为我感到心脏突然被人敲了一下。

还是会有一些无论多么注意保持距离，都注定要碰面的人。

日向恭子的话在我脑中回响起来。我再怎么试图远离，水户都阴魂不散。

"中尊寺敦不下车吗？"耳机传来提问。

前辈闻言，拿起话筒问道："中尊寺敦不下车吗？"

前方做出投降姿势的两个人并不应答。

"你们两个，慢慢往前走。"

水户直正和那个微胖的男人似乎能听见指示，小心翼翼地迈开了步子。

"停下。"

接下来只要等中尊寺敦出现，调查人员就会将其控制住。由于目前尚未掌握车内情况，贸然进去太危险了。当然也可以操作无人机摄像头从缝隙中查看车内情况，可是没时间准备。

"允许开枪。"耳机里传来指示，我并没有吃惊。按照现在的情况，可以推测他们可能因为抵抗而做出危险举动，为了进行威吓和自卫，必须要动用武器。然而我没想到的是，前辈很快走到我旁边，凑过来说："桧山，你朝水户开枪。"

"啊？"我反问道。

"刚才上面有指示了，立刻射杀水户直正，否则可能造成巨大损害。"

"射杀？"

"这可不是开枪许可，是指示，命令。"

我的耳机并没有接收到那个指示，可能单独对前辈说了吧。

"为什么要我来？"质疑前辈和上司是工作中的大忌，尽管如此，我还是忍不住要问。前辈本人好像并不在意，而是对我说："不只是你，别人也接到了指示。"他仿佛在笑我想太多。"又不是刻意点名叫你射杀老同学。"

"不，我没这么想。"

我不想让前辈觉得我有疑虑，便掏出了手枪，举在身前，看向水户。

我无法把握他的表情。他就在我的视线内，双目焦点也对上了，可我的脑子就是无法接收他的信息，使他看起来一片模糊。

"开枪。射杀水户直正。"

那个声音在耳郭深处响起。

粗暴而直白的命令让我困惑不解，但我很快感觉到，那莫不是自己的声音？

在旋转的车体内看到的光景重现眼前。父母和姐姐的惨叫让视线变得模糊。

或许这一切都是水户直正的错。我必须开枪，结束这一切。

一种近乎使命感的情绪操控了我。

握枪的手使上了力气。

我想，我必须开枪，但心中同时产生了一点疑问。水户直正真的如此危险，必须要在紧急时刻将其射杀吗？

调查本部的人不都认为，水户直正只是被卷入其中的无关人员吗？

是谁给出了这个指示？

开枪。

若要遵守规则，我不得不开枪。可是，那样似乎会违背一个更大的规则。

我把手指放到扳机上的瞬间，后方发生了爆炸。过了一会儿我才意识到，那不是爆炸，是声音，是超大音量的音乐。这就好像背后发生了火山喷发，双眼看不见的喷发。

我猛地一颤，双肩耸起，随后僵住了。没有反射性地扣动扳机可能只是偶然。过了好几秒钟，我才回过神来，转身查看到底发生了什么事。

我捂着耳朵，寻思音乐究竟从哪里来，没想到竟是警车。方才胡子前辈刚用过话筒，电子装置还处在开启状态，因此扩音器里发出了乐声。不只是那里。好几辆被用作街垒的车也同时播放着同样的曲子。乐声从好几个地方响起，可能用上了音响系统的最大音量。

我不禁愕然，究竟发生了什么？

接着，我听见轮胎摩擦声，便重新转向前方，赫然发现水户直正他们的面包车越过了中央隔离带，进入对向车道开动起来。所有人都被身后的音乐所吸引，没人发现那辆车移动了。

前辈咋了一下舌，捂着耳朵暗骂一声："×，竟然放 γ 默克，我可喜欢这首曲子了。"

✉

"好险啊。"中尊寺敦在我旁边说。他腿上放着一台平板电脑。

大约十分钟前，一些自认有义务维持治安的普通市民把车辆连起来堵住了道路，我们正不知所措，却听见警车的鸣笛声朝这边靠了过来。中尊寺敦对我说："你去争取时间，我想想办法。"随后又问北山由衣人："你这儿有能联网的电脑吗？"见对方拿出一个平板电脑，他劈手夺过，马上动起了手指。

"你要干什么？"北山由衣人问。

"转移他们的注意力，然后趁机掉头逃走。"

警方发出威吓："不出来就开枪了。"我和北山由衣人便走下车去，还听中尊寺敦说了一句："还差一点，帮我争取点时间。我要动用超大音量，你们做好准备。机会转瞬即逝，只能趁对方陷入混乱那一刻行动。一有动静你们就立刻上车，然后把车开动。"

后来的事情正如他所说。

我被黑洞洞的枪口指着，好不容易坚持住了，紧接着，前方突然发出爆炸一般的音乐轰鸣。我吓得身子一震，不由得愣住了，还是北山由衣人一句"快走"，才把我惊醒过来，跳进车里。

中尊寺敦坐在驾驶席上，动作粗暴地开动了车子。这种不顾一切地原地掉头绝非自动驾驶能够完成，车里不停响着障碍物警报。中尊寺敦一概无视，开车冲向对向车道。北山由衣人险些仰倒，随后马上撑起身子说："换我来。"他跨过座椅换向驾驶席，中尊寺敦则一点点放松了驾驶动作。然而此时若出了车祸便是万事休矣，所以两人一定是紧紧绷着神经完成了方向盘和油门踏板的交接。中尊寺敦回到后座时，长出了一口气。

"那是什么曲子？"

"你不知道吗？是 γ 默克的。"

"不知道。你怎么弄的？"

"我黑进了车辆的音响系统。无论什么系统都连着网，而且跟企业服务器不同，车载音响这种东西根本没什么防御功能。只要开着电源就能连上去进行操作。我把那一片所有开着电源的音响系统都修改了，至于 γ 默克的曲子，想钓出来简直太容易了。"

我不明白他说的钓出来是什么意思，还没来得及问，他就说："我之前说过没？以前我做了一个可以免费欣赏 γ 默克作品的网站。"

"官方的？"

"怎么可能。"

我很想说，那怎么行。

"这种事情一点都不难。回想起来，在大学那段时间，我除了研究，平时净干这些事了。寺岛他也自己做了 γ 默克的表演程序。"

那是指演唱会时配合音乐播放影像的程序。裘洛克这种音乐形式没了表演程序就无法成立，γ 默克的表演程序则以独创性闻名。

面包车猛地晃了一下，我甚至感觉它要翻过来了，顿时真切意识到自己坐在一辆行驶的车中，远处仿佛传来了母亲那句："呀，它挤过来了。"

外面传来警笛声。

"情况不妙，我们得找个地方换车。"北山由衣人在驾驶席上扭过头来说。

"有地方吗？"

北山由衣人在特殊组织工作，我也期待他能联系到替换用的车辆。可是他遗憾地摇摇头说："这次是我单独行动，能力范围有限。"说着，他开始点触车载导航，边看边说："大的路口都被封锁了，要上小路。这一段我还能帮上点忙，但是接下来你们最好还是下车。往前走一点就有巴士车站，从那里应该能到达数据中心。"

"数据中心……"我漫不经心地重复了那个词。

中尊寺敦叹了口气，我抬起头，他却移开了视线。此时我察觉到他的意思，心中一惊，抬手捂住了右眼。

"你右眼植入了摄像头。"中尊寺敦如是说。

因为儿时那场车祸，医院在给我做手术时趁机植入了摄像头。

没有事先得到我同意，只为了收集记录。

我目光所及的一切都被记录下来了。

我实在没什么真实感觉。

尽管我觉得这只是个恶意的玩笑，但中尊寺敦的表情太严肃了。

"数据中心是长期保管民间数据的设施，你眼中摄像头的记录也都储存在那里。"

那个瞬间，我感到脑中爆发出耀眼的光芒，紧接着是一阵灼热。

我朝中尊寺敦扑了过去。

他手上的平板电脑被掀到一边，我双手攥住了他的领口。中尊寺敦向后仰倒，发出一声闷哼，不知是说住手还是说什么。

"你都干了什么？"

我无法控制掐住对方脖子的冲动。

"我看见的东西全都被记录下来了？还有这种事？这样对吗？我

的隐私呢？"

"水户先生，请住手。"北山由衣人从驾驶座走过来把我拉开了。

他切换成自动驾驶了吗？车好像不知何时驶离了国道，前方亮起红灯，车子停了下来。

中尊寺敦摸了摸喉咙，皱着眉咳了两声，但没有生气，也没有冲我大吼。他还说："抱歉。"

道歉有什么用。

血液上涌，视野变得模糊。

有人用力拉住了我的右手。

"停下。"中尊寺敦说。我不知他是什么意思，然后才发现自己试图用手去抠右眼。

我想把它抠出来，踩成碎片。

中尊寺敦拉住我的力量之大，证明我眼中植入的东西真实无疑。

我很想大叫，却被北山由衣人打断了："到了，巴士马上过来，你们上去吧。"

✉

我不知道自己如何上了巴士。北山由衣人几乎是拖着我走过去，然后将我塞进了刚刚抵达的都营巴士上。坐车过程中，我感到自己的身体轮廓模糊不清，视线和思考都罩上了一层薄膜。爆发的兴奋淡去之后，只剩下茫然和呆滞。

车上很空，我们坐在靠后方的二人座上。通道左侧的座位有个高龄男性，戴着无线耳机边听音乐边摇晃身体。他可能在听最近流行的舞蹈英语会话吧。

"现在——"与其说我恢复了平静，更确切的说法是为了让自己平静下来，我开口道，"现在我看见的东西，全都被记录下来了？"

我的眼睛里有摄像头，看见的影像全都被发送到了某个地方。我还是无法接受这个现实。我感觉自己的生活被曝光在全世界眼中，为自己的脆弱感到汗毛直竖。

"并非在网络上公开供所有人观看，只是记录而已。记录这种东西只是单纯保留，几乎没有人会去看，除非要找什么东西。"

中尊寺敦面朝前方，看着巴士驾驶席背后的立体显示屏，这样说道。

"这只是心理安慰。"

"不过，这只能算是心理安慰。"

我和中尊寺敦同时开了口。

我闭上眼。

需要思考的事情太多了。为什么会变成这样？必须想办法对付韦雷卡塞里。我眼睛里有摄像头？刚才差点被枪打了。各种思绪伴随着向四面八方延伸的无法分类的感情，在我脑中不断旋转。我被裹挟其中，不知所措。

中尊寺敦几乎没有说话。

巴士上应该安装了监控摄像头，还有自动读取通用机信息的终端。可能多亏了中尊寺敦身上的干扰器，我们的真实身份没有暴露。

中尊寺敦闭着眼，打起了呼噜。真够悠闲的。我暗讽一句，但是直到被人唤醒，我才发现自己也睡着了。

中尊寺敦推了推我说："下一站就到了。"下车后，我可能刚刚睡醒，脑袋有点痛。"那个……"我说。

"什么？"

"睡觉时做的梦应该只属于我吧。"摄像头应该记录不了。

中尊寺敦咋了一下舌，不知是嫌麻烦还是内疚。"不管你看见的是什么，那都是只属于你的东西。我知道你不放心，但这是真的。"他的语气镇定而坚定。

数据中心就像一幢巨大的居民楼。根据中尊寺敦的介绍，这里几十年前还是一座公寓，后来经过了彻底改造。

我想起了日向工作的图书馆，不过那是国营设施，这是民营设施，两者应该似是而非吧。

"我们这么大摇大摆地走进来没问题吗？"

我惴惴不安地朝正门走去。

"什么大摇大摆，警察又不知道我们要来这里，肯定没设防。"

毕竟没有人对我的摄像记录感兴趣，我有点想这样回答他。

"这里什么人都能用吗？"

"主要是法人签约制，还有像我们当年一样，以大学之类的对公形式使用。"

签约后能够得到一台终端，使用者可以自由使用终端内的硬盘。虽然不能充当服务器或设定复杂程序，但可以保存大量的数据。"如果有不知放置在何处的数据，可以把这里当成储存库。若是正在展开的项目，我们应该可以通过网络轻松调出数据。"

"但你那个是半途而废的项目。"却连屁股都不擦干净，导致我的记录一直在积攒。

"如果不直接在终端控制台上输入指令，可能看不到数据。"

我不太明白他的意思，但知道他要直接操作保存了数据的终端。

不愧是处理数据的地方，入口处设有严密的安全检查，需要穿过好几个感应器，但我们很顺利地进去了。

多亏北山由衣人事先联系了中心。他查到了中尊寺敦过去待过的研究所名称，把我们伪装成研究所负责人，并把我们要来查阅数据的消息通知了机构。

"请拿着这张卡，乘电梯到五楼。"前台二话不说就把我们放了进去。

这幢建筑虽然不新，但是没什么人出入，所以通道很干净，每走一步地板都会亮起方向指示的装置也运作良好。这是通过卡片信息进行路径引导的系统。

中尊寺敦一言不发，我自然也什么都没说。他可能在思考韦雷卡塞里的自毁代码，而我则在思考自己的眼睛。

我现在什么都不想看，可是不看就走不了路。

我不知道自己什么时候下了电梯，也感觉不到脚下的地面，回过神来已经来到一个房间里。这里的墙壁好像就是薄板形状的硬盘。

"被试者人数有——"中尊寺敦报了个貌似人数的数字，我根本没有听。"每人都有一个日志文档，一直在进行数据存储。有这么一间屋子就绰绰有余了。"

他拉出一台连在系统上的小平板电脑，以正座[1]的姿势操作起来。

我只能站在一旁，茫然环顾四周的墙壁。

在这里？

我看见的东西都被保存在这里？

还是没有实际感觉。

既然如此，我现在看见的房间影像应该也保存在这里。我感到不可思议，脑子愈发眩晕。

我抬手扶住墙壁，以免自己倒下。

"没事吧？"中尊寺敦目光离开终端，看着我说。

我无法做出回应，只能摇摇晃晃地走过去，站在他身后凝视着平板电脑上的画面。

"我在找绘本作家房子里的影像。"他解释道，"然后调出你看见的代码的画面。"

"这是真的吗？"我没有怀疑，只是想让自己保持平静。

但中尊寺敦好像以为我还半信半疑，仿佛感到自己的研究受到质疑，便气鼓鼓地说："这些你应该都有印象。"他敲了几下画面。如果不

---

[1] 日本人最正式的坐姿。正座的姿势要求膝盖跪在地板上，臀部放在脚踝上，腿要伸直，把脚踝收在臀部下。

是检索特定场面，而是随机播放，应该很容易操作。"给你放出来了。"

说完，他看向随意摆在旁边的屏幕。

不管我有没有做好准备，影像都播放出来了。

我感到心跳开始加速。

我很害怕，但是又无法移开目光。

我眼前有张桌子。

还有椅子。

我发现这是教室。教室里还有许多同样的桌椅。从位置来判断，我应该弯着腰。

我的手向前伸出，触摸到桌洞里的东西。我双眼看到的光景，显示在了屏幕上。

不知是摄像头只记录影像，还是中尊寺敦没有选择播放录音，画面悄然无声。

影像开始摇晃。

我可能站起来了，视线前方是教室前门，那里站着一个人。由于画面摇晃，我只看到那个人一闪而过，但还是瞬间屏住了呼吸。

开门进来的人正是桧山景虎。他穿着校服。

画面开始快速移动。我冲出教室，在走廊上奔跑。

我迟迟无法接受这就是我曾经的经历，可是记忆渐渐被激活。

我记得这个场景。

我最近才回忆过。

我走进教室，发现桧山景虎在看我的课桌。我正惊奇，他却跑了出去。原来他的东西被同学拿走了，正在到处寻找。

想到这里，我不禁困惑。

刚才那段影像是我的视角，走进教室的人是桧山景虎，跑出教室的人是我。

反了啊。

按照我的记忆，偷看桌洞的人是桧山景虎，他被我走进教室撞见，然后落荒而逃了。

"这不对。"我说了一句。由于声音太过竭尽全力，连我自己都吓了一跳。

"不对？"中尊寺敦抬起头，"怎么不对？"

这跟我记忆中的场景不一样。不能说完全不一样，但好像角色对调过来了。我用颤抖的声音解释道。

中尊寺敦很冷静，甚至可以说冷淡。他看了我一眼，断言道："应该是你不对。"

我的表情应该非常紧绷，感觉到自己在恶狠狠地盯着他。

我不对？ "可是看见这个场景的是我自己啊。"

我自己记住的，怎么可能会错。

"记忆总是会扭曲。"中尊寺敦平静地说。

"扭曲？"

"记忆是最不精确的东西。一旦产生了感情，记忆就会随之进行调整。每次回忆都会被加工。与之相比，镜头只会记录纯粹的事实，不可能出错。"

"可是——"

"你想想，如果别人的记忆跟影像记录存在出入，你会选择相信哪一方？"

"那当然——"我几乎要脱口而出，人的记忆不可靠。

可那是我自己的记忆。

"人会不自觉地修改痛苦的经历和不愿回忆的往事。我也一样，所以你的记忆同样不可靠。"

这是我自己捏造的？

没有人的教室，我在窥视桌洞，我走进了现场，二者必有一方是假的。

我感到双腿使不上劲。

随时都要瘫倒在地。

"振作点。"我不知是谁对我说了这句话，是中尊寺敦，还是我自己？

综合学校的记忆在脑中闪过。我在街上碰到带着女朋友的桧山景虎，临近毕业时屋顶的交谈，这些记忆该不会全都出错了吧？

"你小子就是水户直正啊。"

我回忆起桧山景虎转学到综合学校那天，带着分不清是羞辱还是憎恶的阴郁感情，对我说了那句话。

这是真的吗？

"你小子就是桧山景虎啊。"

沉声说出这句话的，会不会是我呢？

我揉了揉头发，恨不得将脑中的记忆拉扯出来，像检查拼装模型的效果一样详细确认一遍。它是否存在歪曲变形，如果有，又是为什么？

那个，中尊寺敦先生。我迫切地想呼唤他，却发不出声音。

如果再也无法相信自己的记忆，那该怎么办？

我真的是水户直正吗？站在这里的人真的是我吗？以前的我和认为我一直过着这种生活的我，莫非是两个不一样的人吗？

我意识到自己正从根基处一点点崩塌。

中尊寺敦依旧盯着屏幕，看着影像检索的过程。

我眼前突然一亮，视界染上了橙红色。

一开始，我以为那是屏幕上的影像，也就是我实际看过的风景记录。

但是不对。这个场景来自脑中。我的记忆就像失控的视频，自动播放起来。

身下有张座椅。

我眼前是驾驶席和副驾驶席的靠背，从两者的缝隙间可以看见前方的景色。两侧窗外不断流过长长的道路护栏。

这里是高速公路。这是那场事故。

我正在回忆当时的情景。

我把最喜欢的绘本打开，放在了腿上。

又来了。

那一刻的恐怖再次复苏。

母亲说："呀，它挤过来了。"我本以为是这样，但实际没有。

是我，我在扔绘本。我可能在跟旁边的姐姐打闹，绘本从手中飞出，击中了父亲的手，反弹回来。车里响起声音，操作面板有了反应。电脑合成音报出"解除模式"，它解除了什么？

驾驶席的父亲一脸惊讶，高喊一声，死死抓住方向盘。

我瞪大了眼睛，车子开始以我为中心旋转。

我正要惨叫，意识已经回到了数据中心的房间内。

我的双手在颤抖。不仅是双手，全身都在颤抖。我想叫一声中尊寺敦，但是下颌震颤，说不出话来。

"找到了。"中尊寺敦站起来。

他并没有注意到我的狼狈。我很想高喊，现在那个不重要。中尊寺敦毫不理睬，而是说着"找到影像了"，将屏幕转过来。

一个画面映入眼帘。

那是我在世津宫子家看过的东西。密密麻麻的源代码。

中尊寺敦用自己的通用机将画面摄录下来。他播放了一下，很快便停止，又一次摄录。

"好了，走吧。"中尊寺敦准备离开房间，我条件反射地跟了上去，但是双腿发软，险些跌倒。我试图撑住身子，但是双腿再次发软。我感到全身的螺丝都松懈了，害怕得不得了。

我拼命跟着前面的中尊寺敦，以免被他甩在后面。我来不及整理自己的思绪。那场事故……那场事故的原因竟是我吗？

走出数据中心，中尊寺敦看了看周围说："我们先换个地方吧。"

"好。"

我尚沉浸在自身存在造成的冲击之中，模糊的意识难以抵抗他的话语。我只能拼尽全力跟他后面。

不知何时，我已经坐在了车笼里。

这是一种移动方式，模仿了江户时代之前一直存在的轿子。

古时的轿子有两根长杆，二人一前一后扛起，乘客则坐在中间笼台部分。当然，车笼没有沿用人力这种缺乏效率的方法，而是让人形机器立于前后，以人步行的速度缓慢前进。车笼最多可容纳四名乘客，座席部分设计成了小房间的样式，可以让情侣在狭小空间内享受二人世界，也可以供人们进行密室商谈。我听闻很多人都将它用作到达目的地途中缓慢移动的会议室，也跟日向两个人坐过，然而模仿人力抬轿的摇晃感虽然新鲜，只坐一次也就足够了。从那以后，我就再没坐过。

"好了，接下来才是问题所在。"中尊寺敦面对着我落座，双眼凝视着通用机上显示的源代码。不知是出于接近终点的兴奋，还是研究者灵魂的蠢动，他的双眼似乎在闪闪发光。

问题？

哪还顾得上什么问题，现在我的一切，包括我的存在本身都成了大问题。我的内里已经起了暴风雨，甚至让我无法叫喊，无法撕扯头发。

通用机接到电话了。

我正奇怪是谁，原来是日向。我迫不及待地将听筒贴到耳朵上。

"水户君，你没事吧？"

日向在什么地方联系我？她不是应该被警方盯上了吗？这通电话是否安全？

纵使思绪万千，我脱口而出的却是"一点都不是没事"，声音还在颤抖。真是太没出息了。

她没有问我你怎么了。

"说不定……"我这样真的像个孩子,"是因为我。"

中尊寺敦瞥了我一眼。

"我的记忆可能跟事实完全不一样。我发现了。我以为自己经历过的,从不曾怀疑过的一切,可能都是谎言。"

"谎言?"

"那些我不愿意认知的部分,不愿意承认是我所为的部分,有可能全都被扭曲了。"

我紧紧握着通用机,仿佛在忏悔,在告解。我的嘴唇在颤抖,牙齿也在打架。

"那不是谎言。"日向说。

你怎么能断言?

"因为现实本身就是暧昧的。就算事实跟水户君的记忆不相符,也不意味着要全盘否定。既有一个与水户君记忆相符的世界,也有一个并非如此的世界。这里不存在哪个正确,哪个错误的问题。"

"你是说,两个都不正确?"

"既有海人获胜的历史,也有山人获胜的世界,两者同时存在。"

海与山,又来了。我究竟在哪儿听到过呢?我想了想,发现是世津宫子告诉我的。为什么日向也知道?

"过去和未来都不是唯一,它们全部同时存在。婴儿在未来降生,也同时在过去的时代降生。一切同时存在,一切互相关联。"

哇哇——婴儿发出第一声啼哭,那个声音在我脑中闪过。

"日向,我听不懂你在说什么。刚才也说了,那场车祸,可能是因为我。"

让我失去家人的车祸,新款缪斯破灭的螺旋,一切的原因都在我。一定是这样。我脑中浮现出桧山景虎的身影。在课桌旁弯下腰,仿佛在躲藏的他，以及看见了他的我。或者说，在躲藏的我，以及对面的他。

一切都反了。

我明白了。自己的记忆经过了加工。数据中心的记录影像将事实摆在我面前，让我回忆起了一直封锁在大脑最深处，最想永远藏匿的事实。

我放下通用机，挥动双手。我想撕下自己的记忆，全部，用这双手抹除掉。

"这不是水户君的错。当时只是对方的问题。水户君在等红灯，只是计程车自己撞过来了，不是吗？我坐在副驾驶席上，记得清清楚楚。"

我不明白她在说什么，便不知如何回答。

计程车？

我说的是小时候在新东北自动车道，跟家人一同被卷入的大型车祸。可她明显在说别的事情。若说计程车撞上来，那应该是五年前让我昏迷的那场事故。"副驾驶席"这个词让我感到有点奇怪。

"水户君的驾驶没有问题。"

"我开车了？"

"当时为了去听演唱会，你不是租了一辆车吗。还说已经克服了对车辆的恐惧。其实你真的开得很好，都怪那辆计程车。"

我很想生气地说，你胡说什么呢。可是几乎同时，我想起来了。我曾对日向宣称："不能一直因为小时候的事故心怀恐惧啊，我已经没问题了。在驾校确实很顺利。我开给你看看。"

尽管有一些逞强，但实际驾驶起来，我比自己想象中还要冷静。切换到自动驾驶的瞬间，我有种听天由命的不安，但没有陷入慌乱。我觉得这不值得慌乱，直到在我停车时，那辆计程车径直开过来，狠狠撞上的一刻。

"那段记忆也是?"我的话语中夹杂着尖叫的感觉,"那也是错的?"

五年前,我陷入昏迷,在医院躺了很长时间,后来短暂失去记忆。其后,我在复检过程中慢慢找回了记忆,可是,那些记忆或许已经被加工成了我乐于接受的样子。过去我与桧山景虎经历的事情恐怕也经过了篡改,将立场对调过来,好让自己心安理得。

"现在的我跟过去的我不一样吗?"我问日向。

"什么意思?"

"车祸前的我和后来的我,一样吗?"

"我不太了解车祸前的水户君。"日向的话语似乎有些冷淡,"那是水户君邀请我,我俩的第一次约会啊。"

脑子里一片混乱。现在究竟是什么情况?

"喂。"中尊寺敦可能实在放不下心,叫了我一声。

不知何时,日向打来的电话中断了。不知是我切断了通话,还是她觉得应付不了我。

"只要相信自己记住的东西就好。"

那个声音宛如途中飘进来的草木气味,残留在我脑中。这是日向说的,还是我自己的想象?我不知道。

自己记住的东西无法相信。

不过,我还是反复默念着日向的话,做了好几个深呼吸,调整好了心情。

"问题在于,要从什么地方输入这个程序。"中尊寺敦毫不理睬正在拼命压抑恐慌的我,径自说道。

输入?他是说发送程序代码命令的地方吗?"只要有个能够联网的终端就行吗?"尽管我感到茫然,还是开始出谋划策。

我想起了仙台新闻咖啡吧的那一幕。中尊寺敦试图侵入韦雷卡塞里的服务器,但是没成功。毕竟那跟普通企业使用的数据库意义不同，安保之严密一定超乎想象。

中尊寺敦咋了一下舌。我正奇怪，却听他说："新闻。"他的通用机上好像显示了新闻速报，于是我也拿出自己的通用机。

都内暴动无法平息。

这条标题底下还显示了一条——山手线、埼京线原址可能筑墙。"这是？"

"可能筑墙？墙到底有什么用啊，只会带来不便吧。"

"可能是想分割东京。"

"分割？是谁要分割，为什么？"

中尊寺敦露出看蠢学生的表情，于是我也猜到了答案。"韦雷卡塞里吗？"

"那位老奶奶不是说了吗，人只在有了变化之后才能进化。"

桧山景虎的话又掠过脑海。"如果不搅动，就无法做实验。"这是我在综合学校毕业前夕，跟他在屋顶上的对话。

难道，那也是？我感到一阵不安。那段记忆说不定也是错误的。说出那句话的人，有可能是我。

"韦雷卡塞里收集了数不清的信息，经过分析之后，可能发现了。"

"发现什么？"

"如果没有争端，一切都不会前进。"

"所以它才要这样吗？"

"动物我不知道，但是人类之间的争斗需要什么要素呢？"

"需要什么？"

"就是划定阵地。只要有领土，就会引发争端。无论哪个时代，无论哪个地方都一样。国土相邻的国家会发生矛盾，绝不存在关系很好的邻国。那个绘本作家说得没错。最快捷的方式——"中尊寺敦竖起食指，做了个上下切开空气的动作，"就是画线。"

"画线？"

"这条线另一边的人是敌人。筑墙可能就是为了这个。"

我重新看向通用机。一道分割东京的墙即将筑起，这个事实就算摆在我面前，我也很难轻易理解。不过是筑起一道墙，就会发生敌对吗？

我迟迟无法产生实际感觉，中尊寺敦却表情严肃。

他沉默了一会儿，又开始操作通用机。

"中尊寺敦先生有主意吗？"

现在我们搞到了阻止韦雷卡塞里的源代码，接着只需要执行就好。

然而就是无法执行。

他心里可能也有些纠结吧，而且还掺杂了一点咬牙切齿的不甘。"我还指望你能想出来呢。"

"好主意？"

车笼吱吱嘎嘎地上下摇晃着缓缓前进，这个韵律本身可能也是程序设定。

"无论何时都是这样。"中尊寺敦点点头，"有一件无法实现的事情，绝不存在只要思考就能找到突破口这种好事。反倒是心里觉得这不可能，随后冒出了主意。我一直都这样。"他这番话好像是说给自己听的。

我本来以为中尊寺敦是个优秀的工程师，对自己也充满了自信。可是现在，我看着他嘀嘀咕咕地说"我应该能行"，觉得他也是个正在拼命抵御不安的普通人。

"但是这次行不通。什么都冒不出来。"他垂头丧气的样子让人不忍直视。虽然不是因为这个，我还是对他说："肯定有办法的。应该能得到灵感。"

我并非为了给他鼓气，而是想抛开不断纠结的记忆问题。要是不说话，我就会开始思考我自己的事情。我的记忆究竟有几分真实，又有哪些是虚假的？我会很想知道这些。为了让意识转移到别的事情上，我故意热心地说："中尊寺敦先生一定能行。"

"我能灵光一现吗？"

他问得如此直白，我反倒答不上来。这种感觉就像被一个孩子提问：我将来能成为棒球选手吗？应该不行这个选项并不存在。"嗯。"

"唉！"他叹了口气。那有点像不置可否，又有点像掩饰羞怯。

由于不想沉默，我决定把想到的东西都说出来。

"肯定会有提示的。"提示？连我都想怀疑。

"什么提示？谁给的提示？"

"呃……"只有一个人，"寺岛先生。这原本就是寺岛寺生先生托付给中尊寺敦先生的事情。通过《奥斯倍尔与大象》。"

"都说了不能到河里去。"

"寺岛先生相信中尊寺敦先生一定能阻止韦雷卡塞里，而我们也真的走到了这一步。"

"但是，这已经是极限。"

"寺岛先生究竟想怎么做呢？"他事先藏起了破坏韦雷卡塞里的程序，并且托付给了中尊寺敦，这点很清楚。"他准备怎么执行那个程序呢？"

"可能……"中尊寺敦表情扭曲地说，"八王子那座房子里的电脑，它应该能连上。说不定那台电脑里就有绕过韦雷卡塞里防火墙的设定。"

"请等一等。"

"干什么啊？"

"那么，寺岛先生只要在设定的时候，把破坏程序也执行了就好了呀。他压根没必要把电脑和程序藏在世津宫子老师家里。"

"可能他还没有感觉到破坏的必要性吧，只是带着以防万一的心情。

我们设置火灾报警器和灭火装置的时候，不也是在火灾发生之前吗。"

"两者不一样。而且如果真如你所说，那不就是灭火装置已经遭到破坏，我们再也无计可施了吗？"我想起世津宫子家中的情形。中尊寺敦抱在怀里的电脑被子弹打坏了。还想起了粉碎的外壳。

"无计可施。"

"怎么会？"我感到脚底的地板正在坍塌，努力想稳住自己，"可是……应该有次佳的主意吧。"

"什么意思啊？"

"就是备用计划。最开始的计划如果不行，就用这个计划补上。"

"你觉得有吗？"

"寺岛先生可能留下了提示。"

"这又不是打游戏，哪儿有卡关了就能得到提示这种好事。而且，那家伙都已经死了。"

"假设有备用计划，他应该事先就准备好了。"这就好像先把话说出来再思考其中意义。

我拉开百叶窗，眺望车笼窗外，可以看见旁边车道的车呼啸而过。车笼只允许在宽敞的人行道上运行。

"事先？什么提示啊？"

"那当然是……"

"当然是什么？"

"你们两个人的共通点。"脱口而出的瞬间，我脑中亮起一盏灯，"γ默克。"

没错，γ默克，就是这个。

如果没有γ默克，中尊寺敦和寺岛寺生就不会成为好朋友。如此一来，他们的人生就会改变，或许寺岛寺生就不会创造韦雷卡塞里，我的眼球里也不会被植入这个可怕的摄像头。

中尊寺敦一脸呆滞，仿佛有人往他脸上拍了个东西。

我还以为自己说了很离谱的话，但是不安只持续了一瞬间。他突然专心致志——这么说可能有点过，但至少是格外认真地操作起通用机来。"没错，如果是我能找到的东西，肯定只有 γ 默克了，寺岛肯定也这样想。"他嘀嘀咕咕地说着，死死盯住通用机，过了一会儿，突然神秘莫测地说："应该是这个。"

"什么啊？"

"就是今天。今天有一场 γ 默克的追悼演出。地点在东京都内的 Live House [1]，为了悼念杏安人。"

"规模大吗？"

"是秘密表演，地点没有公开。只有部分相关人员会得到邀请，表演实况将会进行网络同步转播。"

γ 默克的作品结合了音乐和影像，是一种独特的创作。这种创作既可以在表演现场身临其境地欣赏，也可以通过电子设备来欣赏。

"γ 默克已经好久没出来活动了，所以网上正在热议这件事。"中尊寺敦的语气有点不太情愿。他似乎有点懊恼现在才知道这么重大的消息，不过我们被卷入了这场骚动，也是没办法的事情。他压根没时间关注 γ 默克的新闻。

"然后呢？有演出又如何？"

"我刚刚找到了。"

"什么东西？"

"公布追悼演唱会消息时，有乐队成员在底下发了评论。"

他把通用机递给我看，我在立体影像中找到了评论。那是一个新闻网站的报道。

评论用平淡的语气陈述了事实与计划，丝毫没有透露感伤和对追悼活动的热忱。最后一句是："刚刚得到了新的网络系统，可以为歌

---

[1] 小型室内演出场所。——编者注

迷们送上最棒的影像。"

"这是?"

"上面不是写着得到了新系统吗,那可能不是他们自己开发的,而是别人提供的。"

"真的吗?"

"寺岛预先准备好了。"中尊寺敦扬起一边眉毛,"你觉得有可能吗?"

"预先?"

"没错。他预先准备好了足以让 γ 默克垂涎,想在表演中使用的程序及系统,并发给他们。如果只是单纯发过去可能会遭到怀疑,所以他用了某种可以获得一定信任的方法。"

可以获得一定信任的方法?这种说法也太没边没际了。对方莫说垂涎,可能要皱眉的吧。然而他似乎看到了此前一直看不见的前景,语气十分肯定。

"如果是真的,又会如何?"

"我们应该能通过那个系统连接上吧。"

尽管他极力掩饰,我还是看出他此刻特别兴奋。

"连接韦雷卡塞里?"

没错,中尊寺敦用力点点头。"这是那家伙准备的。他知道如果我在八王子的老奶奶家找到代码,再得知 γ 默克演出的消息,一定能把两者联系起来。"

"那也就是说……"

"那家伙可能暗示我们去演出现场,使用那个系统连接韦雷卡塞里。"

要连接韦雷卡塞里十分困难,但是寺岛寺生作为它的研发者,自然十分熟悉其防火墙情况。

中尊寺敦突然变得活力四射,神采飞扬。似乎连那头长发都变得更有光泽了。

"可是，表演会场不是保密吗？"

"比起韦雷卡塞里的相关信息，查这种信息比回答今天是星期几还简单。"他充满自信地说着，看起来无比可靠。

他开始操作车笼里的指示面板，我感到一阵轿夫缓缓弯下腰的摇晃，车笼随即停了下来。这套动作真的那么有必要吗？

我心里想着，中尊寺敦同时也说："这个动作有点多余了吧。"闻言，我感到有些愉快。我此前一直被自己的记忆、警察的追捕和严重的问题所侵蚀，在听到那句话后，表情终于舒缓了一些，心情也开朗了。那只是无比微小的放松，恰似行将熄灭的烛火。

✉

演出现场在旧下北泽的一角。傍晚六点多，天已经黑了下来。与新区不同，旧下北泽区域曾经是喜好音乐的年轻人（他们有个古老的俗称叫 Band Man）和演剧爱好者（可能被称作 Theater Man）聚集的地方。后来车站翻新，原本混杂而多元的氛围摇身一变成了扁平干燥的干净外表。尽管如此，钟爱城镇原本面貌的人们也极力做出了反抗，令改造半途而废。大约十年前，北部建起了新下北泽，城镇就在上下北泽、北下北泽这种令人混乱的称呼中渐渐发展，形成了现在这种新旧并存的形态。

"不过现在还住在旧下北泽的，只剩下一些死忠的人了。"

计程车司机话很多，我们一上车他就开始喋喋不休。我们俩作为危险分子，身份信息应该已经被发放到各个交通机构和设施中，但我们还是成功混了进去。"不管是人脸识别、DNA 识别还是通用机识别，反正都只是跟存档数据进行比对，只要将存档数据稍微改动一下就不会暴露。"中尊寺敦这样吹嘘道。

"无论觉得外表多么相似，只要机器不提示对上号了，就不会暴露。其实有时候啊，人的双眼和直觉反倒更正确才对。"

有点道理。不过我又想，如果是那个人——如果是桧山景虎，一定无须机器识别，就能把我认出来。

我跟那个人的关系就是如此。

前面那个开着自动驾驶模式也规规矩矩双手握住方向盘的司机，一直在不停地讲述下北泽的历史。他说起话来似乎不用换气，滔滔不绝，宛如般若心经，让我们毫无插嘴的空隙。

"到了以后该怎么办？"我问旁边的中尊寺敦。他在车上一直忙着操作通用机，要么是在收集情报，要么是在篡改哪里的数据。

"伪装成表演相关人士混进去。开演时间是晚上九点，这会儿应该已经完成系统设置了。最好能假装成工作人员，接触到那个系统。"

接着他又说，可以从那个终端尝试连接韦雷卡塞里。

中尊寺敦抬起头，定定地看着我。

"怎么了？"我有点害怕他又发表一个令人震惊的消息，就像我眼睛里的摄像头一样。

"没什么。"他喃喃道，"你不在乎了？"

"啊？"

"你坐在车上，倒是很淡定嘛。"

"啊……"

的确如此。原来的我只要坐上汽车就会浑身冒汗，害怕得恨不能当场晕倒。可是现在，我在车子里坐得笔直，就算看向窗外也不会感到眩晕，视野十分稳定。我之所以觉得司机说话很稀奇，可能是因为以前根本没有能力平静地倾听车里的人说话。

"被你这么一说……"我只能这样回答，"虽然不明白为什么，可我真的不在乎了。"

我对汽车的恐惧消失了吗？

"可能是把车祸这件事想通了吧。"中尊寺敦说。

不，完全相反。

我根本没有想通，反而开始怀疑车祸的原因正是我自己，脑子一片混乱。

必须要深挖记忆的义务感和一点都不想触及那个地方的抵触感交错在一起。

根据日向的说法，五年前我好像亲自驾驶过汽车。也就是说，当时我已经渐渐克服了恐惧。但不走运的是，我平白无故被一辆计程车撞上，因此受了重伤，结果又开始对汽车避之唯恐不及。不，那真的能单纯总结为运气不好吗？难道不是被设计成这样的吗？我又开始怀疑。

计程车停了下来，我没有时间咀嚼这个疑念了。

虽然没有招牌也没有显眼的提示，但我一下就知道目的地在哪里了。因为那里聚集了一群人。

虽说是秘密，但信息不知从什么地方泄露了。

一座圆筒形的细长楼房入口围了一群人，几个身穿警备服装的人正在维持秩序。还有部分工作人员开始设置简易路障。

中尊寺敦走在前面，我跟了上去。

自从在仙台碰面，我俩一直是这样。这一天可真够漫长。接连发生出乎意料的事情，我好像被什么东西推搡着不断移动，因此真的有种度日如年的感觉。他大步向前走，我则像刚孵化的小鸡一样跟在后面。事实上，我的确有点像刚刚诞生的状态。

"请让我过去。借过一下。让一让啦。"

中尊寺敦挤开人群走了进去，边走边大大方方地说相关人士，相关人士。他没说谁是相关人士，也没说是谁的相关人士。我们与 γ 默克的演唱会不能说是毫无关系，关系有是有，这并非说谎，可我还是甩不掉心中的内疚。

门口的工作人员看见我们就警惕起来，命令我们站住。

"我们来检查表演设备。"中尊寺敦出示了通用机，"好了，我们还要赶时间。"他抬腿就要走，却被叫住了。"不对，请等一等。"

我立刻停了下来。中尊寺敦在稍远处，也停下了脚步。

要中枪了，我突然想。子弹会从背后射入，在胸口或腹部穿出一个大洞，一切就会伴随着剧烈的疼痛彻底结束。自己将要消失的恐惧令我全身汗毛直竖。

我屏住了呼吸。

要消失了，我要消失了。我明明如此害怕，却迟迟没有失去意识。

我缓缓回过头，发现工作人员就在身后。他问我："你们要检查什么？"他手上拿的不是手枪，而是塑料瓶。

"啊，系统。"我把第一个闪过脑中的词说了出来。

"什么系统？"

"影像系统。"中尊寺敦走回来，挡在我和工作人员之间。他可能认为这是最关键的门槛。

"影像系统？"工作人员太优秀了，我们只想他无脑接受这个含糊又像煞有介事的说明，可他偏不，还说了一句："请等一等，我确认一下。"

如此认真的工作态度真是值得夸奖。

"这项工作安排得急，我们也不知道沟通到了什么程度。"中尊寺敦说了个不怎么着调的理由，暗中戳了我一下，意思是直接往里走。

此地不宜久留。我们像小孩子玩一二三木头人那样，不动声色地挪动起来。

"啊，好，我知道了。"此时，工作人员说了一声。

"刚刚确认过了，系统确实需要检查。抱歉，请进去吧。"

"弄清楚了就好。"中尊寺敦说。

我一边往里走一边咕哝："原来刚好需要检查啊。"

"真走运。"

这算是时来运转吗？

楼里很暗，墙上的屏幕什么图像都没有，我们只能目不斜视地往前走。途中遇到了几个貌似工作人员的人，但他们并没有注意我们。

"到哪儿去？"

"系统应该安装在舞台上吧。"

通道分成左右两边，中尊寺敦四处张望，发现一块电光指示牌，说了一句"这边"，便往左边走去。

我们来到一个开阔的空间，原来那里就是舞台。

里面光线昏暗，空无一人，让人感觉像是走进了神圣的洞窟中。舞台上既没有乐器也没有话筒架。

我们四处走了走，舞台前方是一大片观众席。从大楼外观很难想象出，这里的圆形观众席足有三层，是个有一定高度和深度的会场，就像老电影里出现的歌剧院一样。没想到旧下北泽还有这样的地方。

橙色的小型照明等间距排列，让会场笼罩在一片肃穆的气氛中。

这里的美令人折服。

我可能产生了错觉，认为自己来到这个肃穆的会场是为了坦白罪状，不知不觉来到了舞台中央，试图对无声无形的观众下跪道歉。

一切都是我的错。

我篡改了自己不想要的记忆，抹除了过去。

车祸的原因可能是我。

我还想起了综合学校时代的桧山景虎。

那个总是板着脸，装模作样，丢人现眼的人，可能是我自己。

我只能勉强维持站立的姿势。

我究竟是谁，我的记忆究竟是谁的经历？

我之所以没有崩溃，是因为中尊寺敦的声音。"喂，在这儿。"

他只是咕哝了一句，但是会场传声效果太好，仿佛恨不得把那句话向全世界发送出去，把我吓了一跳。

他站在舞台旁边的黑色独脚桌旁。桌上摆着一个小盒子，那可能就是安装了系统的电脑设备。中尊寺敦正在敲击电脑附带的键盘。"还要花点时间，有人来了告诉我一声。"

他目光严肃，把通用机放在本就没什么空间的桌子角落，盯着屏幕不断输入。

我警惕着可疑人物的出现，随即发现这里最可疑的人物就是我们两个。

γ 默克的成员都在休息室吗？

我无法想象追悼演唱会将是什么样子。

我又回头看了一眼庄严神圣的观众席。过不了多久，这里就会挤满观众吧。届时，现场一定会充满高亢的热情和欢呼吧。

在此之前，我们能结束工作吗？

我转到中尊寺敦身后。

"怎么了？"

"没什么，只是希望能顺利。"我不由自主地说，"啊，还有，想用眼睛里的摄像头记录下中尊寺敦先生奋战的英姿。"

听到我堪称自虐的玩笑，他哼了一声。

"我快要找到连接韦雷卡塞里的路径了。接下来只要——"

"这样它就会停下来了？"

"可能。"

"不过，把它停掉真的好吗？"我提出了疑问。

"什么意思？"

"不，我只是想说，人工智能的消失，真的是好事吗？"

他可能在想，都这时候了你说什么呢。我也这样想。只不过，我真的很在意，没办法。

"当然好啊。因为亲手创造了韦雷卡塞里的寺岛都认为应该这样。"

"创造者不一定总是对的。"

"你也看见了编派我们的假新闻吧？还有东京都内的东西战争正被煽动起来。你觉得那是对的吗？"中尊寺敦满不在乎地说着，手上的动作丝毫不停顿。

的确是这样。

"听好了，特意挑起争端的东西不可能正确。"他继续道，"如果只是贪图私欲的企业家或政治家，那么放着不管也会自行消亡。因为欲望和怠惰会毁灭他们。可是韦雷卡塞里没有那么简单。它没有欲望，也不会怠惰，更加没有私欲。把它放着不管，它还是会正常运作。所以……"

"所以？"

"所以只能靠他人来强行把它停掉。"

人工智能不同于人类或组织，只会向着目标默默计算。就算那个目标对大多数人来说没有好处，它也不会在乎。

可是既然如此，难道不是应该遵从它的道路吗？我突然想。如果是没有一己私欲的人工智能勤勤恳恳铺就的道路，那么顺着那条路向前走，难道不是正确的吗？

可是，我并不希望因此引发战争。另一个我反驳道。

"好，这样就成了。"中尊寺敦停下了敲击键盘的动作。

只要按一个键，程序就会开始运行。

寺岛寺生的愿望就能实现，危机就会变为杞人忧天。

我再次环视寂静的会场。所幸，没有工作人员走进来。

我本以为演唱会开始前，负责会场运营和设备调整的会在这里东奔西跑。现在可能是暴风雨来临前的寂静吧。

太好了。自从来到这里，就一直在走运。

我松了口气，突然想到自己曾经有过类似的感觉。刚才在门口虽然被叫住了，但检查系统的谎言并没有败露。

"我们正在走运。"中尊寺敦的话仿佛顺着舞台地板，从我身后传了过来，"以前的音乐里有一句歌词叫'如有神助'，想必运气也是跟神差不多的东西吧。还有诗人曾经说过，'巧合就是上帝的笔名'。"

韦雷卡塞里虽然能够收集数量庞大的信息，瞬间完成数量庞大的计算，但它可能也无法理解巧合与运气。

很快我又听到了另一个声音。

"真的吗？"

那个瞬间，我感到浑身一冷，忍不住颤抖起来。这种感觉就像被人从头浇了一桶冷水，全身毛孔霎时间紧闭。

人工智能怎么可能如此迟钝？

而且，寺岛寺生为什么要让我们干这么麻烦的事？

"那个……"我战战兢兢地看向中尊寺敦。

他好像也正好想到了同样的问题，阴影下的面孔沉了下来，身体都好似缩小了一圈。"可能中招了。"

"啊，是的。"

所谓血液逆流，应该就是这种感觉吧。

之前怎么就没意识到呢。

开演前的会场不可能空无一人。

我们假扮成系统检修人员进来时，他们怎么可能碰巧真的叫了系统检修人员呢。

为何我们竟把一切归结为巧合与运气呢？

"没想到在这最后关头，我竟然晚节不保啊。"

"什么意思？"我嘴上问着，心里其实明白他的意思。

"我冲动了。我觉得寺岛应该留下了一些办法，随后想到我们俩的共通之处只有 γ 默克。而 γ 默克今天正好要开追悼演唱会。既然如此，演唱会上应该能找到突破口。这个想法一冒出来，我满心以为自己找到了正确答案，一时兴奋就失去了冷静。"中尊寺敦已经收起了自己的通用机，他放弃了执行程序的操作，"人啊，总是会拘泥于自以为是的发现。"

"发现……"

"人们很难接受自己的功劳竟是错误的这种事实，不愿意承认这是别人事先安排好的功劳。刚才的我就是这样。我坚信这件事跟 γ 默克有关，丝毫没有怀疑。"

应该再深入讨论一番才对。

制造假新闻不正是韦雷卡塞里的拿手好戏吗。

"寺岛根本没有留下备用计划，事情就是这样。"

换言之，那台电脑在八王子被打碎的一刻，寺岛寺生的计划，他托付给旧友的战斗，就已经结束了。我们满以为来到 γ 默克的演唱会场就能找到解决办法，其实那只是韦雷卡塞里的诱导。

"被摆了一道。"

那句话就像一个信号，会场周围顿时响起开门声。

灯亮了，眼前充斥着耀眼的光芒。场景霎时间变化，仿佛一直紧闭的双眼终于睁开了。

一楼观众席拥入大量身穿制服的警察。可能因为我脑子宕了机，无法理解眼前的情况，所以感觉他们是突然冒出来的。

几乎每个人都举着枪。

有人在喊话。

中尊寺敦叹了口气，我感到背后的空气轻轻晃动。

"是不是连演唱会都是骗人的啊。"我说了句话，只是不知道究竟发出来多少声音。

那么从头到尾都是假新闻吗？至少，网上那条"刚刚得到了新的网络系统，可以为歌迷们送上最棒的影像"的评论，是完完全全假冒的吧。伪造 γ 默克成员的发言，应该易如反掌。

那追悼演唱会呢？

这是真的吗?

我越想越害怕。说不定,连 γ 默克成员亡故的消息都是假的。

一旦开始怀疑,就没完没了。

持枪的警察队伍中传来声音,在剧场中回荡着,宛如歌剧演员庄严的歌声。

由于回响效果太好,我没听清他在说什么,但可以想象,大抵是放弃抵抗,老实待着,别想着搞鬼之类。

我举起双手。到此为止了。

与此同时,自从在新干线车厢里遇到寺岛寺生之后,我已经有过好几次的情绪再次涌了上来。

我只是被卷进来的无辜人士,为何要受这种委屈?

我被卷进来了。

卷进了什么?

这是一场混乱的事态,始于寺岛寺生和中尊寺敦之间的约定。

不,不对。

应该是长年累月不断重复着敌对的,人们的因缘。

我心中的另一个我毫无希望地回答:"我们只是为了制造敌对而诞生的容器罢了。"

"容器?"

"很早以前就有人说,生物不过是遗传基因为了延续而制造的容器。同样,我们也是为了让对立延续下去的容器。"

警察一点一点靠近舞台。他们围成一个半圆的阵型,将猎物困在其中。

我本打算老老实实接受逮捕。

因为我没有抵抗的理由,也没有不得不完成的使命。

我甚至希望,这样一来,我就能摆脱这场骚动。

可是,我并没有束手就擒。

因为我在那群警察中发现了他——桧山景虎。

我突然再也无法忍受。与韦雷卡塞里对决，千里逃亡，眼球里安装的摄像头，被篡改的记忆，许多的冲击和压力击溃了我。

我发现脚边掉了一把枪，尚未来得及思考就把它捡了起来。

我已经接受了命运，知道事情会变成这个样子。

包围我们的警察猛地逼上前来。片刻之后，视野被强光笼罩。

我迷惑不已，再次凝神注视，发现桧山景虎就站在舞台之下。除他以外，我看不见其他人。这里只有我和他，直面着彼此。

他举着枪，我也只能把枪举起来。

我听不见声音，目光无法离开桧山景虎。

我想起记忆的颠倒。我以为是桧山景虎的人其实是我，而本应是我的人却是桧山景虎。

宛若表里。

那么，谁才是表？我和桧山景虎究竟谁才是正确的，又是谁不对？我的记忆和摄像头的记录，究竟哪一方才是真实的？

我脑中闪过复刻乐队这个词。复刻只是对原创的模仿，它是否具有价值？

我认为，如果能实现接近完全的复刻，那就跟原创相去无几。

而且我还想，如果原创不复存在呢？

那残留在世的复刻，不就成了原创吗？

我忍不住这样想。

一方残存。

一方消逝。

我举着头一次触碰到的手枪，食指放在扳机上。

为了让自己成为硬币的正面，我必须对桧山景虎开枪。

只要我留在世上，我的记忆就会变成事实。

就在那时，我听见一声巨响，仿佛一只巨大而沉重的靴子狠狠踏穿了地板。我感到脑袋猛地向后倾倒，还感到了火烧般的灼热，整个人倒了下去。

视野陷入黑暗前的一瞬间，我看见舞台角落站着几个男人。到最后我都没发现，他们是 γ 默克的成员。

我反复思索，如果那时水户直正脚下没有出现一把手枪。

或许，走上舞台逮捕中尊寺敦的调查员也犯了大意的错误。他没想到对方会突然反抗，因此慌了手脚，还被撞得失去平衡，手枪飞了出去。

水户直正捡起手枪，对准前方。原因不明。

只是，他的动作无比流畅，仿佛一切已经注定。

不知为何，我也向前走了出去，把其他调查员拦在身后。我十分疲劳，而且睡眠不足，由于在进屋休息前又被拽了出来，脑子一直迷迷糊糊。可以说，我两眼充血，脑子里塞满了强行忍住的哈欠。

我与水户直正面对面，站在有一定深度的歌剧院底端，周围似乎只剩下我们两人。

先举枪的人是水户直正，所以我也举起了枪。

似乎如此。

因为我几乎没有记忆。后来我调出监控摄像的画面，才看到了自己的行动。

我并没有感到兴奋，而是陷入了混乱。

无论我怎么绕行，怎么闪避，都会跟水户直正撞个正着。我心中充满了这种类似放弃的情绪。

太不可思议了。水户直正并没有犯下什么大罪。一开始被当作煽动东京暴动主谋的中尊寺敦，在逮捕后也查明与那起案件毫无关系。结果他的所作所为，仅仅是非法连接网络、妨碍执行公务、违反电波法而已，完全没必要如此拼命地逃窜，更别说要在被警察包围的情况下开枪。

规则必须遵守，秩序必须维持。

我向来对此深信不疑，至今依旧如此。可是，考虑到水户直正的罪名，我不禁怀疑，当时我和其他调查员，是不是真的有必要把他们逼到那个地步。

为什么事情会变成这样？

水户直正陷入了疯狂。

人们用这句话解释了一切。

他应该只是在完成投递员的工作，但是被中尊寺敦带着到处跑，最后还被警察团团围住，由于疲惫和混乱，导致精神状态异常。这便是人们得出的结论。

我坐在新东北新干线上，面朝车窗。

窗外闪过大片田园风景，饱满的稻穗宛如柔软的绒毯。

我回忆起追捕寺岛寺生时，我与水户直正在新干线上的偶遇。

水户直正当时坐的，也是这一带的座位吧。

那就是开端。不过准确地说，早在多年以前，开端就已经显现。

旁边突然有人坐下。我吃了一惊，同时绷紧身体。车里人不多，周围还有很多空座。由于我没在执勤，身上没有带枪，但还是反射性地把手伸向了腰带。

"我只是看到熟面孔，想过来打声招呼而已。"

我花了好一会儿才意识到他是谁。长头发，凹陷的脸颊，是中尊寺敦。可能因为他语气轻快，我虽然感到紧张，心中却没有恐惧。

"东北旅行？"

"我想去奥入濑走走。"其实我不必回答，但也不想隐瞒。

"去平复亲手杀死朋友的心伤吗？"他的话语很尖刻，但他自己似乎也痛苦不堪。

"他不是朋友。"我无须刻意否定，但就是忍不住，"而且，他也没死。"

"我听说了。"

我射出的子弹正中水户直正的头部。不知该说打得好还是打得歪，他虽然没有丢掉性命，但一直躺在东京某医院里。他没有昏迷，而是睁着眼睛，似乎在呆呆地眺望虚空。只是，他的身体纹丝不动，意识清醒到什么程度也很难把握。

"你去看过他吗？"他问。

"呃，嗯。"

他可能想开玩笑，闻言嗤笑一声："真的去了？"

"算是吧。"

"出于罪恶感？可是那也没办法啊，你只是在执行任务。"

"你好会安慰人啊。"我回答，"不过那并非出于罪恶感。"

我也不知道自己为何要去看躺在床上的水户直正。每次我到医院去，陪在旁边的日向恭子都会一言不发地走开，而我则站在那里凝视水户直正，几分钟后转身离开。尽管是不定期过去，但从来没停过。

"你怎么一下就被释放了？"

"你应该知道啊，我又没干什么大事，新闻都是骗人的。"

"不过你这基本算是无罪释放吧。"

"嗯，没错。"中尊寺敦皱起了眉。

"干吗摆一张苦瓜脸。"

"我也觉得很奇怪。毕竟我试图破坏的是足以撼动国本的东西，还以为自己会受到重罚呢。"

"撼动国本的东西？"他在说谁呢？"政治家？"

"哈！"中尊寺敦吐了口气，并不回答。他可能在开玩笑吧。他的罪名中并不包含如此严重的东西，我记得新闻没报道过。

"结果我还是没能阻止那家伙。"

"那真是太好了。"

"换句话说，我这么轻易就能回归社会，有可能是那家伙的安排。这让我有点担心。"

"那家伙到底是谁啊？"

"那家伙可能想利用我，说不定它早就看穿了我会跟你说话。我今后无论干什么，想必都无法摆脱它的掌控了。我会一直怀疑，自己的所有行动都是韦雷卡塞里事先安排好的。"

"什么卡塞里？那是什么东西？"

"人工智能会下出人类无法理解的一盘棋。"

新干线几乎毫不摇晃，笔直向前开着。中尊寺敦不再说话，但也没有离去。我正要劝他换到别的座位去，却听见他低声说："墙壁。"

"什么？"

"你知道东京要筑墙了吗？"

"哦，那个啊。"之前有新闻报道：山手线等线路转入地下，并在原来的轨道上修建墙壁。后来马上被订正为真假不明的传闻。"这应该叫分而治之的亡灵吧。"

第二次世界大战时，曾经有过美、苏、英对日本分而治之的构想。如果那个构想真的实现了，日本可能像德国柏林那样，在国内筑起好几道高墙。我还听说已经有人把东京筑墙与那件事牵扯在一起了。

"这不是传闻，可能真的要开工了。"

"你那是什么预言啊？"

"修筑高墙，煽动人们的对立。它应该想把事情推向这个方向。"

"谁啊？"

"只要有了分界线，就会发生对立。只要一开始对立，其后无论什么事都能成为对立的原因。就像绘本作家说的那样，演变成为了对立而对立。"

"你在说什么呢？"

中尊寺敦还是不回答我，而是继续道："不过，这事可能不会完全按照蓝图发展。"

"你一直在说什么东西呢？"

我话音落下，中尊寺敦把他的通用机转了过来。立体影像开启，那是一则新闻。

γ 默克新作品将全世界免费发布。

"这是什么？"

"当时——"中尊寺敦咬牙切齿地说。

什么时候？我没有反问，因为我知道，他说的只能是我与水户直正举枪相对的时候。

"当时，我眼前发生了可怕的事情。那还是追悼演唱会的准备阶段。"

这并非中尊寺敦的话语，而是新闻图像中插入的评论——γ 默克成员的独白。

"警察对犯人开了枪。如果只是这样描述，可能不会有人多想，但我们当时却被人与人争斗的恐怖和只能旁观的无力感所侵袭。我们不知道中枪的人心里在想什么，也不知道他究竟是谁。只是，我们不希望再看见那样的场景了。因为这个心愿，我们创作了这次的新作品。"

那段独白这样说道。

"这又怎么了？"

"电脑通过收集信息，计算分析，从而进行预测。它甚至可以操作新闻，引导人们走向它所设计的未来。就像它把我们引到了那个Live House 一样。"

"你说什么呢？"

"可是，它无法完全操纵人的感情。"他得意地说着，仿佛这是珍藏已久的秘密，"只要发生了可怕的事情或是让人感动的场面，人们的心就会为之动摇。曾经，有一个因为无差别轰炸而深受打击的艺术家画了一幅画，看了那幅画的人内心都会动摇[1]。创造未来的不是只有信息和事实，当然还包括人的感情。"中尊寺敦像体育解说一样口沫横飞，虽然言辞轻狂，却让人感觉到背后的热情。"人要表达什么，那种表达能够让人产生什么感受，这种东西是无法确切计算出来的。毕竟人的感情本身就不合逻辑。比如——"

"比如？"

"明知道说这种话会引发争吵，人还是无法抑制感情，脱口而出。对吧？人的感情总是不会按照计算出来的轨道发展。"

"那又如何？"

"γ默克的新作品能够打动人心。或许，筑墙的计划不会终止，因为公共事业就是这个样子。可是，结果可能并不会符合预料。如果因为人的感情而发生了些许错位，最终就会演变成截然不同的结果。"

"你为什么这么不希望事情按照预想的轨道发展呢？"这就好像不喜欢运动会，因此祈祷那天下雨的孩子一样。

"你们就是山与海吧。"

我无法回答，脑中闪过日向恭子的脸。

"或许你们不只是单纯的碰撞，而会在碰撞中孕育出很多东西。"

"孕育？"我满脑子只有疑问。

"敌对的 a 与 b 可能孕育出 c，"他嘀嘀咕咕地说，"而不是 α 与 β。"

"我根本不明白你在说什么。"

"你去看水户直正都做了什么？"

"没什么，就是站在那儿，然后看看绘本。"

---

[1] 指毕加索的《格尔尼卡》。——译者注

"绘本？蜗牛那个？"

"嗯，因为正好放在旁边。听说水户很喜欢，我就有点好奇。"

中尊寺敦笑了。"那很重要。"

"是吗？我觉得没什么。"

"即使是对立的双方，也会产生想了解对方的想法。不，希望了解对方这点非常重要。只要处在对立关系，对方在自己眼中就会扭曲，导致无法看清。就像老奶奶说的那样。"

他到底在说哪位老奶奶啊。

"翻开对方喜欢的绘本，试图去了解对方，这样很好。"

"你在嘲笑我吗？"

"不对。下次你去，不如念给他听听吧。"

"念给他听？绘本吗？"他果然在嘲笑我。我心里很气，但是忍不住想象自己念绘本的画面。

中尊寺敦总算站起来了。

我既希望他赶紧消失，又希望他留下来多说几句话。我没有挽留他，而是把视线重新投向窗外的景色，但听见他说："你还会去看他吗？"

"可能。"

他没问我可能是或可能不是，而是说："你下次去了，记得好好看他的眼睛。"

"眼睛？"我感觉这有点像家长对孩子说教，告诉孩子说话时要看着对方的眼睛。

"没错，为了告诉他你来了。他不是睁着眼睛吗？"

"是睁着眼睛，可他并没有看。"

中尊寺敦耸耸肩。"现在可能没有看，不过等他苏醒了，知道你曾经来过，可能会大吃一惊。"

"他会知道吗？"

"因为会留下记录。"

什么记录？

我正要问，他却不见了。他可能去了前面的车厢，可我却感觉他像全息影像一般突然消失了。

后记

　　这部小说原本在中央公论新社为纪念创立一百三十周年而发行的杂志《小说BOC》上发表，从第一期连载到第十期。八位作家按照从原始时代到未来的顺序，分时代创作了各自的故事，我被分到了"昭和泡沫经济时期"和"近未来"这两项。每部作品都以"人与人的对立"为基调，基于"山人与海人血统的传人注定要互相碰撞"这一设定，同时还拥有几种共通的要素，但是彼此独立，不会出现没有看过别的作品就看不懂此文的情况。不过，作品中也存在那个时代的故事和这个时代的故事意外存在共通点，一些相似的场景总是跨越时代重复上演的部分，所以也有连读好几部作品以享受这些乐趣的选项。

参考文献

《实则可怕的泡沫时代》：铁人社。

《泡沫的历史——从郁金香效应到网络投机》：爱德华·钱塞勒著，山冈洋一译，日经 BP 社。

《螺旋》年表

为纪念杂志《小说BOC》创刊，共有八位作家参与到"螺旋计划"中，本书即该计划的作品之一。

"螺旋计划"由八位作家（朝井辽、天野纯希、伊坂幸太郎、乾瑠香、大森兄弟、泽田瞳子、药丸岳、吉田笃弘）参与，依照某个"原则"，将古代到未来的日本作为背景，创作了九个讲述两个族群对立的历史故事。每个作品都是独立的故事，但所有作品通读下来，眼前就会出现一幅互相关联的庞大绘卷。你能否解读到"螺旋计划"中隐藏的信息？

敬请欣赏八位作家围绕"对立"而展开的竞演。

原始：《大海尽头的潟湖》大森兄弟

BC

3000 气候进入冰河期

矶部在海边形成村落

山部从山上涌向海边

海鲸在矶部的圣地吉奥德玛搁浅

矶部与山部的对立逐渐激化

韦雷卡塞里留下的壁画被人发现

古代：《月人壮士》泽田瞳子

AD

724 圣武天皇即位，光明子被立为皇后

729 长屋王之变（藤原四兄弟的阴谋）

740 藤原广嗣之乱，其后连续迁都

752 东大寺大佛开眼供养

754 鉴真和尚来日

756 圣武天皇薨

中世、近世：《武者之国》天野纯希

941 平将门之乱终结

1185 屋岛、坛浦之战，源氏灭平家，开设镰仓幕府

1192 源赖朝获封征夷大将军

1333 镰仓幕府灭亡，足利尊氏、楠木正成等人活跃

1336 室町幕府开设

1369 足利义满获封征夷大将军

1392 南北朝统一

1399 应永之乱，大内义弘遭义满讨杀

1560 桶狭间之战，织田信长抬头

1582 本能寺之变，明智光秀杀死信长

1586 丰臣秀吉成为太政大臣

1600 关原之战，德川家康胜利

1603 江户幕府开设

1837 大盐平八郎之乱，其子格之助前往鬼仙岛

1863 新选组成立，土方岁三等人活跃

1868 明治维新

1877 西南战争

明治：《苍色大地》药丸岳

1876 海军兵学校开设

1877 西南战争 / 平藏前往鬼仙岛

1890 吴镇守府开厅，榎木新太郎等人来到山神司令长官麾下供职

1891 海军进攻鬼仙岛，灯等海盗迎击

昭和前期：《恋毁》乾瑠香

1937 中日开战

1941 偷袭珍珠港，太平洋战争爆发

1942 中途岛战役，战局恶化

1944 浜野清子带着护身符疏散到高源寺 / 与那须野立津相遇 / 那须野健次郎死亡

1945 清子回京 / 东京大空袭

昭和后期：《跷跷板妖怪》伊坂幸太郎

1951 签署《旧金山对日和平条约》/ 冷战激化

1980 （前后）日本强化国内情报机构 / 宫子作为间谍活跃

1982 宫子与北山直人相识 / 泡沫经济开始 / 宫子与直人结婚

1988 宫子与婆婆世津的对立激化 / 有人发现原始时代壁画

1989 柏林墙倒塌

1991 苏维埃联邦解体

平成：《向死而生》朝井辽

1989 日本改元平成

1992 南水智也、堀北雄介在北海道出生，自幼相识
绘本《我是麦麦》《帝国准则》开始流行

2011 智也、雄介考上北海道大学

2012 古文献中发现鬼仙岛的记载

2014 "嬉泉岛"成为山海传说的圣地 / 雄介计划前往

近未来：《螺旋妖怪》伊坂幸太郎

2020 东京奥运会

2030 （前后）人工智能韦雷卡塞里的研究不断发展 / 乐队 γ 默克大为流行，负责作曲的田中中田死亡 / 水户直正、桧山景虎在车祸中失去家人

少年在他发现的一片水面上畅游了许久，回到男人身边。

"你瞧，蜗牛。好久没看见过了。"

他在一片叶子背面发现了它，忍不住用指尖轻抚壳上的螺旋。

"它一出生就背负着螺旋呢。"

"哦。"少年漠不关心地应了一声，衣服上不断滴落水珠。

男人抬起目光。她们待在二十米开外的地方。

他们的悬浮摩托车用完了所有燃料，后来又在干燥的土地上连续行走了几日，才来到这个地方。几乎是同时，她们也从反方向走了过来。她带着一名少女和她的狗，可能是从东京遗迹一路来到了这里。"为什么不好好相处啊？"少年问。

他们很久没见到其他人了。男人一开始很吃惊，同时也很兴奋，还上去跟她打了招呼。他们已经无家可归，所有摩天大楼或是崩塌殆尽，或是仅余断壁残垣，再也没有别人一起生活。他脑中一度闪过跟她们一起上路的想法，而那个女人也对他露出了笑容。少女走向少年，像讲故事一样讲述了很久以前鲸鱼会喷很多水，还四处散布了好几十万本书。那一定是东京还存在时流传的故事吧。过了一会儿，孩子和狗开始玩水。

两人的气氛尴尬起来，因为他们同时发现，男人的双眼泛蓝，而女人的耳朵又尖又大。

两人表情突然僵硬，变得与方才打招呼时截然不同，对彼此充满了戒备，同时拉开了距离。

"因为我们是山人与海人。"男人对少年说。那是自古流传的故事，在纪元前还没找到任何科学依据。还有传闻说，东京之所以毁灭，其中一个原因便是山人与海人的血统。

"最好别待在一起。"

"为什么？"

"因为会碰撞。"

"她看起来是个好人啊。"

男人没有回答。

"走吧，尽量多装点水。"男人对少年说完，再次抬头看过去，发现她们也在往这边看。

"我想在这里多休息一会儿。"

"最好别待在一起，最好别互相靠近。"男人仿佛在自言自语，迈开了脚步。

"哇哇哇——"

不知何处传来奇怪的婴儿哭声。声音从哪里来？他忍不住四下环顾。

"是不是什么地方有人生孩子了。"

"周围应该没有人。"

男人想起，他不久前听说海与山生了孩子。

这种事真的有可能吗？

少年对少女挥了挥手。一开始他有点犹豫，随即加大了动作。"这样应该可以吧？"他对男人说。

男人哼笑一声，用力点点头。就算注定会碰撞，也能想办法规避。

少女也朝这边挥起了手。

——选自《螺旋》，一部山与海的传说

伊坂幸太郎：

1971 年出生于千叶县，毕业于东北大学法学部。2000 年凭借《奥杜邦的祈祷》获得新潮推理俱乐部奖并出道。2004 年凭借《家鸭与野鸭的投币式寄物柜》获得吉川英治文学新人奖，凭借短篇《死神的精确度》获得日本推理作家协会奖（短篇部门）。2008 年凭借《金色梦乡》获得书店大奖、山本周五郎奖，2014 年凭借《杀手界·疾风号》获得大学读书人大奖。其他著作有《SOS 之猿》《风我是优我》《白兔》《恐妻家》《潜水艇》《阳光劫匪友情测试》《不然你搬去火星啊》《霹雳队长》（与阿部和重共著）等。

著作权合同登记号：图字 18-2020-100

图书在版编目（CIP）数据

跷跷板妖怪 /（日）伊坂幸太郎著；吕灵芝译 . --
长沙：湖南文艺出版社，2020.9
ISBN 978-7-5404-9741-5

Ⅰ . ①跷… Ⅱ . ①伊… ②吕… Ⅲ . ①长篇小说—日本—现代 Ⅳ . ① I313.45

中国版本图书馆 CIP 数据核字（2020）第 126973 号

上架建议：畅销·日本文学

QIAOQIAOBAN YAOGUAI
跷跷板妖怪

作　　者：［日］伊坂幸太郎
译　　者：吕灵芝
出 版 人：曾赛丰
责任编辑：丁丽丹
监　　制：毛闽峰　李　娜
特约策划：由　宾　李　颖
特约编辑：李　睿
版权支持：金　哲
特约营销：刘　珣
封面设计：尚燕平
版式设计：梁秋晨
出　　版：湖南文艺出版社
　　　　　（长沙市雨花区东二环一段 508 号　邮编：410014）
网　　址：www.hnwy.net
印　　刷：北京天宇万达印刷有限公司
经　　销：新华书店
开　　本：787mm × 1092mm　1/32
字　　数：253 千字
印　　张：9.75
版　　次：2020 年 9 月第 1 版
印　　次：2020 年 9 月第 1 次印刷
书　　号：ISBN 978-7-5404-9741-5
定　　价：48.00 元

若有质量问题，请致电质量监督电话：010-59096394
团购电话：010-59320018